내 이름은

김다혜

내 이름은 김다혜

김다혜 지음

좋은땅

프롤로그

내 이름은 김다혜.

1982년 12월 어느 추운 겨울날 함경북도 청진의 한 가정집에서 쌍둥이 자매 중 동생으로 태어났다. 위로 다섯 살 터울의 오빠와 세 살 터울의 언니가 있으므로 1남 3녀 중 막내이다.

나의 아버지는 국가 공무원이었고 어머니는 전업주부였다. 원래 어머니는 사회급양관리소에서 1급 요리사로 근무하고 계셨으나 쌍둥이 언니와 내가 태어나자마자 직장을 그만두고 전업주부로 돌아섰다.

나는 공산권 붕괴를 앞둔 1980년대에 북한에서 유년기를 보냈다. 또한 극도의 경제난에 시달렸던 1990년대 중·후반, 소위 '고난의 행군' 시기에 청소년기를 보냈다. 이 시기에 북한의 계획경제 시스템이 무너지며 전국적으로 수많은 아사자가 발생했다.

당시에는 마을 어디서나 멍석 혹은 가마니에 둘둘 말린 채 길바닥에 아무렇게나 널브러져 있는 시체를 보는 것은 너무도 흔한 일이었다. 날이 저물고 주위가 고요해지면 이웃 어느 집에선가 어김없이 깊은 비통에 젖은 사람의 신음소리가 새어 나왔는데, 그 소리는 마치 어미 잃은 새끼 고양이가 흐느끼는 울음소리와도 같았다.

그야말로 아비규환이 따로 없었다. 매일같이 길바닥에 죽어 나뒹구는 시체들을 보면서 언제부터인가 나는 그러한 풍경에 익숙해지고 무감각해지기 시작했다.

한편 북한의 2000년대는 '고난의 행군' 시기를 거치면서 더 이상 국가의 배급을 기대할 수 없게 된 북한 주민들이 스스로 생존을 모색했던 시기였다. 이때부터 북한의 장마당 경제가 활성화되기 시작했다.

공교롭게도 나는 2001년 3월에 함경북도 상업간부학교를 졸업한 후, 북한의 물자공급을 담당하는 상업관리소에서 회계공무원으로 쭉 근무했다. 그 덕분에 나는 자본주의적 성격을 가진 장마당 경제가 북한 땅에서 양성적으로 확대되어 가는 과정을 현장에서 직접 목격할 수 있었다.

아울러 2000년 6월에 제1차 남북정상회담이, 2007년 10월에는 제2차 남북정상회담이 모두 평양에서 개최되었다. 나는 첫 번째 정상회담을 뜨겁게 가슴이 뛰는 청년의 눈으로 바라보았고, 두 번째 정상회담은 차갑게 가라앉은 국가 공무원의 시선으로 바라보았다.

대학 졸업 후 회계공무원으로 9년간 일하는 동안에도 북한의 열악한 인권 상황과 경제 사정은 전혀 나아질 기미가 보이지 않았다. 그러기는 커녕, 다가올 앞날에 대해 걱정하거나 희망을 품는 것조차도 북한 주민들에게는 허용되지 않는 사치였다. 왜냐하면 우리 모두는 당장 그날 하루하루를 어떻게든 견뎌 내어 살아남는 데 급급해야 했기 때문이다.

2010년 여름 나는 내 운명을 하늘에 맡긴 채 정든 고향과 부모 형제를 뒤로하고 친구와 함께 압록강을 건넜다. 이후 생사를 넘나드는 과정을 겪으면서도 하나님의 가호와 인도하심으로 중국을 거쳐 '자유의 땅' 대한민국 품에 안겼다.

"이 세상에 목숨보다 소중한 것은 없다."고 흔히들 말하지만 자유는 목숨을 걸 만한 가치가 있었다.

이 페이지를 넘기는 순간부터 당신 앞에 덤덤하게 펼쳐질 이야기들은 1982년 북한에서 태어나 격동의 시대를 온몸으로 부딪치며 살아온 내 '기억의 조각'들이다.

차례

제 1 장

유년기(1982년~1994년)

쌍둥이로 태어나다

함경북도 청진시 어느 마을.

위도상 북방에 위치한 이곳은 겨울이면 늘 혹한과 폭설에 시달리는 지역이다. 1982년 12월의 어느 날도 온종일 함박눈이 내렸다.

갑자기 한 가정집 굴뚝에서 하얀 연기가 피어오르기 시작했다. 그 집 부엌에서 40대 초반의 남성과 환갑을 넘긴 반백의 노인이 부뚜막 아궁이에 불을 지피고 있었다. 두 남자는 드문드문 아궁이 불을 살피면서도 안방 쪽에 온통 신경이 쏠려 있다.

안방 천장에는 백열전구가 대롱대롱 매달린 채 노란빛을 발하고 있었고 그 불빛 아래서 나이가 지긋한 조산사가 한 여인의 도움을 받아 가며 분만을 유도하고 있었다.

조산사의 손은 쉴 새 없이 분주히 움직였다. 이마에 패인 주름의 깊이에서 그녀의 고단했던 삶이 읽히는 한편, 오랜 경험에서 묻어 나오는 베테랑 조산사로서의 관록이 엿보였다.

"왠지 유난히도 배가 크다 생각했더니, 역시나 쌍둥이였구먼."

조산사는 앞으로 고생문이 훤히 열렸다는 듯이 "쯧쯧." 혀를 차며 말했다. 옆에서 묵묵히 조산사를 도와주던 산모의 어머니도 "휴우." 하고 길게 한숨을 내쉬었다. 그러나 산모는 조산사의 말이 조금도 귀에 들어오지 않았다. 방금 전까지 계속되었던 산고의 고통은 벌써 까맣게 다 잊어버리고, 단지 두 딸 모두 무사히 태어나 준 것에 대한 고마움과 기쁨으로 충만하여 눈물만 흘릴 뿐이었다.

"고맙다, 귀한 내 새끼들. 태어나 줘서 정말 고맙다."

산모는 누운 채로 품에 살포시 감싸 안은 두 딸을 지긋이 바라보며 연신 고맙다며 혼잣말을 했다. 왠지 두 딸이 함께 자라며 서로 의지하면서 이 어렵고 힘든 세상을 잘 헤쳐 나갈 것만 같았다.

사실 북한에서 쌍둥이를 출산한다는 건 결코 축복받을 일이 아니다. 모든 물자가 부족한 북한에서는 아이를 한 명 낳아 기르는 것조차도 버거운 일이다. 남한 아이들처럼 한 번 채우고 버리는 일회용 기저귀는 꿈도 못 꾼다.

1990년대 중반부터는 간간히 들어오던 전기도 거의 끊기다시피 해서 저녁이면 등잔불에 의지해서 살아야 했다. 이런 상황에 전기세탁기가 있을 리도 만무하다. 그래서 북한 엄마들은 한겨울 살을 에는 듯한 추위 속에서도 날마다 아이 한 명당 천기저귀 20장 정도를 동네 시냇가에 들고 나가 직접 손으로 빨아야 한다.

게다가 엄마들이 잘 먹지도 못 해 젖도 잘 돌지 않는다. 아무리 두 손으로 아프게 젖을 쥐어짜도 모유 양은 아이 한 명을 배불리 먹이기에도 벅차다. 당 간부급이나 되면 모를까 일반 주민들은 어디 가서 분유를 구하거나 얻을 수도 없다. 이처럼 아이를 하나 낳아 키우기도 보통 일이 아닐진대, 하물며 쌍둥이라니 무얼 더 말하랴.

이런 까닭에 '쌍둥이나 낳아라.'라는 말은 북한에서 정말로 미운 사람에게나 퍼붓는 악담으로 사용된다. 그나마 내가 태어나던 1980년대에는 배급도 끊이지 않았고 백열전구를 밝힐 수 있을 정도의 전기도 공급되었을 때이니, 1990년대 중반 이후의 북한 사정과 비교하면 그래도 형편이 많이 나았으리라.

"김 서방, 딸부자가 된 걸 축하하네."

희끗한 머리의 노인이 젊은 남자의 등을 가볍게 두드리며 말했다.

"감사합니다, 장인어른. 우리 공주님들 이름은 장인어른께서 천천히 생각해 보시고 지어 주시겠습니까?"
"그래? 그럼 말 나온 김에 이렇게 하는 건 어때? 계집애들이고 하니, 애들 엄마 이름을 한 글자씩 집어넣어서 작명하면 말이야."

우리 외할아버지는 즉석에서 엄마 이름인 '은혜'를 한 글자씩 따서 우리 자매에게 '다은', '다혜'라고 각각 이름을 지어 주었다. 이렇게 나는 쌍둥이 자매로 태어났는데 언니와는 15분 차이로 동생이 되었다. 이것이 내가 태어났던 상황이다.
물론 난 그때의 순간을 기억하지 못한다. 우리 자매가 철이 들 무렵, 엄마는 밤에 우리를 품에 꼭 안고 자면서 "너희들이 태어나던 날은……." 하며 당시의 상황을 설명해 주곤 했다.

똘똘한 아이

사람들은 어린 시절의 어느 순간까지 기억해 낼 수 있는 것일까. 분명한 건 사람마다 그 기억의 한계는 다른 것 같다. 어떤 사람은 유치원에 들어가기 이전의 일들을 전혀 기억하지 못하는데, 그보다 훨씬 더 어렸을 때의 일도 분명하게 기억하는 사람도 있다. 내 유아기 시절의 기억을 더듬어 보면, 세 살 때의 일이 내가 기억해 낼 수 있는 한계인 것 같다.

우리 집은 아빠가 당세포비서[1]였기 때문에 매일 아침 집으로 신문이 배달되었다. 나는 집에 쌓여 있는 신문들을 마치 어른인 양 두 손에 펼쳐 들고 보는 걸 좋아했는데, 이때 신문의 헤드라인을 읽고는 했다. 이 모습을 본 동네 어른들은 세 살 먹은 애답지 않은 행동에 놀라워하면서 "우리 동네에 신동 났네, 신동 났어."라고 하며 내 기를 잔뜩 세워 주곤 했다.

1987년 4월 나는 쌍둥이 언니와 함께 유치원에 입학했다. 북한에서는 만 4세부터 2년간 유치원에 등원하는데, 이때부터 김일성 부자에 대한 우상화 교육을 받기 시작한다.

유치원에는 여러 개의 방이 있는데, 첫 번째 방에는 제법 넓고 낮은 테이블이 방 한가운데에 놓여 있고 그 테이블 위에 축소 모형판이 놓여 있다. 그 모형은 김일성 생가와 주변 지형을 축소해 놓은 것인데, 그 위에

---

1) 당의 최하부 조직인 당세포를 지도하는 책임자.

는 산도 있고, 들판도 있고, 강도 있고, 집들도 있다. 두 번째 방도 똑같은 구조로 되어 있다. 다만 테이블 위에 김정일 생가만을 축소해서 만든 모형판이 설치되어 있는 점만 달랐다.

오전 수업은 주로 이 방들에서 이루어진다. 유치원 교사들은 모형판이 놓인 테이블 주위에 원생들을 빙 둘러앉힌 다음에 지시봉으로 작은 모형을 하나하나 가리키며 다음과 같이 설명하곤 했다.

"김일성 대원수님께서 가랑잎 한 장을 타고 이 강을 건너시고……."
"위대하신 김정일 장군께서 백두산의 정기를 받아 이곳에서 태어나시고……."

이렇게 북한 유치원에서는 오전 내내 김일성 부자를 우상화하는 세뇌교육이 실시된다.

오후에는 교사들이 그림카드를 가지고 원생들에게 한글을 가르치는데, 난 유치원에 들어오기 전에 이미 한글을 다 떼고 왔기 때문에 한글 공부 시간이 너무나 지루하게 느껴졌다. 그래서 늘 엄마가 빨리 데리러 오기만을 기다렸다.

엄마가 끝나는 시간에 맞춰 우리 자매를 데리러 오면 유치원 교사들은 우리 엄마에게 인사하면서 종종 나를 칭찬했다.

"우리 다혜가 참 똑똑해요."

그러면 다른 유치원생 엄마들도 부러운 듯 말하곤 했다.

"다혜가 그렇게 똑똑해서 다혜 엄마는 무척 좋으시겠네."

사실 뭐 그리 대단할 것도 없는데 엄마는 당신 자식을 향한 주변 사람들의 칭찬과 부러움에 뿌듯함을 감추지 못하며 슬쩍 덧붙이곤 했다.

"우리 다혜는 세 살 때 스스로 한글을 다 깨쳤어요."

아빠의 따뜻한 품속

내 유아기 시절, 절대로 잊히지 않는 기억 중 하나는 아빠의 따뜻한 품속이다. 격일제로 근무하셨던 아빠는 밤새워 일하시고 동틀 녘에 귀가하시면 오후 시간까지 주무셨다. 엄마는 외가댁에 가 계실 때가 많아서 낮에 집을 비울 때가 많았고, 큰언니와 오빠는 학교에 가고 없었다. 그러면 우리 쌍둥이들은 곧잘 아빠 품에 두더지처럼 파고들어 함께 낮잠을 자곤 했는데, 그 순간의 포근하고 따뜻한 느낌은 지금도 생생하다.

그때 우리 집 앞마당에는 몇 개의 긴 장대에 명태 입을 줄줄이 꿰어 말리고 있었다. 언니와 내가 잠에서 깨면 아빠는 명태 한 마리를 가져다가 불에 살짝 구웠다. 그리고 한 입에 먹기 좋게 잘게 뜯은 명태 살을 간장에 찍어서 물에 만 밥 위에 얹어 주시곤 했다. 언니와 내가 오물오물 맛있게 먹으면 아빠는 그 모습을 꿀이 뚝뚝 떨어지는 눈으로 바라보며 만족스러운 표정을 지으셨다. 그 순간의 아빠 얼굴은 지금도 또렷이 기억에 남아 있다. 내게는 가장 행복한 순간이었다.

1980년대 중반만 해도 공산권이 붕괴되기 전이어서 공무원 가족인 우리 집에 배급이 끊기는 일은 없었다. 그래서 결코 풍족하다고 할 수는 없어도 먹을 것이 떨어지는 일은 없었다. 엄마는 밥을 하실 때마다 늘 가마솥 아랫부분에는 옥수수, 보리, 콩, 조와 같은 잡곡을 깔고 윗부분에는 쌀을 얹고 지었다. 그러면 위는 쌀밥이 되고 아래는 잡곡밥이 되는데, 쌀밥은 언제나 아빠와 내 몫이었다.

　엄마는 집안의 가장 큰 어른인 아빠와 가장 어린 막내인 나를 배려하여 따로 쌀밥을 주신 것이었는데, 나는 내가 오빠와 언니들보다 서열이 위라고 생각했다. 비록 어렸어도 쌀밥이 잡곡밥보다 더 좋다는 걸 알았으므로 식사 시간이 되면 나는 양손에 숟가락과 젓가락을 하나씩 쥐고 의기양양하게 밥상 앞에 앉았다.

　당시 초등학생이었던 오빠는 내 앞에 놓인 쌀밥이 몹시 먹고 싶었던 모양이다.

　"어, 막내야. 저거 좀 봐."

　그러면서 내 뒤를 손가락으로 가리켰다.

　"응. 뭔데?"

　내가 궁금해서 뒤를 돌아보면, 오빠는 재빨리 내 앞에 있던 쌀밥을 숟가락으로 퍼먹고는 아무 일 없었다는 듯 딴청을 피웠다. 그럴 때면 나는 왠지 밥이 줄어든 것 같기도 하고 뭔가 모르게 좀 이상했지만 그냥 넘어가곤 했다.

　그러나 꼬리가 길면 잡히는 법. 어느 날 오빠가 내 밥을 몰래 떠 가는 것을 내 눈으로 확인하게 되었다. 그 장면을 목격한 나는 그대로 뒤로 누워서 하늘이 무너져라 발을 막 구르며 큰 소리로 울었다. 그러면 아빠는 밥상머리에서 밥그릇 다툼을 하는 자식들이 안쓰러웠는지 '쯧쯧' 혀를 차며 당신의 밥을 떠서 오빠와 언니의 밥그릇에 나눠 주시곤 했다.

토끼 골을 먹는 맹랑한 아이

특이하게도 나는 네댓 살 때부터 어른들의 대화에 끼어들기를 좋아했다. 가끔 엄마나 아빠 품에 폭 안겨 부모님이 하는 이야기를 가만히 듣다가는 대화에 끼어들어 '이건 이렇고, 저건 저렇다'고 내 생각을 말하곤 했다. 그러면 부모님은 맹랑한 나를 빤히 바라보고는 "정말 쪼그만 게 못하는 소리가 없네." 하며 웃으셨다.

그런데 가만히 돌이켜 생각해 보면, 손위 형제들과는 분명히 달랐던 이런 내 모습이 부모님의 눈에는 특별하게 비쳤던 것 같다. 그것은 부모님이 나를 다른 형제들과는 달리 취급했던 것만 봐도 알 수 있다.

아빠는 겨울철이면 마을 근처의 산에 토끼 덫을 여러 군데 설치해 두셨다. 아빠가 쉬는 날에 산으로 가서 덫에 걸린 산토끼를 포획해 올 때면 우리 집은 잔칫날 같았다. 가끔 토끼 덫을 확인하러 갔던 아빠가 무척 밝은 표정으로 돌아오실 때가 있었다. 그러면 엄마는 대번에 눈치로 알아채고는 "두 마리?" 하고 물으셨고, 그때마다 아빠는 어김없이 고개를 끄덕이셨다.

아빠가 포획해 온 토끼의 각을 뜨면 어린아이의 주먹 크기만 한 토끼 골이 나오는데, 그것은 온전히 내 몫이었다. 아마도 아빠는 토끼 골을 먹으면 머리가 더 좋아질 거라고 생각하셨던 듯하다. 그래서 자식 넷 가운데 머리가 가장 좋다고 생각한 막내인 내게만 토끼 골을 먹이셨다.

토끼 골은 부드러운 계란찜이나 푸딩 같은 식감에다 고소하면서도 담백한 맛이 난다. 가끔 큰언니가 무슨 맛인지 궁금하다며 한 입만 달라고 사정을 하면 나는 큰 선심이라도 쓰듯 반 숟가락을 떠서 언니 입에 넣어 주곤 했다.

모든 교육의 시작과 끝은 김일성 부자 찬양

북한의 의무교육은 유치원 상급반 1년, 인민학교 4년, 고등중학교 6년 등 총 11년이다. 북한은 2002년 9월 인민학교와 고등중학교의 명칭을 각각 소학교와 중학교로 변경했다. 또한 2014년에 소학교를 기존 4년에서 5년으로 늘려 총 12년제 의무교육체제(유치원 상급반 1년, 소학교 5년, 중학교 6년)를 도입, 2016년 4월부터 실행했다. 인민학교와 고등중학교는 각각 한국의 초등학교, 중고등학교에 해당한다.

1989년 3월, 나는 쌍둥이 언니와 함께 인민학교에 입학했다. 유치원 생활을 지루해하던 차에 새로운 환경을 접할 수 있어 나는 마음이 무척 들떴다. 인민학교에 입학한 이후 아빠는 늘 다은이 언니와 나를 자전거 뒤에 태워서 학교 정문 앞까지 데려다주시곤 했다. 자전거는 북한에서 생산된 '갈매기자전거'로 아빠가 당에서 선물로 받은 것이었다. 당시에는 자전거가 매우 귀했기 때문에 아이들은 부러운 듯 우리 자매를 쳐다보았고, 그럴 때면 어린 마음에도 묘한 뿌듯함 같은 게 있었다.

학교 수업은 8시 30분에 시작되었지만 학생들은 모두 7시 30분까지 학교 정문 앞에 각 반별로 모여 4열 종대로 줄을 서야 했다. 그리고 학교 정문이 열리면 학생들은 〈긴일성 장군이 노래〉라는 제목의 군가를 힘차게 부르며 입장했다.

장백산 줄기줄기 피어린 자욱

압록강 굽이굽이 피어린 자욱

오늘도 자유조선 꽃다발 우에

력력히 비쳐 주는 거룩한 자욱

아~ 그 이름도 그리운 우리의 장군

아~ 그 이름도 빛나는 김일성 장군

이처럼 김일성을 찬양하는 노래를 부르며 교실로 들어가면 오전 8시 부터 30분간 '김일성·김정일 말씀'을 묵상하는 시간을 가진다. 이는 북한의 모든 인민학교와 고등중학교가 반드시 거쳐야 하는 과정이다. 어떤 천재지변이 있더라도 단 하루도 절대 빠뜨려서는 안 된다.

8시 30분부터 비로소 오전 수업이 시작되는데, 학교 교과서의 약 60~70%가 김일성 부자를 찬양하는 내용이다. 즉, 북한의 학교생활은 김일성 부자를 찬양하는 노래로 시작해서 김일성 부자를 우상화하는 사상교육으로 마무리된다. 그러니 학생들이 김일성 대원수님과 김정일 장군을 흠모하고 우러르는 게 당연하다.

한 인간의 성장과 발달에서 유년기는 인성 형성에 중요한 시기이고, 청소년기는 가치관이 확고해지는 시기다. 그런 만큼 유년기와 청소년기에 받은 교육은 그의 일생에 강력한 영향을 미칠 수밖에 없다. 그것을 아는 북한 독재정권은 이 시기의 아이들에게 엄청난 세뇌교육을 실시한다. 북한의 의무교육 기간이 긴 것도 그런 이유에서다.

내가 인민학교에 다닐 때는 수업시간에 남한의 모습이 기록된 영상을 자주 보여 주었다. 주로 한강 다리 밑 판자촌에서 거지들이 득실대는 모습, 길거리에서 어린아이들이 구걸하는 장면들이었다.

교과서에도 굶어 죽어 가는 남쪽 어린이들을 구원하는 이야기가 많이 나온다. 예를 들어 인민학교 저학년 교과서에 〈띠띠빵빵 내 동생〉이라는 제목의 동시가 실려 있는데, 이런 내용이다.

띠띠빵빵 내 동생 신바람 나서
승리호 자동차 몰고 가지요
어디로 가느냐고 물어봤더니
굶주리고 헐벗은 남조선 어린이들 구원하러 간대요

나는 방과 후에는 학교 도서관에 책을 읽으러 가곤 했다. 도서관에는 누구나 빌려 볼 수 있는 어린이용 만화책들이 많았는데, 거의 대부분이 김일성 부자를 신격화하거나 남조선을 비하하는 내용이었다. 책읽기를 좋아했던 나는 도서관에 있는 만화책을 모두 읽었다. 그중 기억에 남는 책 중에 《개들의 세상》이란 만화책이 있었다. 대략적인 줄거리는 이랬다.

남조선은 썩고 병든 자본주의 세상이다. 아파도 병원에 갈 수 없어서 거리는 온통 병든 사람들, 굶어 죽은 사람들로 넘쳐난다. 이런 상황인데도 부자들이 기르는 개를 위한 개 병원과 개 식당은 따로 존재한다. 굶어 죽은 서민들은 길바닥에 그대로 방치되지만 서민들을 착취한 부자들이 키우던 개가 죽으면 장례도 크게 지낸다. 그래서 남조선은 사람들을 위한 세상이 아니라 개들이 살기 좋은 '개들의 세상'이다.

집에 있던 텔레비전에서는 하루도 빠짐없이 남한 대학생들의 시위 모습이 방영되었다. 바리케이드를 사이에 두고 시위대와 경찰이 서로 몽둥이를 휘둘렀고, 최루탄과 화염병이 난무했다. 마치 내전 상태를 방불케 하는 광경이었다. 그런 장면들을 자꾸 보다 보면 당연히 남한은 사람 살곳이 못 된다는 생각이 뇌리에 깊이 새겨졌다.

【1989년 6월 림수경 방북 사건】

학교생활에 적응해 갈 무렵, 별안간 온 나라가 들썩대는 사건이 발생했다. 아마도 1989년 여름 무렵일 것이다. 림수경이라는 젊고 여린 여성이 남조선 전대협 대표 자격으로 평양세계청년학생축전에 참석하기 위해 북한을 방문한 것이다.

깔끔한 단발머리에 청바지와 흰 티셔츠를 입은 그녀의 모습을 보고 나는 큰 충격을 받았다. 너무도 세련된 언니였기 때문이다. 북한 중앙방송은 그녀의 일거수일투족을 빠짐없이 소개하면서 이처럼 북한을 동경하는 남조선 청년들이 많다는 점을 은근히 강조했다.

집에서도 동네에서도 학교에서도 온통 림수경 이야기뿐이었다. 북한은 그녀에게 요샛말로 아이돌 스타 같은 대접을 했다. 우리는 그녀가 북한을 너무 동경한 나머지 위험을 무릅쓰고 찾아왔다고 생각했다. 그러니 친절과 호의로 그녀를 대하는 것이 당연했다. 일종의 우월감에서 오는 관대함의 표현이었을 것이다.

림수경 방북 사건은 북한 사람들에게 큰 자부심을 불어넣어 주었고, 통일에 대한 기대감을 한껏 높이는 계기가 되었다. 학교 교사들과 노동당 관계자들은 "북한을 동경하는 수많은 남조선 청년들이 존재하는 한

조선의 통일은 머지않은 장래에 반드시 이루어질 것이며, 이때 남조선 청년들이 통일의 주체가 되어 남조선을 해방시킬 것."이라고 선전했다.

북한에서 꽃은 여성을 상징한다. 그래서 북한 사람들은 여성을 꽃에 비유해서 말하기를 좋아하는데, 언제부터인가 림수경 씨는 우리들 사이에서 '통일의 꽃'으로 불리기 시작했다. 다만 우리가 외치는 통일은 혁명으로 남한을 해방시키는 적화통일을 의미했다. 이것이 우리 모두가 통일을 이해하는 방식이었다.

학교에서는 교사들이 '통일의 꽃'을 주제로 글짓기 과제를 냈는데, 우수한 글은 〈소년신문〉에 게재될 것이라고 했다. 〈소년신문〉은 노동당의 가장 중요한 외곽단체인 '김일성사회주의청년동맹'이 매주 발행하는 기관지이다. 주로 만 7세에서 13세까지의 아이들을 대상으로 발행하는 신문인데, 여기에 자신의 글이 실린다는 건 어린 학생들에게 더할 나위 없는 영광이자 자랑스러운 일이었다.

내 쌍둥이 언니는 반드시 〈소년신문〉에 실릴 글을 쓸 거라면서 엄마에게 도와달라고 떼를 쓰며 울었다. 결국 언니는 집에서 엄마의 도움을 받아 가며 '통일의 꽃'이란 제목의 시를 써서 학교에 제출했는데, 그 글이 최우수 글로 선정되어 〈소년신문〉에 대문짝만 하게 실렸다.

통일의 꽃

남소신에 시련으로 빌딘 '동일의 꽃'
어두운 동굴 속에, 커다란 바위 밑에,
우거진 잡풀 속에, 무성한 덤불 아래

눈에 띄지 않는 곳곳에 꼭꼭 숨어서
활짝 피어 있는 우리 꽃 '통일의 꽃'

이 꽃들의 역량을 하나로 집결시켜
우리 민족의 염원인 통일을 이루어 내고
위대한 김일성 대원수님의 영도 아래
우리 조선은 영원토록 태평성대를 누린다.

언니의 글이 〈소년신문〉에 게재되었을 때, 우리 엄마는 팥으로 시루떡을 쪄서 학교에 가져왔다. 담임 선생님은 엄마에게 입이 마르도록 언니 칭찬을 했다.

"이제 인민학교 2학년인 다은이가 이런 글을 썼다는 게 정말 놀랍습니다."

담임 선생님의 칭찬에 매우 흐뭇해하던 엄마의 얼굴 표정이 지금도 눈에 선하다.

중앙당 5과

나와 다은이 언니는 일란성 쌍둥이로 태어나서 외모는 많이 비슷했지만, 성격과 기호는 완전히 달랐다. 난 팔짝팔짝 뛰어다니는 개구리를 손으로 집어서 가지고 놀 정도로 선머슴 같은 개구쟁이 소녀였고 공부도 누구보다도 잘했다. 어릴 때부터 난 무엇이든지 한 번만 보면 전부 다 기억이 되었다. 처음에는 누구나가 그런 줄 알았는데, 커 가면서 내가 남과 다르다는 것을 알았다. 내게 주어진 특별한 달란트였던 것이다.

반면에 다은이 언니는 무척 조용하고 고상한 성격이었다. 내가 개구리 뒷다리를 손으로 잡아서 빙빙 돌리기라도 하면 아주 기겁을 했다. 언니는 독서 쪽엔 전혀 흥미가 없었고, 가만히 자리에 앉아서 자수를 놓거나 그림 그리는 걸 좋아했다. 공부 쪽보다는 예능에 남다른 소질을 보였던 언니는 어릴 때부터 묘한 기품이 흘렀다.

1991년 봄 우리가 인민학교 3학년 때의 일이다. 수업 시간이 지났는데도 선생님은 수업을 시작하지 않고 누군가를 기다리는 듯했다. 한참 후 검은 정장을 차려입은 당 간부 네댓 명이 우리 학급에 들어와서 학생들 얼굴을 한 사람 한 사람 자세히 살펴보기 시작했다. 그중 한 아저씨가 입을 열었다.

"뒷줄 세 번째, 너 한번 일어나 봐."
"네?"

다은이 언니의 짝꿍이 벌떡 일어났다.

"아니, 너 말고, 그 옆."

그러자 선생님이 다급히 나서서 말했다.

"다은아, 너 말이야, 너."
"네."

선생님의 말에 다은이 언니가 대답하며 일어서자 출입문 앞에 서 있던 마른 체격의 아저씨가 언니에게 다가왔다.

"고개를 들고 나를 똑바로 바라봐. 내가 말하기 전까지 절대 움직이지 말고."

아저씨가 서류용 가방에서 줄자를 꺼내자 뒤따라온 다른 아저씨는 수첩을 꺼내 받아 적을 준비를 했다.

"오, 삼, 사."

마른 체격의 아저씨는 먼저 언니의 미간, 눈과 눈썹 사이, 인중 길이,

눈과 귀의 거리를 쟀다. 수첩을 든 아저씨는 치수를 복창하며 열심히 받아 적었다.

"이제 앞으로 손을 내밀어 봐."

이어서 아저씨는 숙련된 솜씨로 팔 길이와 손가락 길이를 측정한 뒤 가슴둘레와 엉덩이둘레, 허리둘레를 빠른 속도로 쟀다.

언니는 긴장한 기색이 역력했다. 전혀 마음의 준비도 없는 상태에서 갑자기 낯선 사람의 손길에 몸을 맡겨야 하는 불편한 상황을 그대로 견디느라 언니의 이마에 땀이 송골송골 맺혔다.

그렇게 10분쯤 흘렀을까. 언니를 둘러싸고 매의 눈으로 관찰하던 아저씨들이 우르르 몰려 나가더니 다음 교실로 향했다.

방과 후 집에 돌아온 나는 엄마한테 학교에서 있었던 일의 자초지종을 미주알고주알 얘기했다. 차분한 표정으로 내 얘기를 끝까지 다 듣고 난 엄마는 언니를 품에 꼭 안아 주며 말했다.

"당 간부 아저씨들이 나중에 중앙당에서 근무할 사람들을 찾기 위해 나온 거야. 거기는 아무나 들어갈 수 있는 곳이 아니야. 훌륭한 사람들만 뽑혀서 가는 거니까, 오히려 자랑스러워해야 해."

사실 그날의 엄마 표정은 미묘했지만, 언니와 나는 그냥 좋은 곳에 가는 건가 보다 하고 막연하게 이해했다.

뒷날 철이 들고 나서야 알았지만, 그들은 중앙당 5과에 선발될 여성 후보들을 물색하러 나온 사람들이었다. 중앙당 5과에는 엄격한 선발기준을 통과한 예쁘고 재능 있는 여성들만 갈 수 있었다. 쉽게 말해 '기쁨조'다. 당시에는 중앙당 5과가 어떤 임무를 담당하는지 철저하게 베일에 가려져 있었다. 단지 위대한 장군님 가까이에서 근무할 수 있다는 사실만 알려져 있어 많은 여성이 중앙당 5과를 동경했다.

물론 겨우 만 아홉 살짜리 여자아이를 곧바로 뽑아서 데려가는 것은 아니다. 당 간부들은 전국의 인민학교를 돌면서 '될성부른 떡잎'들을 발굴해 당의 특별관리대상으로 분류한다. 그리고 매년 학교를 다시 찾아가 될성부른 떡잎들의 신체적 성장 상태를 꾸준히 확인한다. 이런 과정을 거치는 동안 많은 아이가 도중에서 탈락하고 소수 정예만 남게 되는데, 이들이 중앙당 5과에 최종적으로 선발된다.

유년기 시절의 일상

유년기 시절의 그리운 추억 중 하나는 아빠와 단둘이 개구리를 잡으러 다닌 일이다. 이른 봄, 아빠는 일을 쉬는 날 저녁이면 나를 자전거 뒤에 태우고 산기슭을 향해 페달을 밟았다. 이제 막 겨울잠에서 깨어난 개구리를 잡기 위해서였다.

개구리 사냥을 할 때는 손전등 하나와 얇고 날카로운 금속 꼬챙이 몇 개만 준비하면 된다. 꼬챙이 맨 아랫부분은 일부러 둥글게 구부려 놓았는데, 이는 잡은 개구리를 꿰었을 때 밑으로 빠지는 것을 막기 위해서다.

3월 초순경이면 동면을 끝낸 개구리들이 땅속에서 엉금엉금 기어 나오기 시작한다. 이때 손전등으로 빛을 비추면 개구리들은 몸을 움츠린 채 꼼짝 않고 가만있다. 그러면 개구리를 손으로 집어 올려서 꼬챙이로 개구리 턱을 밑에서 위로 찔러서 하나씩 꿰는 것이다.

이렇게 잡아 온 개구리들은 집에서 다시 손질을 해야 하는데, 먼저 목에서 머리 쪽으로 둥글게 칼집을 낸다. 그런 다음 목 아래쪽 껍질을 엄지와 검지로 꽉 쥐고 밑으로 힘껏 잡아당기면 껍질이 훌렁 벗겨진다. 엄마는 개구리 내장을 깨끗이 발라낸 뒤 큰 솥에 감자, 깻잎 등 채소와 함께 넣고 푹 끓여 주었는데, 구수한 국물과 쫄깃한 개구리 뒷다리는 정말 환상적인 맛이었다.

그 시절 나는 개구리 몸통 껍질 벗기기의 달인이었다. 지금은 개구리를 보면 만지고 싶지도 않고 징그럽게 느껴지기까지 하지만, 그때는 아무렇지도 않았다. 그저 우리 가족을 위한 맛있는 음식이라는 생각에 들뜨고 즐거운 마음뿐이었다.

북한에서는 여름철에 부엌에서 요리를 할 수 없다. 집에 가만히 있어도 뜨거운데 부엌에서 불까지 때면 집 안이 더 찜통이 되기 때문이다. 그래서 여름철에는 여느 집이나 마당에 임시로 부뚜막을 설치하고 그 위에 솥을 걸어 사용했다.

한여름에는 아빠가 족대와 투망을 어깨에 메고 동네 아저씨들과 함께 개울가로 가서 가재와 민물고기를 잔뜩 잡아 오셨다. 그런 날이면 동네 사람들이 모두 우리 집 앞마당에 모여서 함께 요리를 해 먹었다.

가재는 등껍데기와 꼬리를 제거한 뒤 감자와 배추를 함께 넣고 된장을 풀어 맑게 끓여 내는데, 개운하면서도 달달한 맛이 일품이다. 어른들이 잡아 온 민물고기는 버들치, 모래무지, 종개, 피라미 등 북한 개울에서 많이 서식하는 어종이다. 민물고기의 내장을 발라내고 기름에 살짝 볶은 다음 고추장과 된장을 일대일 비율로 풀어 넣은 물에 찹쌀과 함께 넣고 푹 끓인다. 여기에 감자, 깻잎, 풋고추, 애호박, 배추 등을 넣고 한소끔 더 끓여 내면 끝내주는 어죽이 된다.

앞마당에 걸어 놓은 큰 솥에서 민물고기탕이 부글부글 끓어오르면 구수한 냄새가 사방으로 퍼져 나갔다. 그러면 평상에 걸터앉은 어른들의 화기애애한 웃음소리는 더 커졌고, 아이들은 신이 나서 소리치며 그 주변을 방방 뛰어다녔다.

봄에는 동면에서 막 깨어난 개구리를 잡고, 여름이면 도랑에서 잡은 가재와 민물고기로 구수한 어죽을 끓인다. 또 겨울에는 산에 덫을 놓이

산토끼를 잡는다. 그리고 매번 식사 때마다 서로 쌀밥을 먹겠다고 다투는 형제들의 모습…….

만 아홉 살 소녀의 눈에는 이런 풍경이 우리의 일상이었다.

공개 처형

우리의 평범한 일상에 변화가 감지된 것은 1992년 무렵부터였다. 그전까지는 매달 30일 분의 식량이 끊이지 않고 나왔는데, 그 무렵부터 식량이 10일 분쯤 줄어서 배급되는 달이 잦아졌다. 당연히 우리가 먹는 밥의 양도 줄여야 했다.

공산권이 몰락하면서 소련과 중국으로부터 받던 지원이 끊기게 되자 북한 당국은 미래의 불확실성에 대비해 배급을 줄여 나갔다. 이때부터 이미 북한식 계획경제 붕괴의 전조가 나타났다고 볼 수 있을 것이다.

말할 것도 없이 공산권의 몰락은 북한 독재정권에게 매머드급 충격이자 정권 존립에 대한 큰 위협으로 다가왔다. 그 당시 북한 당국은 대외적 위기 상황이 국내에 미칠 영향을 최소화하기 위해 주민들에 대한 단속과 통제의 고삐를 바짝 죄었는데, 이때 주로 사용된 수법이 공개 처형이었다.

공개 처형은 늘 예고 없이 벌어졌다. 내가 인민학교 4학년이던 1992년의 어느 가을날이었다. 그날도 여느 날과 다름없이 학생들은 아침에 군가를 부르며 교내로 들어갔고, '김일성·김정일 말씀 묵상'으로 오전 일과를 시작했다. 그리고 오전 수업을 마치는 종소리가 울리자 학생들은 집에 갈 채비를 했다. 북한에는 학교급식제도 자체가 없기 때문에 학생들은 오전 수업을 마치면 각자 집에 가서 점심을 먹고 학교로 돌아와 오후 수업을 듣게 되어 있다.

그런데 그날은 웬일인지 오후 수업이 없다고 했다. 선생님은 그 대신 전교생이 모두 해방산 행사에 참석해야 하니 오후 2시까지 한 사람도 빠짐없이 해방산으로 모이라고 지시했다. 해방산은 마을 근처에 있는 작은 언덕으로, 어느 지역에나 이런 언덕이 보통 하나씩은 있다. 그 언덕 기슭에는 제법 넓은 평지가 펼쳐져 있어서 특별한 일이 생기면 마을 주민들이 당의 지시에 따라 그곳에 집결하곤 했다.

나와 언니는 엄마의 두 손을 하나씩 꼭 붙잡고 콧노래를 부르며 해방산으로 향했다. 현장에 도착하니 주민들이 삼삼오오 모여 웅성대고 있었는데, 뭔가 분위기가 심상치 않았다. 언덕 한가운데에는 십자가 말뚝이 세 개 세워져 있었고, 십자가 말뚝 근처에는 포박당한 남자 세 명이 나무 의자에 앉아 있었다. 그리고 그 옆으로 좀 떨어진 곳에는 재판관으로 보이는 세 사람이 하얀 천을 덮은 탁자 앞에 앉아 있었다.

잠시 뒤 몇몇 당원들이 주민들을 통제하기 시작했다. 먼저 십자가 말뚝을 정면에서 똑바로 바라볼 수 있게 주민들을 한데 모았다. 그런 다음 나이가 가장 어린 아이들을 맨 앞자리에 앉히고 그 뒤에 청소년들을 세웠다. 어른들은 맨 뒤쪽에 좌우로 양 날개를 펼친 학의 형태로 넓게 세웠다.

그러고는 재판관 한 사람이 자리에서 일어나더니 무뚝뚝한 어조로 사람들의 죄명을 밝히기 시작했다. 첫 번째 사람의 죄명은 소 한 마리를 훔친 죄였다. 북한에서 소는 모두 국가재산에 속하므로 개인이 소유할 수 없다. 따라서 모든 소를 당국에서 엄격히 관리하는데, 그중 한 마리를 노살해 잡아먹은 것이 화근이었다.

두 번째 사람의 죄명은 절도 및 밀수죄였는데, 광산에서 구리 50미터를 몰래 잘라서 중국에 팔아 버렸다고 했다. 세 번째 사람의 죄명은 밀수죄였다. 표면적으로는 자신의 당원증을 중국인에게 300위안(한화 5만 원 정도)에 팔아넘겼다는 것인데, 재판관은 "중국인한테 아무 쓸데없는 당원증을 중국인이 샀을 리 없다."면서 "분명 남조선 안기부에 팔았을 것."이라고 말했다.

세 사람의 죄명을 밝힌 재판관은 곧바로 즉결 처형을 명령했다. 그러자 준비된 안전원(경찰)들이 그들을 거칠게 끌고 가서 십자가 말뚝에 묶은 뒤 눈가리개를 씌웠다. 그리고 말뚝에서 약 25미터쯤 떨어진 곳에 일렬로 서더니 그들을 향해 소총을 겨누었다.

"탕! 탕! 탕!"

순식간에 한 사람당 세 발의 총알이 발사되었고, 세 사람은 동시에 고개를 떨궜다. 재판과 공개 처형까지는 채 30분도 걸리지 않았다.

"긍까 왜 죄를 짓냔 말여……."

뒷줄에 서 있던 한 어른이 혼잣말처럼 중얼거렸다. 하지만 내 머릿속에서는 어떻게 사람 목숨이 소 한 마리보다 가치가 없으며, 그깟 종잇조각 한 장보다 못할 수가 있을까 하는 생각이 자꾸만 맴돌았다. 처형된 사람들도 불쌍했지만, 사람 목숨이 너무나 가볍게 취급되는 현실이 더더욱 내 마음을 짓눌렀다. 사람이 총살당하는 모습을 눈앞에서 목격한 아이들은 너무 놀란 나머지 너나없이 모두 얼빠진 상태가 되어 울음조차 터뜨리지 못했다.

북한 당국은 부모의 사랑을 맘껏 받으며 자라야 할 시기의 아이들에게 조차 강제 처형 장면을 보여 줌으로써 정치적 목적을 이룬다. 공개 처형 장면을 접한 아이들은 오랫동안 정신적 트라우마에 시달리게 되는데, 이 것이 바로 북한 당국이 의도하는 바다.

어릴 때 뇌리에 깊이 새겨진 기억은 결코 지워지지 않는다. 이유 여하를 막론하고 당의 지시를 어기면 절대 안 된다는 생각을 어릴 때부터 주입시키는 것이다. 아이들은 당에 대한 끝없는 두려움 때문에 본능적으로 오직 순종만 하는 체질로 굳어진다. 이렇게 우리는 합리적인 사고 자체가 아예 불가능하도록 매 순간 자신도 모르는 사이에 천천히 길들여져 갔다.

【1993년 3월 준전시상태 선포】

1993년 3월의 어느 날, 느닷없이 TV 방송과 집집마다 달린 스피커를 통해 전 인민과 군을 대상으로 준전시상태가 선포되었다는 소식이 전해졌다. 당시 나는 준전시상태가 무엇을 뜻하는지 잘 몰랐지만, 왠지 주변 상황이 급박하게 돌아가는 것 같아 마음이 불안하고 두려웠다.

그날 저녁 집에 돌아온 아빠의 손에는 우리 가족 수만큼의 배낭이 들려 있었다. 하얀 천으로 만든 배낭의 겉면에는 우리 가족 각자의 이름이 새겨져 있었고, 그 안에는 붕대와 빨간약 등의 의약품과 약간의 비상식량이 들어 있었다.

다음 날부터 우리 가속을 포함한 모든 수민들은 배낭을 등에 메고 훈련에 들어갔다. 낮에 공습경보가 발령되면 주민들은 가족 단위로 산에 올라 대피하는 훈련을 매일 반복했고, 저녁에는 등화관제훈련을 실시했다. 이런 훈련이 2주 정도 지속되고 나서야 우리는 평상시로 돌아올 수 있었다.

1993년 4월 1일, 나와 쌍둥이 언니는 고등중학교에 입학했다. 인민학교 시절과 마찬가지로 학생들은 매일 아침 교문 앞에서 4열 종대로 정렬해 〈김일성 장군의 노래〉를 부르며 교내로 들어갔다. 그런데 입학하고 얼마 지나지 않아 노래가 〈김일성 장군의 노래〉에서 〈당신이 없으면 조국도 없다〉로 바뀌었다. 여기서 당신은 김일성이 아닌 김정일을 가리킨다.

사나운 폭풍도 쳐 몰아내고
신념을 안겨 준 김정일 동지
당신이 없으면 우리도 없고
당신이 없으면 조국도 없다

미래도 희망도 다 맡아 주는
민족의 운명인 김정일 장군
당신이 없으면 우리도 없고
당신이 없으면 조국도 없다

세상이 열 백번 변한다 해도
우리는 믿는다 김정일 장군
당신이 없으면 우리도 없고
당신이 없으면 조국도 없다

내가 다니던 고등중학교는 집에서 도보로 약 30분쯤 되는 거리에 있었다. 매일 아침 일찍 집을 나서면 학교 가는 길에 친구들과 언니, 오빠들을 자연스럽게 만나 오순도순 흙길을 같이 걸었다.

북한은 평양 외에는 지방의 대도시조차 거의 모든 길이 비포장도로다. 게다가 길바닥에는 사람 것인지 들짐승 것인지 분간할 수 없는 배설물이 항상 있었다. 그래서 길을 걸을 때는 똥을 밟지 않도록 늘 발밑을 잘 살펴야 했다.

어쩌다 집에서 악취가 나면 엄마는 어디서 똥냄새가 난다고 하며 신발장을 뒤지셨다. 그러고는 아빠의 신발 바닥에 묻어 있는 똥을 발견해 냈다.

"아니, 애도 아니고 어른이 칠칠맞게 똥을 밟고 다녀요!"

엄마는 그렇게 투덜대면서도 똥이 묻은 아빠의 신발을 앞마당으로 들고 나가서 깨끗이 닦곤 하셨다.

간혹 오빠나 언니, 나의 신발에 똥이 묻어 있을 때도 있었는데, 그럴 때 엄마는 똥 묻은 신발을 집어 들어 "에이." 하며 앞마당에 휙 내던지셨다. 그러면 그 신발의 주인이 주워 가지고 집 근처 개울가로 가서 씻어 오곤 했다. 오빠는 늘 똥 묻은 신발을 흙바닥에 몇 번 쓱쓱 비비고는 다 끝났다고 했다. 하지만 언니와 나는 달랐다. 우리는 얇은 나뭇가지를 주워 와서 신발 바닥 틈새에 낀 찌꺼기까지 박박 긁어낸 다음 흐르는 개울물에 깨끗이 헹구고 나서야 비로소 속이 후련해졌다.

사상부위원장으로 임명되다

고등중학교 생활은 인민학교 시절과 비교하여 많은 것이 달랐다. 첫째로 각 학급에 사상부위원장을 두어 학생들에 대한 사상교육을 강화했다. 사상부위원장은 학업성적이 우수하고 출신성분이 좋은 학생들 중에서 담임 선생님이 지명해 뽑았다. 우리 반 담임 선생님은 나를 사상부위원장으로 임명했다. 인민학교 4년 동안 1등을 놓친 적이 없는 데다가 아버지의 출신성분이 좋았던 점도 영향이 있었을 것이다. 학교를 졸업할 때까지 나는 6년간 줄곧 사상부위원장을 맡았다.

사상부위원장은 직책의 명칭에서 알 수 있듯 학생들의 사상교육을 담당했다. 매일 아침 사상교육 시간이 되면 나는 교탁 앞으로 나가 김일성·김정일 말씀집을 펼쳤고, 내가 한 구절씩 소리를 내어 읽으면 우리 반 학생들은 경청하거나 그것을 공책에 받아 적었다.

사상교육 시간은 늘 엄숙한 분위기에서 진행되었다. 나는 교편대(얇고 긴 막대기)를 항상 가지고 다니면서 교육 시간에 떠들거나 장난을 치는 아이가 있으면 남학생이든 여학생이든 가리지 않고 손바닥을 때리곤 했다.

꼬마계획

고등중학교에 입학한 후 가장 크게 달라진 부분은 학생들에 대한 국가의 노동력 착취다. 북한에서는 만 7세에서 13세 사이의 아이들은 의무적으로 모두 소년단에 가입해 소년단 활동을 시작하는데, 보통 고등중학교에 입학하는 시기인 만 10세 무렵부터 소년단 활동이 활발히 이루어진다.

소년단 활동 중에 '꼬마계획'이라는 것이 있다. 말 그대로 꼬마들이 국가에 필요한 것들을 수집해서 바침으로써 조국에 기여하는 활동이다. 학생들은 꼬마계획이라는 명목 아래 방과 후가 되면 저마다 동, 알루미늄, 철 같은 금속을 수집해서 학교에 바쳐야 했다.

행여 학생들이 힘들다고 불평이라도 할라치면 선생님은 이렇게 설득했다.

"동은 대원수님 동상 제작에 사용돼. 알루미늄은 포탄을 만들고, 철은 탱크를 만들지. 다 우리나라를 지키는 데 쓰는 거야."

소년단 활동에 내보넌 이런 사상적 의미를 듣게 되넌 학생들은 싫어노 싫은 내색을 할 수 없었다. 선생님은 학생들에게 매번 할당량을 정해 주었는데, 그 할당량을 채우지 못한 학생들은 밤늦게까지 학교에 남아 운동장 풀 뽑기 등 강제노역에 시달렸다.

이것뿐만이 아니었다. 학생들은 매년 토끼가죽 5매를 의무적으로 학교에 내야 했다. 최전방에서 근무하는 인민군들에게 선물할 토끼털 외투를 만든다는 것이 이유였다. 이 할당량을 채우기 위해 학생들은 집에서 토끼를 키우거나 토끼가죽만 따로 구입해서 학교에 냈다.

또 해마다 봄이면 고사리와 약초를 캐러, 가을이면 도토리를 주우러 산에 갔는데, 주위에 변변한 산이 없어 꼬박 3시간을 걸어야 했다. 우리는 일요일에도 쉬지 못한 채 아침 일찍 집을 나와 강제노역에 동원되었고, 이렇게 힘들여 구한 고사리, 약초, 도토리는 모두 학교에 헌납했다.

분토(糞土)의 날

│

추운 겨울에는 인분(人糞)까지 갖다 바쳐야 했다. 북한에는 화학비료가 없기 때문에 봄철 농사에 쓸 천연비료를 충분히 확보해 둬야 했다. 매주 금요일이 '분토(糞土)의 날'로 정해져 있었는데, 이날에는 직장인, 주부, 학생 등 남녀노소를 가리지 않고 모든 주민이 지정된 장소에 분토를 가져다 놓아야 했다.

분토를 만드는 방법은 간단하다. 먼저 자기 집 화장실 인분을 한 삽 퍼서 새까맣게 탄 잿더미 위에 던진 뒤 삽으로 위아래를 뒤집어 가며 잘 섞이게 버무리면 끝이다. 이 상태로 하루 이틀 그냥 놔두면 꽁꽁 얼어붙는데, 딱딱하게 굳은 분토를 양동이나 대야에 담아서 분토를 모아 두는 곳으로 가져가면 된다.

분토를 모아 두는 장소는 직장인, 주부, 학생별로 제각기 달랐다. 학생들의 경우는 학교 운동장 한구석에 분토를 모아 두는 곳이 따로 있었다. 그곳에는 전교생의 학년, 반, 이름이 적힌 팻말들이 오와 열을 맞추어 나란히 세워져 있었다. 학생들은 자기 이름이 적힌 팻말 앞에 가져온 분토를 놓아두면 된다.

분토 가져오기만은 인민학교 학생들도 예외가 아니었다. 이제 겨우 예닐곱 살의 어린아이들조차 분토를 담은 대야를 머리에 이고서라도 학교로 가져와야 했다. 매주 분토의 날에는 거리가 머리에 대야를 이고 가는 어린아이들, 양동이를 들고 가는 직장인들, 주부들, 학생들로 넘쳐 났다.

각자의 할당량을 채우지 못할 경우 각 단위별 책임자에게 비난을 받았기 때문에 다른 사람이 가져다 놓은 분토를 훔쳐 가거나 남의 집 화장실 인분을 몰래 퍼 가는 웃지 못할 일도 흔히 벌어졌다. 그래서 집 화장실 문을 항상 자물쇠로 채워 두어야 했다.

농촌지원전투

고등중학교 생활 중 가장 고된 일을 꼽는다면 단연 '농촌지원전투'일 것이다. 북한은 낙후된 농업 환경으로 인해 모든 농사일을 사람 손으로 해야 한다. 특히 봄가을에 집중적으로 실시되는 '농촌지원전투'는 전 주민이 동원되는 국가적 사업이었다. 봄에는 '모내기전투', 가을에는 '가을걷이전투'라고 불렀다.

고등중학교 학생들도 5월 10일경부터 30일간은 학업도 제쳐 두고 주변 농촌에서 농사일을 거들어야 했다. 이 기간에는 농가에서 농부들과 함께 거주하며 지냈다. 새벽 6시부터 저녁 8시까지 일을 시키는데, 정말 죽을 맛이었다. 새벽 6시에는 냉상모판(보온못자리)에서 볏모를 뽑아 묶음으로 만들었다. 이 작업을 1시간 동안 하고 난 뒤에는 다 함께 줄을 맞춰 아침을 먹으러 간다. 이때 나오는 음식은 옥수수를 넣어서 만든 잡곡밥이다.

오전 8시가 되면 다시 밭으로 집결하는데, 이때 선생님은 남녀가 두 명씩 포함된 4인 1조로 묶어 준다. 각 조마다 하루에 꼭 달성해야 하는 책임량이 있다. 먼저 첫 번째 학생이 호미로 밭이랑에 20cm 간격으로 구멍을 파면서 나가면, 두 번째 학생이 그 구멍에 옥수수 모를 심는다. 그러면 뒤따르던 세 번째 학생이 물을 가져다가 모 위에 붓고, 마지막 학생은 흙으로 뿌리를 덮어 준다.

온종일 땅바닥에 엎드려 기어 다니며 이런 작업을 했기 때문에 하루 일이 끝나면 어린 학생들은 힘들어서 울고불고 난리였다. 6월 초가 되면 논밭에서 못줄을 잡고 고사리손으로 볏모를 꽂았다.

가을에는 10월 1일부터 30일간 가을걷이전투에 동원되었다. 이때도 농장에서 집단숙식을 하며 일했다. 우리는 이른 새벽부터 저녁 8시까지 옥수수를 뜯어 마대에 담거나 우리 키만 한 낫자루를 손에 들고 벼를 베어서 볏단을 만들었다. 낫질이 서툴러서 손을 벨 때도 있는데, 그럴 때는 상처가 난 곳에 된장을 발라 헝겊으로 동여매고는 또다시 낫질을 했다.

그렇게 하루하루가 너무 고통스러워서 매일 눈물을 흘리면서도 이처럼 불합리한 현실에 대해 불평하는 사람은 아무도 없었다. 지금 생각해 보면 참 의아한 일이 아닐 수 없다. 원망을 쏟아 낼 만도 한데 그 누구도 그러지 않았다. 우리는 힘들어하고 고통스러워할 줄만 알았지 불평하는 법은 몰랐던 것이다.

왜 그랬을까? 아마도 막연하게나마 그런 삶이 모든 인간에게 숙명처럼 똑같이 주어졌다고 믿었기 때문일 것이다. 우리는 우리와 다른 삶의 방식이 있을 수 있다는 것을 상상도 하지 못했다.

82년생 우리들의 소소한 낭만

그렇게 지친 일상을 살아 내야 했던 우리에게도 씁쓸하지만 순수했던 낭만은 존재했다. 학급 안에서 남학생들이 좋아하는 여학생에게 쪽지를 보내는 일이 유행했던 것이다. 이런 풋풋함조차 씁쓸하게 기억되는 이유는 순수한 남녀 교제도 엄격히 통제되는 곳이 바로 북한 사회이기 때문이다. 특히 남자들은 고등중학교를 졸업하면 곧바로 군에 입대해야 했다. 그리고 군에서 10년 이상을 복무하고 나서야 비로소 여성과 교제할 수 있었다.

교문 앞 오른쪽 네 번째 느티나무 아래. 오후 6시, 상규.

가끔 내 책갈피에도 남자아이들이 보낸 쪽지가 끼어 있곤 했다. 우리 반 반장이었던 상규도 그중 한 명이었다. 상규는 책임감과 리더십이 뛰어났을 뿐 아니라 자존심도 강한 아이였다.

'이게 날 뭘로 보고!'

나는 쪽지를 받을 때마다 항상 너무 화가 났다. 왜냐하면 나는 동년배 남학생들을 단지 내가 가르쳐야 하는 대상으로밖에 보지 않았기 때문이

48

다. 학급 내에서는 "누가 누구를 좋아한다."는 소문이 늘 끊이지 않았고, 서너 명이 모이면 이성교제와 관련된 수다를 떨기도 했다.

매년 설날이 오면 반 친구들 중 절반은 으레 우리 집에 모여서 사흘간 숙식을 함께하며 즐겁게 놀았다. 북한에서는 명절을 크게 쇠는 편이다. 평소에 잘 먹지 못 하다 보니 적어도 명절 기간만큼은 풍족하게 지내야 한다는 생각이 밑바탕에 깔려 있기 때문이다. 어쩌면 이런 생각은 우리 DNA에 새겨져 대대로 이어져 온 한민족(韓民族)의 기본 정서가 아닐까.

어쨌든 엄마는 평소에 쌀을 조금씩 아껴서 명절용으로 따로 모아 두었다. 그리고 텃밭에서 기른 고추를 잘 말려서 고춧가루로 만들어 장마당에 내다 팔아 얻은 수입도 차곡차곡 모아 두었다. 엄마는 이렇게 모아 둔 쌀과 돈으로 명절에 찹쌀떡도 쪄 내고 만두도 빚었다. 그리고 돼지고기수육무침, 콩깻묵으로 만든 인조고기, 두부밥, 각종 부침개와 산나물 4종, 농마국수 등 명절 음식을 잔뜩 준비해서 명절을 맞았다.

사회급양관리소에서 1급 요리사로 근무하셨던 엄마의 요리 솜씨는 누구나 인정할 만큼 독보적이었다. 특히 엄마가 직접 담근 김치 종류는 타의 추종을 불허했다. 담근 지 일주일쯤 된 김치를 손으로 살짝 찢어서 한입 베어 물면, 눈을 번쩍 뜨이게 하는 아삭함과 청량감이 혀끝에서 쩡하며 온몸으로 퍼져 나가는 것 같았다.

명절날 오후가 되면 어김없이 반 친구들이 하나둘 우리 집으로 모여들었다. 20명이 넘는 사람이 한방에 빙 둘러앉아서 한 상 가득 차린 명절음식을 나누며 카세트녹음기에서 흘러나오는 북한 유행가를 따라 불렀다.

이렇게 밤새워 놀다 지치면 남녀가 떼로 나뉘어 깊을 잤다. 다음 날 해가 중천에 뜨면 모두 일어나서 북한식 카드놀이 등을 하며 시간을 보냈고, 저녁에는 또다시 카세트녹음기를 틀어 놓거나 기타 반주에 맞춰 다 함께 노래를 불렀다.

친구들이 모이면 그 안에는 유행에 민감한 아이가 한둘은 꼭 있게 마련이다. 명수라는 아이가 그랬다. 명수는 명절날 우리 집에 모두 모여서 놀 것을 알았기 때문에 이에 대비해 미리 준비한 비장의 무기를 하나씩 꺼내곤 했다. 예를 들어 북한 유행가를 따라 부르는 것이 약간 지루해졌다 싶으면 그 틈을 타서 혼자 잔잔하게 기타 줄을 퉁기며 아무도 모르는 노래를 불렀다.

긴 밤 지새우고 풀잎마다 맺힌
진주보다 더 고운 아침이슬처럼…….

처음 듣는 좋은 멜로디에 우리 모두는 열광했고, 명수는 일약 스타가 되었다. 우리는 그 자리에서 명수에게 그 노래를 배워 밤새 따라 불렀다. 이때 배운 노래가 〈애모〉, 〈찰랑찰랑〉, 〈상하이 트위스트〉, 〈사랑을 위하여〉 같은 곡들이다. 훗날 나는 그 노래가 한국 노래라는 것을 알게 되었다.

여름방학이 되면 마음 맞는 친구들과 함께 강가에 놀러가서 물놀이도 하고 물고기를 잡아서 어죽도 끓여 먹었다. 이때는 빈틈없는 사전계획이 필요했다. 쌀, 된장, 고추장, 식용유, 각종 야채, 솥, 족대, 통발 등 준비해야 할 게 많았기 때문이다.

나는 친구들에게 각각의 임무를 맡겼다. 나는 이때 집안 형편이 어려운 친구들의 마음이 불편해지거나 상처받는 일이 없도록 아무도 눈치채

지 못하게 자연스럽게 배려하곤 했다.

"영희는 집에서 된장하고 고추장을 퍼 가지고 와. 통발에도 사용할 거
니까 된장은 좀 넉넉히 가져오고. 순이는 식용유를 맡아."

영희와 순이는 당 간부 자녀들이었기 때문에 비교적 여유가 있는 편이
었다.

"영심이는 애호박과 깻잎을 가져와. 명수는 대파하고 풋고추, 기타도
잊지 말고 꼭 챙겨 오고. 그리고 명숙이는 감자랑 마늘을 챙겨 와."

그 아이들의 집에서 텃밭을 가꾸고 있어서 채소 정도는 큰 부담 없이
가져올 수 있었던 것이다.

"어죽 끓일 솥이 필요하니 상규는 집에서 솥을 매고 와. 강석이하고 승
대는 물고기 잡을 족대하고 통발을 빌려 오고."

그렇게 임무를 맡기고 나면 가장 귀한 쌀은 늘 내 몫이었다. 나는 우리
집 쌀독에서 엄마 몰래 쌀을 잔뜩 퍼 나르곤 했다. 다음 날 약속장소에
모여 오전 9시쯤 출발하면 목적지인 강변까지는 걸어서 1시간 정도 걸렸
다.

목적지에 도착하면 두 명씩 조를 짜서 역할을 분담시켰다. 물고기 잡
는 조, 장작을 주워다가 불 피우는 조, 솥 걸 자리를 만드는 조, 어죽 끓일
채수를 다듬고 쌀 씻는 조, 식사할 자리를 마련하는 조……. 그렇게 조를

나눠 각자가 맡은 역할을 충실히 하다 보면 어느덧 해가 중천에 떠 있고 어죽은 구수하게 끓고 있었다.

이때쯤 담임 선생님도 오서서 함께 즐겼다. 내가 미리 선생님에게 말해 두었기 때문이다.

"우리가 먼저 가서 준비를 다 해놓을 테니 선생님은 정오까지 천천히 오세요."

그러면 담임 선생님은 준비된 것을 보고 매우 흡족해하며 나를 칭찬했다.

"이런 일을 조직해서 추진하는 게 간단한 일은 아닌데, 사상부위원장은 훌륭한 책임자 기질을 타고났구나."

어죽으로 배를 채우고 난 뒤에는 모두 물속에 들어가 물장구를 치며 놀았다. 물놀이가 슬슬 싫증이 나면 뭍으로 나와서 빙 둘러앉아 기타를 치며 노래를 불렀다.

좋아하는 여학생에게 몰래 쪽지를 건네는 남학생, 남녀 가리지 않고 우리 집에 모여 숙식을 함께하며 즐긴 명절, 강가에 놀러가 물장구도 치고 어죽도 끓여 먹던 친구들……. 지친 삶 속에서도 82년생 우리들이 즐겼던 소소한 낭만이 어우러진 풍경들이다.

【1994년 7월 김일성 사망 사건】

고등중학교 시절에 겪었던 가장 충격적인 일은 뭐니뭐니 해도 김일성의 사망이었다. 1994년 7월 9일 낮 12시 무렵, 이제 곧 오전 수업 종료를 알리는 벨이 울리겠구나 하던 차에 느닷없는 방송이 흘러나왔다. 김일성 대원수가 전날인 7월 8일 오전 2시에 심근경색중으로 사망했다는 소식이었다.

우리는 너무 놀라서 어찌할 바를 모르고 멍하니 앉아 있었다. 그때 갑자기 한두 아이가 울음을 터뜨렸고, 뒤이어 각 교실에서 울음소리가 크게 터져 나오더니 이내 학교 전체가 울음바다로 변했다. 교사들도 학생들도 목 놓아 울었다.

나도 교실 바닥에 쓰러져서 통곡했다.

'우리는 이제 어떻게 되는 거지? 우리는 고아가 되는 건가?'

정말 하늘이 무너지는 느낌이었다. 가랑잎 한 장으로 강을 건너고, 모래알로 쌀을 만들며, 솔방울을 수류탄으로 바꾸어 항일운동을 했던 인류의 태양 김일성 대원수님.

우리는 김일성을 인간의 범주를 훨씬 뛰어넘는 신적인 존재로 인식하고 살았다. 진짜 그렇게 믿었다. 정말이지 옷깃이라도 살짝 한 번 스쳐봤으면, 꿈에서라도 한 번 만났으면 하는 그런 존재였다. 그러니 김일성의 사망 소식은 우리에게 말 그대로 청천벽력과도 같았다.

학교 및 전국의 모든 공공장소에 분향소가 설치되었다. 당 간부들은 주민들에게 매일 분향소에 가서 생화를 헌화할 것을 강요했다. 그래서 주민들은 남녀노소를 가리지 않고 김일성 영정 앞에 바칠 꽃을 찾아 산과 들을 헤매야 했다.

학교 교사들은 오후 수업도 제쳐 놓은 채 어린 학생들에게 산에 가서 꽃을 따 오라고 종용했다. 나도 매일같이 꽃을 따러 산에 오르고 들판을 누볐다. 손발이 다 부르터서 온통 물집투성이였다. 산을 기어오르다가 넘어져서 무릎이 깨지고 팔꿈치는 벗겨졌다. 이처럼 눈물겹게 꺾은 꽃을 다발로 엮거나 꽃바구니에 담아 꽤 먼 거리에 있는 분향소까지 날마다 걸어가서 헌화했다.

온종일 꽃을 찾아 헤매느라 몸은 지칠 대로 지치고 한여름 뙤약볕을 그대로 맞으며 분향소까지 걸어가다 보면 몸이 너무 고달파서 하염없이 눈물이 흘렀다. 어린 여자아이가 감당하기에는 너무나 큰 육체적 고통이었다.

분향소에 가면 김일성 영정 앞에 꽃을 바치고 엎드려서 절을 하는데, 이때 반드시 통곡을 해야 했다. 다행히도 눈물은 펑펑 쏟아졌다. 온종일 꽃 따러 산으로 들로 다니느라 퉁퉁 부어오른 발이 너무 아파서 서러움에 절로 눈물이 터져 나왔던 것이다. 그렇게 고달픈 생활은 한 달 넘게 계속되었다.

제 2 장

청소년기(1995년~2000년)

지옥의 문이 열리다

그전까지 우리가 겪었던 어려움은 이후 찾아올 고통에 비하면 아무것도 아니었다. 북한 주민들 앞에 진짜 지옥문이 열린 것은 김일성이 사망하고 나서였다. 김일성이 살아 있을 때는 불규칙하기는 해도 적은 양이나마 배급을 받을 수 있었는데, 그가 죽고 난 뒤로는 배급 상황이 급격히 나빠졌다. 이른바 '고난의 행군'이라 불리는 극도의 경제난이 본격적으로 시작된 것이다.

우리 집은 아빠가 공무원이어서 그래도 제한적이나마 배급이 이루어졌지만, 일반 주민들의 경우는 배급이 거의 끊기다시피 했다. 주민들은 자기 집 텃밭에서 옥수수, 감자, 콩, 채소 등의 작물을 재배해 자급자족으로 버티면서 겨우 목숨을 부지해야 했다. 하지만 작은 텃밭에서 생산되는 것만으로는 턱없이 부족했다.

같은 반 친구들 중에도 일상적으로 밥을 굶는 아이가 거의 절반이었다. 무단결석하는 학생들도 하나둘 생기기 시작했다. 그전까지는 무단결석하는 경우가 거의 없었다. 아이가 아파서 학교에 올 수 없으면 부모가 출근길에 학교에 들러 사정을 설명했다. 그러면 학급 간부들이 방과후에 문병을 가서 그날 선생님이 내준 숙제를 알려 주거나 학교에서 배운 것들을 가르쳐 주곤 했다.

한번은 학급 반장 상규가 이틀 연속으로 무단결석하는 일이 생겼다.

선생님은 걱정이 되었는지 나에게 수업이 끝난 뒤 몇몇 학생을 인솔해서 상규네 집을 가 보라고 지시했다. 방과 후 나는 학급 간부 몇 명과 함께 상규네 집으로 향했다.

"상~규야, 상~규야."

우리는 상규네 집 앞에 서서 상규의 이름을 불렀다. 그런데 여러 번 불렀는데도 아무 대답이 없었다. 우리는 덜컹거리는 판자문을 열고 집 안으로 들어갔다.

"상~규야, 상~규야."
"으음… 음……."

방 안쪽에서 들릴락 말락 한 신음소리가 새어 나왔다. 우리는 서로 눈치를 보다가 살짝 방 안을 들여다보았다. 방에는 상규 부모님과 상규 그리고 상규 남동생까지 온 가족이 천장을 바라보고 누워 있었다. 다들 몸이 찐빵처럼 통통 부어 있었고, 머리끝부터 발끝까지 피부가 푸르뎅뎅하게 변해 있었다. 나중에 알았지만, 배는 고픈데 먹을 게 없어서 상규 엄마가 들에서 캐 온 풀뿌리를 독초인 줄도 모르고 먹었다가 풀독이 올라온 가족이 쓰러졌던 것이다.

어느 나라에서든 이런 현장을 목격하면 아무리 어린 학생이라도 일단 살려야 한다는 생각에 구급차를 부르거나 뭔가 조치를 취하게 마련이다. 그런데 북한은 인명구조 시스템이 구축되어 있지 않다. 아니, 인명중시의 가치관이 아예 없다고 봐도 무방하다.

그래서 우리는 방바닥에 누워 죽어 가고 있는 사람들을 보고도 구해 줘야 한다는 생각을 하지 못했다. 단지 불쌍하다는 생각과 함께 빨리 학교에 가서 선생님께 보고해야 한다는 의무감만 불탔다. 그 상태로 있다가 저절로 회복되면 다행인 것이고 회복되지 않으면 어쩔 수 없는 일이었다.

다행히도 상규는 며칠 뒤 학교로 돌아왔다. 그런데 상규는 이제 예전의 활발하고 장난기 많던 아이가 아니었다. 완전히 과묵한 아이로 바뀌어 있었다. 학교에서는 어느 누구와도 길게 대화하려 하지 않았다. 자존심이 꽤 강했던 상규는 같은 반 친구들에게 절대 보이고 싶지 않은 모습을 들켰다는 것이 죽을 만큼 싫고 창피했던 것이다.

특히 나와는 아예 눈을 마주치는 것조차 피했다. 그때는 영문을 몰랐지만, 지금은 너무도 잘 이해한다. 집에 먹을 것이 없어서 길바닥 풀을 뜯어먹고 풀독이 오른 모습을 내심 좋아하던 여자애한테 들켜 버린 사춘기 남자아이의 속마음이 어땠을지 말이다. 우리의 불우한 상황은 이렇게 교우 관계마저 멀어지게 했다.

1996년에 들어서면서 사정이 더욱 나빠져 아사자가 속출하기 시작했다. 산속의 개구리를 몽땅 잡아먹어서 씨가 말랐고, 초근목피로 연명하는 사람들도 나날이 늘어났다. 많은 사람이 산나물, 메밀꽃, 칡뿌리, 소나무 줄기 등 야생식물을 찾아 산으로 갔다.

그중 소나무는 대표적인 구황식물이었다. 소나무 껍질을 벗기면 하얀 속살이 나온다. 그 속살을 벗겨 내 냇샛물에 푹 삶은 뒤 절구에 넣고 빻아서 최대한 부드럽게 만든다. 여기에 옥수숫가루를 조금 섞어 버무린 뒤 떡처럼 쪄서 먹는다. 그런데 아무리 씹어도 입안에서 줄어들지 않고 그대로 남아서 나중에는 그냥 눈을 질끈 감고 삼켜야 했다. 한마디로 먹는 것 자체가 고역이었다.

게다가 아무리 삶고 빻아서 부드럽게 만든다 해도 소나무 껍질은 체내에서 소화도 흡수도 되지 않는 거친 섬유질이다. 그렇기 때문에 배 속에 머무르는 동안은 약간 포만감을 느낄 수 있어도 결국 그대로 다 배설하게 되는데, 이때 심한 변비로 직장이 파열되곤 한다. 그래서 나는 아무리 배가 고파도 그것을 도저히 먹을 수가 없었다. 먹고 나서 심한 변비로 고통을 당하느니 차라리 죽더라도 그냥 굶는 게 나았다.

장마당의 탄생

국가의 배급이 끊긴 이후 북한 주민들은 초근목피로 근근이 연명하거나 이조차도 안 되면 굶어 죽어야 했다. 이렇게 참담한 현실 속에서 북한의 많은 여성은 자신을 희생해서라도 가족만은 살려야 한다는 일념으로 목숨을 걸고 두만강을 건넜다.

북한 여성들은 매우 진취적이고 불합리한 현실을 바꾸려는 의지가 강하다. 이것은 현재 한국에 들어와 있는 3만여 명의 탈북자 가운데 여성의 비율이 80%에 육박하는 사실만 봐도 알 수 있다.

한번 국경을 넘은 북한 여성들은 보위부의 눈을 피해 중국을 들락날락하면서 사소하나마 북한에 필요한 식량과 생필품 등을 공급했다. 이들을 중심으로 암시장이 형성되기 시작했는데, 그것이 바로 장마당이다. 즉, 장마당은 죽음의 구렁텅이로 내몰린 북한 주민들이 살아남기 위해 발버둥치는 과정에서 필연적으로 발생할 수밖에 없는 운명이었다. 이곳에서는 시장경제의 수요공급의 법칙에 따라 가격이 결정되었는데, 품목에 따라서는 국정가격의 100배 이상 되는 것도 있었다.

북한 당국도 생존을 위해 몸부림치는 주민들의 움직임까지 막을 수는 없었다. 오히려 배급을 줄 수 없으니 주민들이 스스로 생계를 유지해 나가도록 장려하는 입장이었다. 따라서 불법적인 장마당 활동을 알면서도 눈을 감아 줄 수밖에 없었다.

하지만 그렇다고 해서 마냥 풀어놓을 수만도 없는 노릇이었다. 왜냐하면 장마당을 통해 외부 세계의 많은 정보를 접할 수 있어 북한 체제에 큰 위협이 되었기 때문이다. 그래서 북한 정권에게는 장마당이 '양날의 검'과 같았다.

간첩사건

북한 당국은 어느 정도까지는 장마당 활동을 묵인하면서도 당국의 통제에서 자유롭게 벗어나게 두지는 않았다. 이를 위해 늘 긴장 상태를 유지해야 했는데, 이때 주로 활용한 것이 간첩사건이었다. 그중에서 내 기억에 남아 있는 사건이 진달래꽃조(組)와 목란꽃조 사건이다.

1996년 늦가을 무렵, 당시 국가안전보위부는 탈북 여성들로 구성된 조직이 간첩활동을 목적으로 북한에 다시 들어왔다는 첩보를 입수하고 대대적인 조사에 착수했다. 각 지역마다 지역 주민들의 동향과 움직임을 감시하는 보위부 지도원들이 있는데, 이들은 국경 근처에라도 간 적이 있는 사람들은 몽땅 잡아다가 거칠게 심문했다.

하루는 같은 반 친구 미애가 몸이 아파서 결석을 했다. 나는 사상부위원장으로서 미애의 집에 문병을 가서 당일 숙제를 알려 주고 그날 배운 것도 가르쳐 주어야 했다. 방과 후 집에 들러서 간단히 요기를 한 다음 미애네 집에 가려고 막 나서는 순간, 등 뒤에서 나를 부르는 아빠의 목소리가 들렸다.

"막내야, 잠깐 좀 기다려 봐라."
"네? 왜요, 아빠?"
"우리 막내, 미애네 집에 간다고 했지? 아빠 일 좀 도와주지 안캈서?"

"무슨 일인데?"

"너도 점박이 알지? 아랫동네에 사는 점박이."

우리 집에서 한참 떨어진 곳에서 사는 점박이는 나보다 네 살 어린 남자아이였다. 원래 이름은 창구인데, 태어날 때부터 얼굴에 큰 반점이 있어서 다들 점박이라고 불렀다.

"응, 알아."

"요 근래에 점박이 엄마가 미애 엄마를 데리고 중국을 몇 번이나 갔다 왔거든. 그 아주마이들이 중국에서 누굴 만나고 뭘 했는지 아빠가 좀 알고 싶어서 그래. 미애 집에 가믄 걔 엄마 아빠가 무슨 말을 하는지 잘 엿들어 보라. 혹시 뭔가 이상한 낌새가 보이는지도 잘 살펴보고."

"아빠는 왜 나한테 그런 걸 시키고 그래! 싫어, 난 몰라."

"우리 막내, 아빠 말 잘 들으라우. 근래에 중국에 갔다 온 아주마이들 중에 남조선의 사주를 받고 간첩활동을 하는 무리들이 있지비. 그런 무리들은 우리 공화국을 무너뜨리려는 암적인 존재 아니갔서? 빨리 색출해서 도려내지 않으면 우리나라가 위험에 빠질 수도 있단 말이지……."

나는 그때 처음으로 아빠에게서 진달래꽃조와 목란꽃조에 대한 이야기를 들었다. 아빠는 그 조직들이 탈북 여성들로 구성된 간첩조직이라고 했다.

'그럼 미애 엄마가 길못되면 교화소에 끌려가는 긴가?'

나는 내가 전한 말 때문에 친구 엄마가 잡혀갈 수도 있다는 생각에 두려웠다. 그래서 그날 미애 집에 가서는 학교 숙제만 얼른 알려 주고 일찍 돌아왔다.

저녁에 직장에서 퇴근한 아빠가 이상한 낌새가 없었느냐고 물으셨다.

"별말 없던데……."

나는 대충 얼버무리고는 슬쩍 자리를 피했다.

이 시기에 보위부 지도원들은 새로운 수령인 김정일과 당에 대한 충성심 경쟁을 벌이고 있었다. 그들은 두드러진 실적을 내기 위해 무고한 사람들에게 없는 죄까지 뒤집어씌웠다. 불쌍하게도 피의자들은 변론의 기회를 얻을 수 없고 변호사의 도움도 받을 수 없다. 보위부가 자체적으로 판단해서 결정하면 그것으로 끝이었다. 그래서 이때 많은 사람이 간첩으로 몰려 정치범교화소에 끌려갔다.

아빠는 국가와 당에 대한 충성심은 누구보다도 강했지만 마음이 모질지 못한 사람이었다. 보위부 지도원들은 담당 구역 주민들 중에 조금이라도 의심이 가는 사람들을 색출해서 윗선에 보고해야 했는데, 아빠는 단 한 건도 보고하지 않았다. 윗선에 보고된 사람들이 교화소로 끌려가서 어떤 고초를 겪을지 잘 알고 있었기 때문이다. 그 결과 아빠는 직무태만으로 배급이 줄었고, 우리 가족은 한동안 배고픔의 고통을 겪어야 했다.

이 시기에 외할머니가 굶주림으로 세상을 떠났다. 공무원 가족과 달리 보통 주민들은 거의 배급을 받지 못했기 때문에 그동안 엄마는 우리 집에 나오는 배급을 쪼개서 외가에 보내곤 했다. 그런데 우리가 받는 배급이 급격히 줄면서 그마나도 어렵게 되자 가장 연로하신 외할머니가 견디지 못하고 돌아가신 것이다. 아무 죄 없는 엄마는 그에 대한 자책감으로 매일 밤 흐느껴 우셨다. 이 사건은 내게도 큰 충격으로 남았다.

날이 갈수록 아사자는 더 늘어났다. 설상가상으로 1995년 가을경부터 이듬해에까지 북한 전역에 장티푸스와 파라티푸스가 돌았다. 병원이 부족할뿐더러 막상 병원에 가도 약을 구할 수 없는 상태에서 전염병에 노출된 많은 사람이 죽어 나갔다. 날이 저물어 어두워지고 주변이 쥐 죽은 듯 조용해지면 사방에서 울음소리가 들려왔다. 굶주림으로 기력을 잃어서인지 마치 짐승이 흐느끼는 소리 같았다.

다음 날 아침이면 골목 여기저기에 굶어 죽었는지 병에 걸려 죽었는지 알 수 없는 시체들이 멍석이나 가마니에 둘둘 말린 채 널브러져 있었다. 나는 매일 아침 그 시체들 사이를 지나서 학교에 가곤 했다. '아마 생지옥이 있다면 이런 풍경이 아닐까' 하는 생각이 들었다.

길바닥 여기저기에서 나뒹구는 시체를 매일 목격한다는 것은 사춘기의 내게 너무나 끔찍한 일이었다. 그런데 그보다 더 끔찍한 사실은 어느새 그런 풍경에 익숙해져 '또 한 사람 죽었네' 하고 사람의 죽음 자체에 무감각해져 갔다는 것이다.

부모가 굶거나 병들어서 죽으면 뒤에 남은 아이들은 집 없이 거리를 떠돌면서 장마당의 쓰레기통을 뒤지고 구걸과 도둑질로 연명했다. 우리는 그 아이들을 '꽃제비'라고 불렀다. 오늘날에도 북한 전역에 얼마나 많은 꽃제비가 있는지 수를 파악할 수조차 없다.

"빨리 전쟁이 났으면 좋겠다. 통일이 되든 말든 누가 이기고 지든 빨리 좀 터졌으면 좋겠어."

엄마가 늘 입버릇처럼 말할 때마다 아빠는 엄마를 달랬다.

"이게 다 미국 놈들 탓이오. 몇 해 지나고 나면 고생도 다 끝나고 괜찮아질 것이오."

사실 북한에서는 가정이나 사회에서 일이 잘 안 풀리면 누구나 이렇게 말한다.

"이게 다 미국 놈들 때문이지. 미국 놈들이 원쑤지."

1995년 무렵부터는 전기 공급도 끊겼다. 그래서 밤이 되면 사방이 깜깜해지고 밤하늘의 달과 별들만이 칠흑 같은 어둠을 밝히는 유일한 빛이었다. 집에 전깃불이 들어오지 않자 나는 매일 밤 초롱불을 켜 놓고 늦게까지 공부를 했다. 그래서 콧구멍에서는 늘 새카만 그을음이 묻어났다.

공책 같은 공산품도 너무 귀했기 때문에 종이 한 장이라도 더 아끼기 위해 깨알 같은 글씨로 종이 앞뒷면을 빼곡히 채웠다. 눈곱만 한 공간도 남기지 않았다. 이렇게 공책 첫 장부터 마지막 장까지 빽빽이 채워진 공부의 흔적을 볼 때면 마음이 그렇게 뿌듯할 수가 없었다. 하지만 뿌듯함도 잠시, 내가 사용한 공책은 늘 화장실로 직행했다. 우리 가족이 용변을 보고 휴지 대용으로 사용하기 위해서였다.

공부를 좀 해 본 사람들은 이해할 것이다. 자신이 공부한 흔적이 남아 있는 공책을 좀 더 오래 간직하고 싶은 마음을. 하지만 나의 간절한 마음을 아는지 모르는지 오빠와 언니들은 내가 공책을 다 쓰기만을 기다렸다가 다 쓰자마자 바로 화장실로 가져갔다. 약간 뻣뻣한 공책을 한 장 찢어 양손으로 구부리면서 비벼 주면 사용하기가 한결 편했다.

우리 동네에 있는 화장실은 모두 재래식이었다. 화장실 바닥에 수북이 쌓인 대변 위에는 늘 구더기가 우글댔다. 화장실에 갈 때마다 참기 어려운 암모니아 냄새가 코를 찔렀는데, 손으로 코를 쥐고 얼마 동안 꾹 참고 있으면 후각이 순응해서인지 신기하게도 냄새가 덜 느껴졌다.

용변용 휴지는 고사하고 질 낮은 종이도 구하기가 어려웠기 때문에 대부분의 집에서는 볼일을 보고 나면 마른 옥수수 껍질로 뒤처리를 했다. 하지만 섬유질의 마른 껍질로 문질러 봤자 제대로 닦일 리 없었다. 그래도 사람들은 그냥 그러려니 했다. 당장 먹을 게 없어서 날마다 눈앞에서 사람들이 죽어 나가는 판에 그깟 일은 아무 문제가 되지 않았다.

【1998년 6월 정주영 소 떼 방북 사건】

1998년 초여름 저녁, 다시 한번 북한 전역을 떠들썩하게 만드는 사건이 발생했다. 날이 저물어 사방은 캄캄해졌고 부모님과 오빠, 언니들은 일찍 자려고 방바닥에 누웠다. 나는 늘 그랬듯이 방에 초롱불을 켜 놓고 공부를 하고 있었다.

그런데 갑자기 전기가 들어오면서 천장에 매달린 백열전구가 환히 빛을 발했다. 우리 가족은 뭔가 중대한 발표가 있으리라는 것을 직감적으로 알 수 있었다. 당시에는 전기가 안 들어왔지만 당국에서 주민들에게 뭔가 중요한 메시지를 전할 때는 저녁뉴스 시간에 한두 시간쯤 전기를 공급해 주었기 때문이다.

우리는 이러한 상황을 '명절공급'이라 불렀다. 명절공급은 원래 김일성과 김정일의 생일 같은 민족 최대의 명절에만 받는 특별선물을 가리키는 표현이었는데, 워낙 전기가 귀하다 보니 북한 주민들은 전기에도 이 표현을 썼다.

일찍 자려고 누웠던 우리 가족은 놀라움 반 호기심 반으로 눈을 동그랗게 뜨며 자리에서 일어나 모두 TV 앞에 앉았다. TV를 켜보니 난데없이 커다란 트럭에 소가 잔뜩 실려서 이동하는 장면이 흘러나왔다. 북한에서는 볼 수 없는 포동포동하게 살찐 소들이었다. 그렇게 늠름하고 잘생긴 소는 난생처음 보았다. 보통 북한의 소는 뼈에 가죽만 붙어 있었기 때문이다.

TV 아나운서의 입에서 정주영이라는 이름 석 자가 나왔다. 보도 내용의 핵심은 그가 강원도 통천 출신의 이북 사람이라는 것, 해방 직후 고향을 떠나 남조선에 가서 크게 성공을 거뒀다는 것, 비록 몸은 남조선에 있어도 늘 조국에 대한 충성심을 간직하고 살다가 이번 기회에 소 천 마리를 조국에 기증한다는 것이었다. TV를 보면 마치 금의환향하는 사람을 열렬히 환영하고 있는 듯했다.

지금에 와서 생각해 보면 그 보도의 속내는 정주영 씨의 따뜻한 호의를 북한에 대한 충성심으로 포장해서 이를 대대적으로 선전하는 데 있었을 것이다. 어쨌든 당시 나는 도통 이해가 되지 않았다. 그때까지 남한은 살기 어려운 곳이라고만 막연히 알고 있었기 때문이다. 그런데 그곳에서 크게 성공을 했다니, 뭔가 앞뒤가 맞지 않는다는 생각이 들었다. 게다가 북한에서는 소 한 마리만 잡아먹어도 공개 처형이 되는데 남한에는 무려 천 마리의 소를 자기 마음대로 좌지우지하는 사람이 있다는 것도 도무지 말이 되지 않았다.

그때까지 내가 배워 온 것들과 당장 내 눈앞에 펼쳐지고 있는 장면의 괴리는 좀처럼 좁혀지지 않았다. 생각하면 생각할수록 머릿속은 정리가 안 되고 더 혼란스러워졌다.

"이 어려운 시국에 나라 살림에 큰 도움이 되겠구먼."

모두가 아무 말 없이 TV 화면에만 눈을 고정하고 있는데, 아빠가 침묵을 깨며 말했다. 그러자 사람들이 굶어 죽어 나가는 판국에 오로지 국가 타령이나 하고 있는 아빠가 답답했던지 엄마는 우리 가족 모두가 들으라는 듯 혼잣말을 했다.

"저 많은 소들 중에서 우리 같은 사람들한테 올 소가 한 마리라도 있겠어? 다 중앙당 간부들이나 해 먹겠지!"

똑같은 TV 방송을 보면서도 나와 부모님의 생각은 전혀 달랐다. 내가 느낀 그 엄청난 괴리감을 부모님은 조금도 느끼지 못했던 것일까. 지금껏 당에서 가르쳐 온 것들과 전혀 다른 사실을 눈앞에 마주하게 되면 남한에 대한 당의 프로파간다가 거짓이었다는 것을 자각하거나 적어도 의문을 품는 것이 당연하다. 그런데도 우리 부모님과 오빠, 언니들은 아무도 의문을 제기하지 않았다.

그런데 이런 위험이 있는데도 소 떼 방북 사건을 방송에 여과 없이 내보낸 북한 당국의 배짱은 도대체 어디서 나왔을까. 아마도 이에 대한 답은 북한 주민들에 대한 북한 당국의 인식에서 찾을 수 있을 것이다. 정제되지 않은 다소 저속한 표현을 사용하자면, 북한 당국은 어차피 사고능력이 떨어지는 북한 주민들을 그냥 개, 돼지로 여겼기 때문이다. 남한에서 큰 성공을 거둔 사람인데도 우리 조국에 대한 충성심이 이렇게 강하다고 선전하면서 북한의 노예들에게 더 많은 희생과 충성을 요구한 것이다.

비록 북한 당국의 프로파간다와 눈앞의 현실이 다소 모순되거나 일관되지 않은 점이 발견되더라도 노동당 수뇌부들은 크게 개의치 않는다. 왜냐하면 그들은 일관성의 결여에서 오는 부정적 파급효과보다 북한 주민들의 사고력 결여를 더 신뢰하기 때문이다.

비어져 가는 자리

생과 사를 넘나드는 암울한 현실 속에서도 나는 한시도 공부를 게을리하지 않았다. 고등중학교를 다니는 동안 거의 전교 1등 자리를 놓쳐 본 적이 없었다. 2학년 때부터는 매해 겨울 실시되는 학과경연대회에 학교 대표로 참가했다. 학과경연대회는 고등중학교 2~6학년을 대상으로 1년에 한 번 전국에서 군 단위로 실시하는 대회였다.

2~4학년은 국어·수학·혁명역사 등 3과목을 평가했고, 5~6학년은 3과목에 물리·화학·외국어를 추가한 6과목을 평가했다. 시험을 치르고 나면 전체 1등에서 10등까지 등수가 공개되었고, 1등부터 3등까지는 상장을 주었다. 나는 매회 입상을 했다.

북한의 교육 시스템은 1학년 때 같은 반에 배정된 학생들이 졸업할 때까지 바뀌지 않고 그대로 올라가게 되어 있다. 고등중학교는 학급당 학생 수가 평균 50명이었는데, 안타깝게도 학년이 올라갈 때마다 빈 책상이 하나둘 늘었다. 누구도 콕 짚어서 말하지는 않았지만 우리 모두는 알고 있었다. 굶주림과 역병으로 인해 꽃다운 나이에 목숨을 잃었다는 것을.

내가 고등중학교에 입학한 1993년 4월 당시에는 우리 교실에 빈 책상이 하나도 없었다. 하지만 6년이 흘러 졸업을 앞둔 1999년 2월 무렵에는 스무 개 정도나 빈자리가 생겼다.

쌍둥이 언니와의 생이별

이런 와중에도 우리 집은 겹경사를 맞았다. 하나는 내 쌍둥이 언니가 중앙당 5과에 최종적으로 차출이 되어 평양에 입성하게 된 일이었다. 북한과 평양은 완전히 다른 나라라고 여겨질 만큼 북한에서 평양의 위상은 실로 대단하다. 오직 특권계층만이 거주할 수 있다. 하물며 신처럼 추앙받는 김정일 장군님을 가까운 곳에서 모실 수 있는 기쁨조로 뽑혔으니, 본인은 물론 그 가족에게도 더할 나위 없는 가문의 영광이었다. 안타깝게도 우리는 기쁨조의 역할이 무엇인지 그때는 알지 못했다.

또 하나는 내가 함경북도 상업간부학교에 합격한 일이었다. 당시 군에서 한 명만 뽑는 학교였기에 경쟁률이 수백 대 일에 달했으나 난 수석합격의 영예를 안았다.

친척들과 동네 사람들이 우리 집에 몰려와서 부모님께 축하인사를 건네기 시작했다. 우리 부모님은 내가 대학에 수석으로 합격한 것보다도 언니가 중앙당 5과에 선발된 것을 더 자랑스럽게 여기셨다. 그러나 앞으로 가족들과 떨어져 지내야 한다는 생각 때문이었는지 당사자인 언니는 썩 기뻐하거나 좋아하는 표정이 아니었다.

나 또한 언니 일을 기뻐하는 것 같으면서도 뭔가 착잡하고 복잡한 심경이었다. 도무지 근원을 알 수 없는 미묘한 불안함이 나를 사로잡았다. 어쩌면 쌍둥이만이 공유할 수 있는 영적 교감으로 그때 우리는 이미 다가올 슬픈 운명을 본능적으로 느끼고 있었던 것일까. 아무튼 우리 가족은 언니 일을 자랑스러워하면서도 이제 평양에 가면 언제 또 보려나 하는 서운한 마음으로 언니를 떠나보냈다.

나도 학교 기숙사로 들어가게 되어 집을 나오게 되었다. 언니도 나도 낯선 환경에서 새로운 생활을 시작하게 된 것이다. 부모님 품을 떠나서 생활하는 건 난생처음이기에 우려되는 마음도 있었으나 그보다는 독립적인 생활을 한다는 것에 대한 기대가 더 컸다. 아울러 더 좋은 환경 속에서 교수들로부터 많은 것을 배우며 지낼 수 있을 거라고 생각하니, 가슴이 설렘과 희망으로 부풀어 올랐다.

이렇게 나는 질풍노도의 청소년기를 보내고 새롭게 부푼 마음으로 상급학교 생활을 맞이했다. 그러나 내 애초의 기대가 완전히 무너지기까지는 한 달도 너무 긴 시간이었다.

1999년은 북한의 식량난이 극도로 심해졌던 시기였다. 모든 대학들도 식량난의 여파를 피해 갈 수 없었다. 이에 각 대학은 기숙사에 거주하는 학생들에게 자부담으로 식량을 해결하도록 지시했다. 학생들은 매월 집에서 잡곡 15kg를 가져다가 학교에 냈다. 그리고 기숙사 생활관 식당에서 아침, 점심, 저녁을 제공받았다.

그런데 기숙사 행정사감들이 식량을 빼돌려서 장마당에 내다 팔기 때문에 정작 학생들이 받는 밥의 양은 매우 적었다. 숟가락으로 꾹꾹 눌러서 뜨면 두 숟가락 반 정도 되었다. 밥 색깔은 누리끼리해서 누룩인지 밥인지 분간이 되지 않았다. 여기에 곁들여 나오는 국은 맹물에 소금을 풀어 무 몇 조각을 띄운 것이었고 반찬은 소금에 절인 배추 두 조각이 전부였다. 이것저것 따질 계제가 아니어서 그냥 생존을 위해 입에 넣고 끝꺼

삼켰다.

당으로부터는 배급 상황이 좋지 않으니 대체식량을 먹으라는 방침이 내려왔다. 대체식량이란 구황식물을 의미했다. 그래서 학생들은 수업이 없는 일요일마다 3시간 이상을 걸어서 산으로 갔다. 산에 올라서 칡뿌리를 캐야 했기 때문이었다. 1인당 할당량은 무조건 채워야 했고, 이를 위해서는 온종일 땅을 헤집고 다녀야 했다.

가을에는 추수가 끝난 논밭에서 이삭을 줍거나 벼 뿌리를 캐어다가 대체식량으로 사용했다. 칡뿌리와 벼 뿌리는 흙을 탈탈 털어 내어 씻은 다음에 햇볕에 말렸다가 분쇄기에 넣어 잘게 간다. 여기에 강냉이 가루나 밀가루를 아주 조금 섞어서 쪄 먹는다. 당연히 먹기가 매우 고역이다. 입안에 넣고 몇 번 씹다가 눈을 질끈 감고 그냥 삼키면 식도를 다 긁어 가며 위장으로 내려간다. 변비의 고통은 덤이었다. 차라리 배고픈 고통이 나았기에 웬만하면 먹지 않고 버텼다.

이 같은 사정을 알게 된 엄마는 잡곡을 볶아서 가루 낸 것에 조청을 섞어 동글동글한 과자처럼 만든 간식을 보내 주셨다. 북한에서 '태식'이라고 불리는 음식이었는데, 매 끼니마다 이것을 한 개씩 먹으면 속이 든든했다.

여름에는 기숙사 내에 선풍기가 없으므로 창문을 활짝 열어 놓고 자는데, 도둑이 창문 쇠창살 사이로 갈고리를 넣어서 널어놓은 빨래와 신발을 모두 훔쳐가기도 했다.

그나마 여름은 살 만했다. 겨울나기는 정말이지 말로 다 할 수 없을 정도로 힘들었다. 겨울철 기온은 보통 영하 20도 이하로 내려갔으나 학교 측에서는 불 땔 장작조차도 공급해 주지 않았다. 보통 기숙사 한 방에 4~6명이 함께 사는데, 겨울이면 하루 한 명씩 당번을 정해 놓았다. 당번은 장마당에서 장작을 사다가 기숙사 부엌에 불을 지펴야 했다.

하루 세 번 불을 지펴야 하지만, 학생들은 다들 돈이 없었기 때문에 저녁에 한 번만 불을 지피기로 합의했다. 그러나 작은 장작 한 묶음으로 한겨울밤의 추위를 이겨 내기에는 어림없었다. 자연스럽게 룸메이트와 꼭 껴안고 서로의 체온에 의지해서 잠을 자야 했다.

아침에 일어나면 세숫대야 물은 꽁꽁 얼어 있었다. 우리들의 콧등은 추위로 늘 빨갛게 변해 있었다. 방 안에서 뽀얗게 입김이 새어 나오는 것은 으레 당연한 일로 치부되었다.

한번은 내 룸메이트가 장마당에 가서 구리선을 사왔다. 우리는 골판지 몇 장을 이어 붙인 후 그 위에 구리선을 U 자 모양으로 늘여 깔았다. 그리고 그 위에 풀칠한 종이를 한 벌 붙인 후 양끝을 콘센트에 연결하였다. 우리가 손수 만든 전기장판이었다. 이제 이것으로 혹한을 이겨 낼 수 있을 거라 생각하니 너무 기뻤다.

한시라도 빨리 시험해 보고 싶은 마음은 굴뚝같았으나, 때마침 전기 공급이 끊긴 상태였기에 우리는 전기가 들어오기만을 애타게 기다렸다. 일주일 뒤 드디어 전기가 들어와서 우리는 전기장판을 깔고 잠을 청했다. 등이 따뜻해서 룸메이트와 함께 기분 좋게 잠이 들었는데, 도중에 뭔가 이상한 느낌이 들어서 잠을 깼다. 이불을 들춰 보니 전기장판에 불이 붙어서 이불솜을 태우고 있었다. 불에 타 죽지 않은 것이 다행이었다.

하품하면 금이빨 뽑아 가는 세상

그해 12월 26일 나는 대학 1학년 생활을 마치고 집으로 가기 위해 기숙사를 나섰다. 도중에 청진에서 가장 큰 수남 장마당에 들러 가족들에게 줄 설 선물을 마련했다. 설 선물이라야 엄마가 챙겨 주신 생활비를 아껴서 구입한 중국산 내의 한 벌씩 정도였다.

선물을 받아들고 기뻐할 가족들의 얼굴을 떠올리면서 들뜬 마음으로 열차를 타기 위해 역으로 갔다. 역 대합실 안은 난방이 되지 않았지만, 콩나물시루처럼 빼곡히 들어앉은 사람들의 온기로 인해 그다지 추위를 느끼진 못했다. 매표소에서 열차표를 구매한 후 겨우 자리를 잡고 앉아서 열차 오기만을 기다렸다. 여기서 집에 가려면 열차를 타고 3시간을 가야 했다. 그런데 낙후된 철도 기반시설과 잦은 정전으로 인한 불안정한 운행상황으로 열차 한 번 타는 것은 하늘의 별 따기였다. 평양에서 출발한 급행열차인데 말만 급행이지 이틀이 지나도 열차는 오지 않았다.

대합실 안은 며칠 동안 씻지도 못 하고 지칠 대로 지친 채로 기차만을 기다리는 사람들이 내뿜는 온기와 탁한 공기로 인해 숨이 막힐 것 같았다. 대합실 한 켠에 겨우 엉덩이만 걸칠 수 있는 자리를 찾아 앉은 나는 짐가방을 무릎 위에 올려놓고 품에 꼭 안고 있었다. 이틀 동안 한숨도 못 잔 탓에 졸음이 몰려왔다. 졸음을 쫓아내려 애를 쓰다가 어느 순간 깜빡 잠이 들고 말았다. 잠깐 꾸벅 졸다가 정신을 차려 보니, 품에 안고 있던 짐가방이 사라졌다. 깜짝 놀라서 주변 사람들한테 물어보니 못 봤다는 대답뿐 누구도 알려 주지 않았다.

대합실 안에는 항상 소매치기 그룹이 대기하고 있다. 이들은 3~4인 그룹으로 움직이면서 대합실에 들어오는 사람들을 매의 눈으로 관찰한다. 일행은 있는지 없는지, 대기실에 들어온 지는 얼마나 됐는지 등을 꼼꼼히 체크한다. 소매치기가 노리는 목표물은 대합실에 들어와서 48시간 정도 경과하면 무조건 짐을 잃어버리게 돼 있다. 그때쯤이면 사람들의 정신이 혼미해지며 버틸 수 있는 한계에 다다르기 때문이다.

소매치기 그룹은 검지와 중지 사이에 항상 면도칼을 끼우고 다닌다. 첫 번째 녀석이 맨 앞에 가면서 면도칼로 가방 몸통을 긋거나 가방 끈을 끊어 놓으면, 두 번째 놈이 뒤따르며 가방 안의 물건을 슬며시 빼 가거나 가방을 통째로 들고 간다. 마지막에 따라오는 놈은 혹시라도 주변에서 쳐다보는 사람이 있으면, 그의 눈을 똑바로 바라보면서 면도칼을 입가에 대고 긋는 시늉을 하며 위협한다. 조용히 입 다물고 있으라는 사인을 주는 것이다.

따라서 눈뜨고 코 베어 가는 상황을 목격해도 못 본 척해야 신상에 이로웠다. 얼마나 세월이 험악했던지, "금이빨 한 사람은 아무 데서나 하품하지 말라. 하품하면 금이빨 뽑아 가는 세상이다."라는 속담이 새로 생길 정도였다.

더욱 한심스러운 건 역 관리자나 공무원들한테 사정을 말해도 나 몰라라 하는 태도였다. 가방 안에는 책들과 부모님께 드릴 설 선물로 구입한 내복 등이 들어 있었다. 내 소중한 책들과 엄마가 준 용돈을 아끼고 또 아껴서 구입한 가족선물을 모두 잃어버린 상신간에 가슴이 무너졌다. 대합실 밖으로 뛰쳐나가서 내 짐가방 좀 찾아 달라고 사방에 울며불며 호소했지만, 아무도 귀를 기울이지 않았다.

내가 기다리던 기차는 거의 4일이 지난 12월 29일에야 도착했다. 지갑마저 털린 나는 며칠을 굶어서 기력이 없었다. 역 개찰구를 통과해서 승강장 쪽으로 가려고 하니, 이미 그 주위에는 열차에 서로 타려는 사람들로 인산인해를 이루었다. 나는 이 열차를 놓치면 여기서 죽을 수도 있겠다는 생각이 들어 필사적으로 사람들의 틈을 비집고 들어갔다.

간신히 열차의 차량 근처에 도착했으나 열차 승강구 앞에 사람들이 진을 치고 있어서 안에 오를 수 없었다. 이미 객실 안은 사람들로 빼곡히 들어차서 발 디딜 틈도 없었고, 사람들 발에 치인 여인들의 울부짖음과 남성들의 아우성으로 아수라장이었다. 심지어 열차의 지붕 위에도 사람들이 잔뜩 올라타 있었다.

나는 용기를 내어 한 차량의 창문 앞에 섰다. 마침 거기에는 창문에 머리를 집어넣고서 안으로 들어가려고 애를 쓰지만 몸통이 끼어서 못 들어가고 있는 한 군인이 있었다. 나는 그 군인의 다리를 붙잡고서 애처롭게 호소했다.

"아저씨, 저 좀 집에 갈 수 있게 도와주세요."

그 군인은 창문 밖으로 몸을 빼더니, 내 초라한 모습을 측은하게 바라보면서 물었다.

"꼬마야, 넌 어디로 가니?"

사실 꼬마는 아니었는데, 조그만 체구에 초라하게 울먹이는 모습이 군

78

인 아저씨에게는 어린 꼬마로 보였던 듯했다. 나는 이때다 싶어서 엉엉 울면서 호소했다.

"아저씨, 저는 지금 이 기차를 타지 못 하면 안 돼요. 제발 저 좀 도와주세요."

군인 아저씨는 나를 부쩍 안아 올려서 기차 창문 안으로 훅 던져 넣었다. 나는 몸의 균형을 잃은 채 객실 복도 위로 떨어졌는데, 복도에도 사람들이 꽉 차 있어서 사람들의 머리 위에 올라앉게 되었다. 밑에 깔린 사람들은 고함을 지르며 내 몸과 엉덩이를 손으로 찔렀다. 기차가 출발하면서 객실이 흔들리자 조금 자리가 생겨서 나는 드디어 한 발이나마 바닥에 놓을 수 있게 되었다.

그렇게 열차가 출발한 지 한 시간 정도 지났을까. 열차가 막 어두운 터널을 지나 밖으로 빠져나온 순간, 열차 지붕 위에서 사람이 떨어졌다는 고함소리가 들려왔다. 객실 안 사람들은 웅성거리기 시작했다. 터널 천장에서 떨어지는 석수가 꽁꽁 얼어서 생긴 고드름에 누군가 머리를 부딪쳐서 기차 레일 위로 떨어진 것이다.

이런 상황에서 기차를 멈춰 세우는 일은 없다. 떨어진 사람을 찾으려는 노력도 하지 않는다. 그냥 재수 없게 죽었나 보다 하고 넘어간다. 시간이 조금 지나자 마치 아무 일도 없었던 것처럼 승객 모두가 평상적인 표정으로 돌아왔다.

그렇게 그 해의 끝 무렵 나는 두려움과 배고픔에 떨면서 겨우 집으로 돌아왔다. 집에 도착하자 부모님들은 버선발로 뛰쳐나와서 마치 죽었던 자식이 살아 돌아온 것처럼 반겼다. 며칠 전에 학교 기숙사를 출발한 막

내 딸이 3시간이면 올 거리를 장장 4, 5일에 걸쳐서 왔으니 그 동안의 마음 걱정이 이만저만이 아니었던 것이다.

【2000년 6월 제1차 남북정상회담】

내가 대학 2학년에 재학하고 있을 때, 북한 전역을 뒤흔들어 놓은 대사건이 또다시 발생했다. 한국의 김대중 대통령이 2000년 6월 13일부터 15일까지 2박 3일간 평양을 방문한 것이다.

김대중 대통령의 평양 방문은 이미 한 달 전부터 징후가 있었다. 앞서 설명했듯이, 북한에서는 매년 5월이면 전 주민이 동원되는 국가적 사업인 '모내기전투'가 시작된다. 대학생들도 소대 단위로 모내기전투에 참가하고 있었는데, 5월 중순경부터 식사 시간 전에 난데없이 사상교양사업이 강화된 것이다.

사상교양사업이란 주민들을 세뇌시키기 위한 주입식 사상교육이라고 생각하면 된다. 김일성 생일을 맞이하여 외국 수반들이나 외신 기자들이 북한을 방문하는 때가 드물게 있었는데, 그때마다 한 달 전부터 사상교양사업이 강화되곤 했다.

북한 주민들은 외신기자들의 질문에 어떻게 대답해야 할지 매뉴얼에 따라 미리 숙지해야 한다. 또한 어떤 상황을 맞닥뜨려서도 당황하거나 허둥대지 않고 당과 수령의 권위를 옹호하는 답변을 할 수 있도록 철저하게 훈련을 받는다. 말 한마디 잘못하면 온 가족이 정치범교화소나 노동단련대에 끌려갈 수도 있기 때문에 주민들은 매우 신중한 상태로 교육을 받았다.

아울러 이 시기에는 역전이나 시내에 돌아다니는 부랑자들을 무차별

검거하여 공동숙영소에 가두고 장애인들은 집 밖에 나오지 못 하도록 철저하게 통제했다.

우리들은 누가 북한을 방문하는지 전혀 알 수가 없다. 북한 당국이 철저하게 비밀에 부치기 때문이다. 어쨌든 사상교양사업이 강화된 것을 보고서 나는 조만간 외국 수반이 북한을 방문하겠거니 하고 생각했다.

이런 와중에 모내기전투가 끝났다. 모내기전투를 완수하면, 학생들은 보통 2, 3일 정도 휴가를 얻는다. 각자의 집으로 돌아가 며칠 휴식을 취하면서 다시 시작될 학교생활을 준비하기 위해서다.

2000년 6월 13일.

마침 이날은 내가 모내기전투를 마치고 집에 돌아와 쉬고 있는 기간이었다. 오후 2시쯤 되었을까. 갑자기 집집마다 달린 스피커에서 곧 중대보도가 있을 예정이니, 주민들은 TV 앞에 대기하고 있으라는 안내 방송이 나왔다. 동네에 TV가 있는 집은 우리 집밖에 없었기에 곧바로 동네 사람들이 하나둘씩 우리 집에 몰려오기 시작했다.

잠시 후 북한 아나운서 이춘희의 흥분된 목소리가 TV를 통해 흘러나왔다. 북한은 김일성 사망과 같은 중대보도가 아니면 절대로 평일 낮에 TV를 방영하지 않는다.[2] 따라서 이 시간에 TV 방송을 내보낸다는 것은 그야말로 중대사건이 발생했다는 것을 의미했다.

"세기의 영웅 김정일 장군님을 만나러 남조선의 김대중 대통령이 평양을 방문하였다."

---

2) 북한의 TV 방영시간은 평일에는 오후 5시부터 11시까지이며, 토·일요일은 오전 9시부터 오후 11시까지이다.

이춘희 아나운서는 그 특유의 억양으로 세기의 사건을 보도하면서 감격에 겨운 듯 얼굴이 빨갛게 상기되었다. 그녀는 남조선 인민들이 김정일 장군님을 흠모한 나머지 그 앞에 머리를 숙이고 통일을 이루러 왔으며, 분단 수십 년의 적막을 깨는 이 감격스러운 사건을 전 세계가 주목해서 보고 있다고 보도했다. 아울러 북한이 명실상부한 강성대국으로 거듭나고 있음을 만방에 떨쳐 보이는 쾌거라고 선전했다.

TV 앞에 옹기종기 모여 앉아 있던 동네 사람들은 너무도 놀라운 소식에 '우와! 우와!'만 연발하며 말을 계속 잇지 못 하고 감격의 눈물을 흘렸다. 그날 밤 우리 가족은 흥분에 들떠서 뜬눈으로 밤을 지새웠다. 정말로 꿈만 같았다. 지난 5, 6년간 수백만 명의 목숨을 앗아 갔던 '고난의 행군'이 막을 내리고 이제 통일의 새아침이 열린다고 생각하니 가슴이 막 뛰어서 잠을 이룰 수가 없었다.

우리 가족은 안방에 일렬로 나란히 누워서 통일이 되면 남조선에 가서 무엇을 해야 할지 의논도 하면서 우리의 미래에 대한 희망찬 이야기들을 나누었다.

6월 15일에는 남북 두 정상이 남북공동선언문에 친필로 서명하는 모습이 TV를 통해 방영되었다. 우리 모두는 너나 할 것 없이 서로 부둥켜안고 눈물을 흘리며 목청껏 만세를 불렀다.

"이제 통일이 왔다. 수십 년간 그토록 바라던 민족의 숙원을 위대한 김정일 장군님께서 해결했다. 김정일 장군님은 정말 세기의 위인이시다. 김일성 대원수님이 살아 계셨다면 얼마나 기뻐하셨을까"

라고 감탄하면서.

82

TV 중계를 보고 있는 우리들 중에 통일이 곧 실현되리라는 것을 의심하는 사람은 아무도 없었다.

이춘희 아나운서는 김일성의 숙원은 고려연방제 통일이었다고 설명하면서, 김정일이 낮은 단계 연방제를 거쳐서 북한 주도의 고려연방제를 실현시킬 것이라고 강조했다.

'낮은 단계 연방제?' 나는 뭔 말인지 잘 이해가 되지 않아 내 옆에서 브라운관만 뚫어지게 응시하고 있는 아빠의 옆얼굴을 쳐다보며 입을 열었다.

"아빠, 낮은 단계 연방제란 게 뭐야?"

"응? 우리 막내 딸내미, 아주 좋은 질문을 하는구먼. 먼저 북과 남이 통일을 하려면 서로 합의가 돼야 되지 않갔네. 근데 지금까지 합의가 잘되지 않은 기야. 우리 인민공화국은 연방제 통일을 하자고 했는데, 남조선은 연합제 통일을 해야 한다고 자꾸만 우겨댔거든. 그런데 가장 현실적이고 합리적인 통일 방안은 북과 남이 결합하여 하나의 연방국가를 형성하는 것 아니갔서."

아빠는 한 모금 깊게 빨아들인 담배연기를 허공에 내뿜으며 말했다.

"연방국가? 연합제? 그게 정확히 뭐가 다른데?"

"연방국가란 건 말이지, 북과 남에 따로따로 지방정부를 두고서 그 위에 하나의 강력한 연방정부를 둔 국가를 말하는 거야. 각 지방정부는 자치적으로 각자의 내정을 담당하지만 외교와 국방에 대한 권한은 없어. 오직 연방정부만이 외교권과 군사권을 행사할 수 있지비. 연방정부만이

나라를 대표하는 중앙정부인 셈이야.

각 지방정부는 연방정부의 결정과 명령에 무조건 복종해야 돼. 즉 명실상부한 하나의 통일국가인 것이지. 그런데 남조선 동무들이 지껄여 대는 연합제는 두 개의 국가가 협력하는 체제를 만들자는 것이야. 아니 하나로 통일을 하자는데 두 개의 국가라니, 그거이 어디 통일이라고 할 수 있갔니."

아빠는 필터 가까이 핀 담배를 재떨이에 비벼 끄면서 말했다.

"기래서 뛰어난 영도력과 선견지명을 가지신 김정일 장군께서 이번에 획기적인 방안을 생각해 내신 기야. 일단은 민족적 합의를 이끌어 내는 것이 중요하니까, 당장은 각 지방정부에 더 많은 권한을 부여하자는 것이지비. 그다음에 연방정부의 기능을 점점 더 강화해 나가면 되지 않갔니.

낮은 단계 연방제라는 것은 우리가 주장하는 연방제로 나아가기 위한 중간 과정을 말하는 기야. 완전한 형태의 연방제라고 말하기에는 아직 그 단계가 낮다는 것이지비. 모든 게 낮은 단계에서 높은 단계로 발전해 나가는 것 아니갔어.

이렇게 느슨한 형태의 연방제로 시작을 해서 장차 완전한 연방제를 실현시키자는 것이 장군님의 뜻이지비. 이 완벽한 제안을 남조선의 대통령도 매우 감탄하면서 받아들인 것이지. 그러니 우리 장군님께 고개를 숙이고 엎까지 핥아오지 않았갔시."

'김정일 장군님은 정말이지 하늘이 내린 사람이구나.'

아빠의 설명을 쭉 듣고 나니, 나는 새삼 김정일이 위대하게 느껴졌다.

그날 저녁, 나는 학교 청년동맹위원회로부터 청진시 김일성 동상 앞에 다음 날 오후 2시까지 집결하라는 긴급지시를 전달받았다. 6.15 북남공동성명을 기념하는 궐기모임이 개최될 예정이라고 했다. 아울러 내가 상업간부학교 대표로 연단에 서기로 결정되어 있으니, 마음의 준비를 단단히 하고 오라고 했다.

보통 시민대회라고 불리는 궐기모임은 김일성·김정일의 신년사나 당의 특별한 지시가 있을 때마다 광장에서 개최된다. 먼저 여러 단체와 기관의 대표들이 한 사람씩 연단 앞에 나와서 광장에 모인 인민들을 향해 수령이 내린 결정이나 방침을 선포한다. 그러면 인민들은 '목숨을 걸고 서라도 수령님의 뜻을 무조건 관철시키겠다'는 비장한 각오를 드러낸다.

예를 들어, 어느 기관의 대표가 연단 앞에 서서, "김정일 장군께서 올해를 강성대국의 원년으로 선포하셨다. 강성대국 건설을 위해서 목숨 바쳐 싸우자."고 선창하면, 수천수만의 군중들은 "목숨 바쳐 싸우자, 싸우자, 싸우자!"고 목청껏 화답한다.

이어서 다음 연사가 연단 앞에 나와서, "위대한 수령님께서 외세를 물리치고 우리 민족끼리 힘을 합쳐 통일을 이룩해야 함을 강조하시었다. 미제는 남조선에서 당장 물러가라, 우리 민족끼리 통일을 이루자."고 외친다. 그러면 또다시 수많은 군중들이 오른손 주먹을 불끈 쥐고 높이 쳐들면서 "미제는 남조선에서 당장 물러가라, 우리 민족끼리 통일을 이루자!"고 고함을 치며 화답하는 방식이다.

다음 날 나는 교복(흰 저고리에 검정치마)을 입고서 청진시 수남구역에 위치한 김일성 동상 앞 광장으로 갔다. 현장에 도착하니 이미 청진사

범대학, 청진광업대학 등 여러 대학의 학생들이 대열을 맞추어 자리를 차지하고 있었다.

나는 복잡한 틈을 비집고 들어가 우리 학교 팻말이 세워진 곳까지 갔다. 이윽고 오후 2시가 되어 청진시내 청년학생들이 다 모인 가운데 장엄한 분위기 속에서 함경북도 청년들의 궐기모임이 진행되었다.

김일성 동상이 세워진 광장의 아스팔트를 한껏 달궈 놓은 6월의 햇살은 우리의 마음을 더욱 뜨겁게 만들었다. 우리는 그늘 한 점 없는 광장에서 한 치의 흐트러짐 없이 연사들의 연설에 집중하면서 목청껏 만세를 부르며 구호를 외쳤다. 예정대로 나는 우리 대학의 연설자로 연단 앞에 섰고, 마음속으로 몇 번이나 되뇌며 준비해 놓은 말들을 거침없이 쏟아내었다.

"이번 북남공동선언 제1항에서 북과 남은 통일문제를 자주적으로 해결해 나가기로 합의하였다. 또 제2항에서 우리 공화국의 낮은 단계 연방제와 남조선의 연합제가 서로 공통성이 있다고 인정하고 이 방향에서 통일을 지향해 나가기로 하였다.

이는 곧 외세를 배격하고 우리 민족끼리 조국통일을 이뤄야 한다는 김일성 대원수님의 유훈을 충실히 이행한 것이다. 아울러 김일성 대원수님의 숙원이었던 고려연방제 통일을 이루기 위해 북과 남이 함께 노력할 수 있는 토대를 마련한 것으로 볼 수 있을 것이다.

드디어 고려연방제를 통해 북조선이 주도적으로 남조선 인민들을 해방시킬 수 있는 날이 멀지 않았다. 미제는 물러가라. 우리 민족끼리 통일을 이루자. 인민들이여 궐기하라. 남조선은 국가보안법을 폐지하라."

광장에 모인 청년들은 모두 오른손을 불끈 쥐고 위로 쳐들면서 큰 소리로 화답했다.

"미제는 물러가라. 우리 민족끼리 통일을 이루자. 인민들이여, 궐기하라. 남조선은 국가보안법을 폐지하라."

군중들의 뜨거운 환호를 받자 내 감정은 더욱 뜨겁게 북받쳐 올랐다. 계속해서 나는 연설을 이어 나갔다.

"우리 당이 제시한 낮은 단계 연방제는 선견지명을 가지신 김정일 장군께서 고안해 내신 것으로 우리가 주장해 온 고려연방제로 나아가기 위한 과도기적 조치이다. 위대한 김정일 장군께서 뛰어난 영도력을 발휘하시어 느슨한 형태의 연방제 제안을 통해 민족적 합의를 이루시었다. 이제 우리에게 남은 것은 불완전한 연방제를 완전한 형태의 연방제로 발전시켜 나가는 것이다. 우리의 김정일 장군님은 전 세계가 우러러 보는 민족의 태양이자 세기에 한 명 나올까 말까한 위대한 인물이시다. 김정일 장군님 만세, 만세, 만세."

나는 양손을 세 번 하늘 위로 번쩍 들어 올리며 목청이 찢어져라 외쳤다.

"김정일 장군님 만세, 만세, 만세."

귀청이 떨어져 나갈 듯한 엄청난 환호성이 광장 전체에 울려 퍼졌다.

이렇게 우리는 오후 2시부터 5시까지 청년 궐기대회를 개최하였고, 이어서 6.15 북남공동선언을 경축하는 광장무도회를 열었다.

경쾌한 리듬에 맞춰 춤을 추면서 나는 이제 '고생 끝 행복 시작'이라고 생각했다. 김일성 대원수님이 그토록 외쳤던 '쌀밥에 고깃국'을 실컷 먹을 수 있게 될 거라는 희망으로 내 가슴은 한없이 부풀어 올랐다.

아마도 아스팔트 위에서 일사불란하게 스텝을 밟고 있는 모든 청년들의 머릿속도 내 생각과 크게 다르지 않았을 것이다.

그러나 그 이후로 한 달이 지나고, 두 달이 지나고, 반년이 지나도 바뀌는 건 아무것도 없었다. 아무런 후속 조치도 이루어지지 않았다. 주민들은 여전히 굶주렸고 초근목피에 의존하는 참혹한 현실도 그대로였다.

우리들 머릿속에서 통일에 대한 환상이 깨지기까지는 1년도 채 걸리지 않았다.

제 3 장

20대 청년기(2001년~2008년)

상업관리소 회계사무원이 되다

2001년 3월 나는 상업간부학교를 수석으로 졸업했다. 학교를 졸업함과 동시에 나의 개인정보는 청진시 당위원회와 행정위원회에 넘겨졌다. 졸업식을 마치고 집으로 돌아온 나는 당에서 연락이 오기만을 손꼽아 기다렸다.

북한은 스스로 구직활동을 하거나 원하는 직업을 선택할 수 없다. 오직 당에서 정해 준 곳으로 군말 없이 가야 한다. 혹여 공대를 졸업한 사람일지라도 당에서 농사를 지으라면 농민이 되는 것이다.

집에 온 지 1주일 쯤 지났을 때, 청진시 행정위원회로부터 노동과로 방문하라는 전화 연락을 받았다. 나는 설레는 마음으로 노동과를 찾아갔다. 당은 나를 상업관리소 회계사무원으로 임명했다. 사무원은 한국의 행정 공무원에 해당한다.

북한의 모든 노동자들은 사무원과 일반 노동자로 구분된다. 사무원이 되려면 전문대학 이상의 관련 자격을 소지해야만 했다. 다만 20년 이상의 경력을 쌓은 일반 노동자가 사무원으로 승격하는 경우도 드물게 있었다.

내가 배치받은 상업관리소는 국가가 국민들에게 제공하는 생활필수품을 취급하는 곳이기 때문에 특히 여성들에게는 최고의 직장으로 꼽혔다. 따라서 상업관리소 여사무원은 북한의 뭇 여성들에게 선망의 대상이었다. 남자들에게는 1등 신붓감이었다.

북한식 계획경제

가끔씩 한국 사람들과 북한 경제와 관련한 대화를 하다 보면, 시장경제에만 익숙해서인지 북한의 경제 흐름을 잘 이해하지 못하는 경우를 종종 보곤 한다. 앞으로 펼쳐질 내용에 대한 이해를 돕기 위해서라도 여기서 간단명료하게 한번 정리하고 넘어갈 필요가 있을 것 같다.

먼저 북한의 경제시스템은 계획경제다. 다시 말해, 국가가 모든 재화의 생산과 분배와 소비를 계획하고 관리하는 경제구조다. 이것을 우리 실생활에 적용해서 설명을 하자면, 국가에서 나오는 배급으로만 삶을 영위한다는 뜻이다.

북한의 중앙행정기관 중에서 주민들 생활과 밀접하게 연관된 행정기관은 수매량정성(收買糧政省)과 상업성(商業省)이다. 수매량정성은 주민들에게 곡물을 배급하는 일을 담당하고, 상업성은 곡물이외의 식료품과 공업품을 공급하는 일을 담당한다.

수매량정성 산하에는 도·시·군 단위로 량정사업소가 설치되어 있다. 량정사업소 아래에 다시 동 단위로 배급소가 있다. 주민들은 이 배급소에서 곡물을 배급받는다.

한편, 상업성도 도·시·군 단위로 상업관리소를 산하에 두고 있다. 상업관리소 밑에는 다시 동 단위로 국영상점들을 둔다. 보통 단층 건물인 국영상점 안으로 들어가면, 크게 두 파트로 나눠져 있다. 하나는 간장,

된장, 식용유, 어패류, 육류, 야채 등 곡물 이외의 식료품을 공급하는 식료품 상점이다. 다른 하나는 치약, 신발, 비누, 노트, 옷 등 공산품을 공급하는 공업품 상점이다.

요점을 정리하면, 북한 주민들은 량정사업소 산하의 배급소에서 곡물을 얻는다. 그리고 상업관리소 산하의 국영상점에서 곡물 이외의 식료품과 공업품을 공급받는다. 이것이 북한 경제생활의 기본 틀이다.

그러면, 노동자 한 사람을 예로 들어 설명해 보자. 북한의 노동자는 모두 국가가 운영하는 공장이나 기업소에서 근무한다. 노동자가 회사에서 한 달을 일하면 배급표와 월급을 받는다. 이때 노동자 본인의 배급표뿐만 아니라 그 가족들의 배급표도 함께 받는다.

배급표는 배급소에서 곡물을 배급받을 수 있는 증표다. 곡물의 비율은 쌀이 30% 정도이고 나머지는 잡곡이다. 곡물의 일일 정량은 사람의 신분에 따라 달라진다. 노동자는 하루에 700g, 학생은 400g, 주부와 노인은 300g, 유아는 100g이다. 각자의 배급표 위에는 자기 신분에 따라 정확하게 표시된 곡물 그램 수가 적혀 있다. 배급은 15일마다 한 번씩 정해진 날에 실시된다.

가령 부인이 있는 2인 가족이라고 가정해 보자. 노동자가 자신과 부인의 배급표를 들고 배급소에 찾아가면, 노동자 1일 분 700g에 15일을 곱한 분량에다가 주부 1일 분 300g에 15일을 곱한 분량을 더해서 총 15kg의 곡물을 수령하는 것이다.

이렇게 해서 노동자 가족은 주식인 곡물을 획득하였다. 그렇다면 부식과 공업품은 어떻게 필요를 채울까. 노동자는 직장에서 배급표와 함께 월급을 받는다. 월급은 직업마다 편차는 있지만 2000년대 초반을 기준으로 평균 3,000원 정도가 된다. 이 돈을 들고 국영상점에 가서 부식과 공업품들을 공급받는 것이다.

국영상점에 갈 때는 반드시 식료·공업품 카드를 지참한다. 이 카드를 상점에 제시하고 국가가 정한 배급량만큼 물건을 공급받는다. 모든 품목은 된장 1kg 3원 50전, 간장 1리터 3원 50전, 치약 1원 80전, 신발 한 켤레 45원, 양말 8원, 속옷 15원이라는 식으로 국정가격이 정해져 있다.

그러나 본인이 원하는 날에 필요한 물품을 공급받을 수 있는 건 아니다. 각 상점은 매월 공지를 띄운다. 예를 들어 "3월 1일부터 3월 10일 사이에 세대당 치약 한 개를 공급한다."는 공지가 뜨면, 그 기간 안에 상점 앞에 줄을 서서 치약의 국정가격인 1원 80전을 지불하고 치약을 공급받는 것이다. 된장, 간장, 식용유 등 모든 식료품도 다 마찬가지이다. 육류는 김일성과 김정일 생일과 같은 명절이나 되어야 공지가 떴다.

이것이 공산주의 계획경제 아래에서 이루어지는 북한 주민들의 통상적인 경제활동이었다. 이러한 시스템이 1991년까지는 그럭저럭 유지가 되었는데, 1992년 무렵부터 매우 불안정해지기 시작했다. 그러다가 1994년 7월에 김일성이 사망한 이후에는 거의 붕괴되다시피 했다.

1995년에 들어서는 배급표를 가지고 배급소에 가도 곡물을 받지 못했고, 국영상점에서도 필요한 물품들을 공급받지 못했다. 여전히 노동자는 회사에서 주는 배급표와 월급을 받아 오지만, 배급소가 텅 비어 있으니 배급표는 그냥 종잇조각에 불과했다. 곡물 이외의 식료품과 공산품을 공급하는 국영상점도 아무런 공지를 띄우지 않으니, 받은 월급을 사용할 수도 없었다.

결국 노동자들은 월급 3,000원을 가지고 장마당에 간다. 그런데 쌀 1kg의 국정가격은 45원 정도인데, 장마당에서의 실거래 가격은 2,500원에 달한다. 장마당은 수요·공급의 법칙에 따라 가격이 결정되는 곳이기 때문이다. 그래서 월급으로는 겨우 하루 식량을 대기도 빠듯하다.

지금 이글을 읽고 있는 당신은 이 부분에서 의문이 생길지 모른다. 한 달 월급으로 겨우 하루 식량만 해결한다면, 남은 29일간은 도대체 어떻게 사느냐하는 것이다. 어쩌면 당신은 이미 모든 북한 주민들은 다 굶어 죽었어야 하는 것 아니냐고 반문할지 모른다.

내가 명확히 밝혀 두겠다. 남은 29일간은 자기 집 텃밭에서 기른 콩, 감자, 옥수수 등을 먹거나 산에 올라가서 초근목피를 캐 먹으며 버틴다. 이와 더불어 장마당 경제활동에 참여해서 가까스로 삶을 연명하고 있다. 이렇게라도 해서 버티지 못한 사람들은 다 굶어 죽었다.

혹자는 1990년대 중후반의 '고난의 행군' 시기에 수백만 명이 죽었다고도 한다. 실제로 그동안에 얼마나 많은 아사자가 발생했는지 난 정확한 수치를 알지 못한다. 다만 내가 확실하게 증언할 수 있는 것은 1993년 4월 1일 내가 고등중학교에 입학할 때 50명이었던 우리 반의 학생 수가 졸업을 앞둔 1999년 2월 무렵에는 30여 명 정도에 지나지 않았다는 것이다.

【2002년 7월 7.1 경제개혁조치】

나는 2001년 4월 함경북도 상업관리소 회계과에 배치되어 근무를 시작했다. 우리 상업관리소는 산하에 약 30여 개의 상점을 지도·관리했다. 각 상점은 오후 5시에 업무를 마감하고서 그날 매출을 상품판매대장에 기록한 나음 상품 판내당과 새끄량을 제그한다. 미지믹스크로 상겸 책임자가 일 매출 전표와 총 판매수익금을 상업관리소에 납부하면 우리 회계과에서 그날 회계를 마무리한다.

한편, 북한 주민들은 '고난의 행군' 시기를 거쳐 오면서 더 이상 국가의 배급에만 기댈 수 없다는 것을 몸소 깨닫게 되었다. 그래서 북한 주민들은 장마당 경제활동을 중심으로 삶을 연명해 나갔는데, 2000년대에 들어서는 장마당에 대한 의존도가 더욱 심화되었다. 북한 당국도 별 뾰족한 대안이 없었으므로 장마당에 대한 통제와 완화를 반복하며 갈팡질팡하는 모습을 보였다.

이러한 와중에 2002년 7월 1일 김정일이 특단의 조치로서 내놓은 것이 바로 '7.1 경제개혁조치'였다. 이 조치로 인해 국정가격을 기준으로 책정했던 노동자 임금이 시장가격에 맞게 약 20배 정도 인상되었다. 이는 국정가격과 시장에서 실제로 거래되는 가격의 갭을 해소하기 위한 것이었다.

그러나 인위적으로 화폐 가치를 떨어뜨린다고 해서 시장 가격이 안정되는 것은 절대 아니다. 다시 실물 가격이 오를 건 뻔한 이치다. 시장경제에 대한 정확한 이해가 없이 그냥 월급만 잔뜩 올리면 해결될 것이라고 생각했으니 실패는 정해진 일이었다. 실제로 월급을 올린 비율만큼 실거래 가격은 더 상승해서 아무런 실효성이 없었다.

또한 7.1 조치는 기존의 배급체제에만 의지하던 방식에서 탈피해서, 개인 장사꾼들이 국영상점에서 자체적으로 수익을 창출하는 것을 허용했다. 이로써 시장경제가 북한 경제체제 안에 양성적으로 도입되기 시작했고, 장마당에 대한 통제도 완화되었다.

이에 따라 같은 공간 안에 자본주의와 공산주의가 공존하는 진풍경이 연출되었다. 원래 북한의 국영상점은 국가가 제공하는 생활필수품을 주민들에게 배급하는 기관이다. 그런데 상점 매장을 둘로 나누어 전체 공간의 절반을 개인 장사꾼에게 임대한 것이다. 임차인은 하루 판매액의

5%를 국가에 납부하는 조건으로 국영상점에서 떳떳하게 장사할 수 있었다. 국가 납부금은 나중에 10%로 인상되었다.

【2004년 2월 독일의 소고기 지원】

2004년 초 무렵이었다. 독일에서 보낸 소고기가 냉동트럭에 가득 실려서 상업관리소 냉동 창고로 운반되었다. 20kg씩 한 블록으로 만들어 놓은 냉동 소고기였다.

소고기 블록들은 일단 냉동 창고 안에 저장해 두었으나, 전기가 공급되지 않아서 냉동 창고의 기능은 기대할 수 없었다. 따라서 빠른 시일 내에 주민들에게 모두 공급해야 했다. 아울러 당으로부터 사찰단이 소고기 배급 상황을 실시간으로 모니터링하러 온다는 설명과 함께 이에 대비하라는 지시가 내려왔다. 우리는 사찰단이 오는 날짜와 시간에 맞추어서 수일 전부터 주민들에게 다음과 같은 공지를 띄웠다.

"2004년 2월 ×일 오전 11시부터 도이칠란드 쇠고기 공급. 1인 500g. 세대별 식료품 카드 지참할 것."

당일 나는 관리감독원으로서 상점에 직접 나가 현장을 진두지휘했다. 그날 오전 일찍부터 주민들은 식료품 상점 앞에 나와 2열로 길게 줄을 서서 기다렸다. 상점 직원들은 주민들한테 자연스럽게 행동하면서 고기를 받고 기쁨에 넘치는 표정을 지을 것을 요구했다. 또한 사찰단 일행이 질문을 했을 경우에는 '경애하는 김정일 장군님 덕분에 유엔에서 지원을 해 줘서 감사하다'고 대답할 것을 몇 번이나 반복해서 훈련시켰다.

한편 사찰단은 한 가정집을 방문하기로 되어 있었는데, 이는 사찰단의 요구사항이었다. 우리는 사찰단에게 안내할 집을 미리 지정해 놓았다. 상점에서 가까운 곳에 있으면서 깨끗하고 널찍한 당 간부의 집이었다. 나는 사전에 그 집을 여러 차례 방문해서 김일성 부자의 초상화에 먼지가 쌓여 있거나 집 안에 흠잡을 곳은 없는지 눈을 부릅뜨고 살펴보았다. 그 집에는 시어머니, 부부, 아들, 딸 이렇게 5명의 식구가 살고 있었다. 나는 3일 전부터 그 가족들에게 예상 질문에 대한 답변을 미리 건네서 딸딸 외우도록 했다.

당일 12시경 사찰단 일행이 상점에 도착했다. 북한에서는 좀처럼 보기 드문 서양인 십여 명이 차에서 내렸다. 상점 직원들은 민첩한 몸놀림과 밝고 행복한 표정으로 배급을 실시하는 장면을 연출했다.

사찰단이 지켜보는 가운데 상점 직원들은 주민들에게 소고기를 1인당 500g씩 공급했다. 4인 가족에게는 2kg을, 6인 가족에게는 3kg을 공급했다. 그리고 가족 단위로 소고기를 받아 간 사람들의 주소에는 빨간 도장으로 표시해 놓았다. 이는 사찰단 일행이 돌아간 다음에 고기를 다시 찾아오기 위해서였다.

비록 1인당 500g이라고 공지를 띄웠으나, 실제로는 가족이 몇 명이든 개의치 않고 세대별로 500g씩 줬다. 즉 사찰단 일행이 지켜보고 있을 때에만 1인당 500g씩 공급하는 척했던 것이다.

현장에서 배급 상황을 지켜보던 사찰단 일행은 잠시 뒤 평양에서부터 따라온 통역사를 대동하고서 우리가 미리 지정해 놓은 당 간부의 집을 방문했다. 사찰단 일행 중 한 사람이 통역사에게 뭔가를 말했다.

"살기 어렵지 않느냐고 묻고 있습네다."

통역사는 즉시 그 뜻을 할머니에게 전달했다.

"위대한 김정일 장군님 덕분에 세상 부러움 없이 살고 있습네다."

할머니는 막힘없이 곧바로 대답했다. 이어서 또 다른 일행이 그 집 아이와 통역사 얼굴을 번갈아 바라보면서 뭔가 얘기를 했다. 바로 통역사가 "학교에 나오지 않는 어린이들이 많냐."고 질문하자 아이는 다음과 같이 몸을 곧게 세우고 씩씩하게 대답했다.

"미국 놈들이 우리 조선을 무너뜨리려고 경제봉쇄를 했지만, 조선의 꽃봉오리는 혁명의 수비대로 씩씩하게 자라납네다."

사찰단 일행은 마치 우리가 설치해 놓은 거대한 영화세트장에서 연기하는 조연들 같았다. 그들은 정확히 우리가 설정한 각본대로 움직였다. 우리의 각본에 짜여 있는 대로 주민들에게 인터뷰를 요청했고, 그 주민들은 대본대로 대답했다.

이렇게 사찰단 일행은 만족스러운 얼굴로 바쁜 일정을 무사히 소화하고 돌아갔다. 그들이 손을 흔들며 차에 오르기 무섭게 상점 직원들은 분주히 움직이기 시작했다. 각기 대장에 빨간 도장으로 표시해 놓은 주소의 집에 찾아가서 빨리 고기를 회수해 와야 했기 때문이다. 사람들이 다 먹어 치우기 전에 가능한 빨리 움직여야 했다.

상업관리소 냉동 창고 안에는 따로 챙겨 놓은 소고기 블록들과 회수해 온 고기들로 잔뜩 쌓여 있었다. 전기가 들어오지 않으니 고기가 상하기 전에 빨리 처리해야 했다. 당 간부들은 마치 썩은 생선에 파리 떼 달라붙

듯 상업관리소로 우르르 몰려왔다. 간부 한 사람당 소고기 세 블록씩 가져갔다. 사실 60kg이면 수십 가구의 몫이다. 사무원 이상의 상업관리소 간부들도 1인당 세 블록씩 챙겼다. 그러나 아무도 죄책감을 느끼지 않았다. 그냥 당연한 것으로 여겨졌다. 북한에서는 이런 불합리와 몰상식이 보편적인 상식이었다.

우리 집엔 소고기를 보관해 둘 냉장고가 없었기 때문에 엄마는 소고기를 전부 삶았다. 그런 다음 장독 바닥에 삶은 고기를 깔고서 그 위에 된장으로 덮어 놨다. 이렇게 하면 장기보존이 가능했기 때문이다. 소고기 일부를 가지고는 동네 주민들을 모두 불러서 동네잔치를 열었다. 동네 주민들은 누린내가 나지 않고 기름기가 있는 소고기는 처음 먹어 본다며 입을 모아 극찬했다. 상업관리소에서 사무원으로 근무하는 딸 가진 우리 부모님을 다들 은근히 부러워하는 눈치였다. 그런 속마음들을 꿰뚫어봤는지 우리 부모님은 막내딸 잘 둔 덕에 이렇게 맛있는 고기도 먹어 본다면서 매우 뿌듯해했다.

소금접수전투

상업관리소에 근무하는 사람들은 대부분 여성들이었다. 북한 경제가 사실상 마비상태에 빠져 있다 보니 신입사원을 거의 받지 않았다. 그래서 300여 명 직원 가운데 젊은 청년들은 겨우 두세 명에 지나지 않았을 정도로 매우 귀했다. 당연히 나는 직장 상사들의 사랑을 독차지할 수밖에 없었다.

우리 부서는 매년 평양과 평안남도 사이에 있는 남포시에 장기출장 팀을 보내야 했다. 그 지역에 있는 광량만제염소에서 우리 관할 구역에 공급할 소금을 직접 받아 와야 했기 때문이다. 1990년대 이전에는 국가가 일률적으로 소금을 분배해 주는 방식이었지만, 1990년대 이후로는 각 기업소 단위가 자력갱생으로 자신들의 분량을 직접 받아 가는 방식으로 바뀌었다.

출장 팀은 과장을 책임자로 해서 보통 7~8명으로 구성이 되는데, 엄마뻘인 과장은 직장 막내인 나를 딸처럼 챙기며 꼭 데리고 다녔다. 해마다 4월에서 8월까지 출장지에서 살아야 했는데, 우리는 이것을 '소금접수전투'라고 불렀다. 전투라는 명칭처럼, 이 기간 동안은 실제로 전투를 치르는 듯한 긴장 속에서 살아야 했다.

7~8명이 한 팀을 이루어 약 4개월간 치러지는 전투이다 보니, 출장 스케일부터가 달랐다. 먼저 출발지에서 5톤급 트럭에 각종 물자를 가득 싣

고 가는데, 제일 신경 써서 챙겨야 할 것이 지역 특산물인 석청과 독초담배다. 이것들은 평양과 남포 지방에서 귀하게 취급되는 물품들이기 때문에 주로 철도성과 제염소 간부들에게 주는 뇌물로 쓰인다. 그리고 출장원들이 사용할 물자들과 4개월 동안 먹을 식량과 부식을 잔뜩 싣고, 적재함 위에 군용 천막을 씌운다. 앞좌석에는 운전기사와 책임자가 탑승하고 나머지 사람들은 트럭 적재함 안의 물자 사이에 자리를 잡고 앉는다. 이렇게 만반의 준비를 끝내고 출발하면 동해안을 따라 이어지는 국도 위를 달리게 되는데 거의 비포장도로다.

첫날에는 함경북도와 함경남도 경계선인 단천고개를 넘어야 하는데 해발이 높을뿐더러 산허리를 깎아서 만든 길이다 보니 매우 가파르고 위험하다. 오른쪽은 천 길 낭떠러지다. 게다가 1차선 도로이기 때문에 위에서 내려오는 차가 있으면 오르는 차가 후진해서 공터를 찾아 길을 내줘야 한다.

이렇게 한 고개를 넘어가면 함경남도에 들어서는데 단천과 리원 등을 지나 함흥에서 차 점검을 한 후에 기름을 사서 넣는다. 북한에는 주유소가 없기 때문에 차 기름조차도 장마당에 가서 기름 장사꾼한테 사야 한다. 그런 후 함흥에서 천막을 치고 이삼일 머물며 출장업무를 본다. 출장업무란 뇌물로 사용할 각 지역의 특산품들을 구입하는 일이다.

그 후 강원도 원산으로 간다. 원산에는 송도원이라고 하는 유명한 바닷가 유원지가 있다. 우리는 이곳에서도 천막을 치고 하루 이틀 묵으면서 출장업무를 본다. 그리고 가는 곳마다 장마당에 들러 소금 가격을 모두 체크한다. 그래야 나중에 소금을 받아서 돌아갈 때 소금 가격이 비싼 곳에서 소금을 팔아 돈을 챙길 수 있기 때문이다. 이렇게 마련한 돈은 다음 해의 '소금접수전투'를 위한 밑천이 된다.

다시 원산에서 평안도를 지나 황해도를 거쳐 평양으로 들어간다. 평양으로 가는 길은 그나마 고속도로가 깔려 있어서 차멀미나 흙먼지로 인한 고통에서 다소간 해방되었다.

평양에 도착하면 우리 일행은 철도성을 상대로 '뒷 공작'에 들어간다. '뒷 공작'이란 소금 수송 화차를 다른 팀들보다 빨리 배차받기 위해서 철도성 간부들에게 뇌물을 먹이는 행위를 말한다.

이렇게 우리 일행은 평양에서 며칠 머무르며 당년도 소금접수전투의 전체 그림을 완성한 후, 평양과 남포를 잇는 청년영웅도로를 타고 남포시에 들어간다. 광량만제염소는 남포시 근방에 있다.

한편, 출장을 다니면서 가장 괴로웠던 날들은 생리할 때였다. 함께 가는 출장원 모두가 사오십 대의 엄마뻘 되는 사람들이라 생리 걱정을 하지 않았다. 영양이 부족해서인지 대부분 40대 초중반이면 생리가 다 끝나 버리기 때문이다. 하지만 나는 달랐다. 북한에는 그 흔한 1회용 생리대조차 없어서 대부분의 북한 여성들은 가제로 만든 생리대를 매일 빨아서 말린 후 재사용하는 것이 보편적이었다. 그런데 달리는 차 안에서는 이렇게 하는 것이 불가능했다. 그래서 출장 다닐 때마다 제발 길에서 생리하지 않게 해 달라고 늘 마음속으로 바랐다.

2004년 이후부턴가 '대동강 생리대'라는 1회용 생리대가 한 달에 한 봉지씩 북한 여군들한테 공급됐다. 그런데 여군들도 영양이 부족해서 제때에 생리하는 사람이 적고, 몇 달을 건너뛰는 경우도 많아서 배급받은 생리대를 모아 장마당에 내다 파는 경우가 많았다. 그렇게 만든 작은 용돈으로 그녀들은 장마당에서 인조고기밥이나 순대, 농마국수 등을 사 먹을 수 있었다.

나는 20대 중반이 되어서야 처음으로 1회용 생리대를 사용해 볼 수 있었다. 이렇게 편하고 좋은 것이 있다니 정말 놀라웠다. 그야말로 신세계였다. 그러나 매번 사서 쓰는 것은 비용이 부담스럽기 때문에 출장 갈 때에만 구입해서 사용했다.

광량만제염소 주변에는 전국 200여 개 군에서 몰려온 상업관리소와 식료품 공장들이 자기 기업소의 할당량을 받기 위해 천막을 치고서 만반의 준비를 한다. 그들은 서로 경쟁적으로 제염소 지배인과 당 간부들에게 뇌물을 바친다. 이렇게 치열한 물밑 전쟁 속에서 사업수단이 가장 좋은 팀이 첫 화차를 출발시킬 수 있었다.

우리 팀 멤버에는 평양 철도성 당위원장의 친척과 제염소 지배인의 4촌이 포함되어 있었으므로 다른 팀에 비해 인맥이 매우 탄탄했다. 이쪽 업계에서는 가장 능력 있는 팀으로 인정을 받아서 다른 팀들의 부러움을 샀다.

한 개 군의 1년분 소금 도매물량은 800~1000톤 정도였는데, 이 수량을 수송하려면 먼저 철도성에서 컨테이너를 실은 화차를 배정받아야 했다. 그런데 국가가 정해주는 대로 순서를 기다리고 있자면 어느 세월에 화차를 배정받을지 알 수가 없다.

그래서 앞서 설명했듯이, 우리 일행이 평양에 머무는 동안 미리 철도성 간부에게 화차 한 대당 400달러씩 뇌물을 찔러주고, 지역 특산물인 독초담배나 석청을 갖다 바치며 사전공작을 펼치는 것이다.

현장에서는 제염소 간부들을 찾아다니며 인사도 해야 하는데, 이때도 물론 뇌물은 필수였다. 제염소에서는 매일 아침 지배인을 필두로 하는 간부회의가 열린다. 이 회의에서 각 염전 작업장의 책임자들은 그날의 예상 생산량을 보고한다. 이 생산량을 전부 합친 전체량에 근거하여 각 상업관리소에 분배할 양이 정해지는 것이다. 이때 전표가 작성된다. 모든 전표에는 상업관리소 이름, 날짜, 소금을 받을 작업장, 받을 소금량이 적혀 있다.

각 상업관리소 대표들은 아침에 전표 담당 부서에 가서 전표를 받아오는데 여기서 뇌물과 인맥이 작용한다. 즉 뇌물의 크기와 인맥의 영향력에 따라 전표 숫자(소금량)가 달라졌다.

5월경부터 소금이 많이 생산되므로 그때에 맞추어 모든 팀들이 빌 빠르게 움직였다. 이렇게 염전에서 직접 받은 소금을 10톤 트럭에 실어서 광량만역 근처 저장고에 차곡차곡 쌓아 놓는다. 이러한 일련의 과정을

'쏘운반'이라고 불렀다.

광량만제염소는 일제강점기에 일본인들이 건설한 북한 최대의 제염소였다. 서해안의 대동강 하류에 위치한 광량만은 여름에는 고온건조하고 일조량이 많을뿐더러 간만의 차가 매우 커서 넓은 간석지가 펼쳐져 있다. 게다가 맑게 갠 날이 많아서 천일염 생산에 최적의 조건을 갖춘 곳이었다.

비가 오거나 한가한 날은 지긋이 나이 든 토박이 할아버지들을 만나서 이런저런 얘기를 나누기도 했다. 그들에게 '고양이 담배'라고 불리는 외제 담배 한 갑을 건네주면 어린아이처럼 그렇게 좋아할 수가 없었다. 새까맣게 탄 얼굴에 주름이 깊게 팬 모습에서 그들의 고단했던 삶이 고스란히 묻어났다. 무엇보다 그들은 광량만제염소에 대한 자부심이 무척 대단했다.

"이곳은 말이지, 정말 신비로운 곳이야. 비가 잘 오지도 않아. 어쩌다 비가 내려도 간석지 주변으로만 비가 오고, 간석지 쪽으로는 잘 안 떨어져. 참 신기하지. 이곳은 소금을 만들 수 있는 최상의 조건을 갖췄어. 이보다 더 좋을 수는 없다고. 정말 신이 내려준 곳이야."

지역 토박이들은 염전의 내력에 대해서도 설명해 주곤 했는데, 이때 이들의 입에서 일본 사람들을 좋게 평하는 말도 나왔다.

"일제시절에 일본 놈들이 만들어 놓은 제염소인데, 어떻게 이런 장소를 발견해서 이렇게 훌륭한 제염소를 만들었는지 몰라. 하여간 일본 놈들 대단해. 정말 놀라운 놈들이야."

그때까지 내 인생에서 일본 사람을 칭찬하는 말을 듣는 것은 처음이었기 때문에 난 깜짝 놀랐다.

이렇게 최상의 조건을 갖춘 제염소였으나, 여기서 일하는 노동자들의 근무환경은 눈물겨울 정도로 열악했다. 염전 아낙네들은 다 낡아서 해진 밀짚모자 하나에만 달랑 의지한 채 이른 아침부터 해가 질 때까지 뜨겁게 내리쬐는 뙤약볕 아래에서 등 한 번 제대로 펴지 못 하고 일해야 했다.

그렇게 일을 해서 월급을 받아 봐야 생활유지도 안 되니, 염전 아낙네들은 밤 12시가 되면 두세 명씩 조를 짜서 염전에 몰래 들어간다. 그리고 1인당 50kg 정도씩 물이 뚝뚝 떨어지는 소금을 마대에 담아 밖으로 나온다. 이 무거운 돌짐을 뼈가 앙상한 등 위에 짊어지고 사람들 눈에 띌까 무서워 일부러 큰길이 아닌 숲속 외딴길을 몇 시간이나 걸어서 집으로 간다. 그렇게 훔쳐 온 소금을 장마당에 내다 팔면 쌀 2kg을 살 수 있었다. 이렇게라도 해서 가족들을 먹여 살려야 했다.

그나마 늘 걸리지 않고 소금을 빼 나올 수 있는 것도 아니었다. 어떤 때는 경비원에 붙잡혀서 안전부에 끌려가서 고초를 당하거나 공개모임에서 자아비판을 통해 망신을 당하기도 했다. 심한 경우에는 교화소에 끌려가기도 했다.

비단 염전 아낙들뿐만이 아니다. 내가 전국에 출장을 다니면서 보고 만나는 모든 여성들은 한결같이 매일매일의 고단한 삶과 끝없는 전쟁을 치르고 있었다. 해 질 녘이면 낡은 리어카에 곧 무너져 내릴 것만 같은 큰 짐을 가득 싣고 장마당에서 발길을 돌리는 여인들을 보면서, 오늘은 얼마를 벌었을까 내일 가족들 먹일 하루 식량은 장만했을까 하는 걱정이 들곤 했다. 그들의 핏기 없는 얼굴에서 당장 그날 저녁식량을 걱정하는 여인들의 애한이 묻어났기 때문이다.

나는 이러한 여성들의 삶을 마주하면서 왜 북한 여성들은 이렇게 힘들게 살아야 하나 하는 고민에 빠져들었다. 그전까지는 나 살기에만 바빠서 타인의 삶은 전혀 눈에 들어오지 않았었다. 그러나 한 살 두 살 나이를 먹고 점차 결혼할 연령이 다가옴에 따라 언젠가는 그들의 삶이 나의 삶이 될 수도 있겠구나 하는 생각을 하게 되었다. 즉 집안의 기둥으로서 가족들의 생계를 책임져야만 하는 '그런 삶' 말이다.

북한 사회는 전통적으로 남자가 밖에서 일을 해서 가족 생계를 책임지고 아내는 집에서 가정을 돌보는 것이 보편적이었다. 가장은 어디까지나 남자의 역할이었다. 그런데 '고난의 행군' 시기를 거쳐 오면서 남녀의 역할이 바뀌어 버렸다.

당장 집 쌀독 안에 쌀 한 톨이 없어 가족들이 몽땅 굶어 죽게 될 판이라도 남편들은 직장에 나가야 했다. 배급이 나오지 않아도, 공장이 1년 내내 가동되지 않는다 할지라도 상관없었다. 무조건 직장에 출근해야 했다. 생존을 위해 장마당에 나가 장사라도 할라치면 안전부 요원들이 붙잡아다가 강제노동대로 보냈다. 그 이유는 간단하다. 주민통제와 체제 유지를 위해서는 비록 할 일이 없다 해도 남자들을 일터에 붙잡아 두는 것이 유리하기 때문이다.

그래서 북한의 많은 여성들은 직접 발 벗고 나서서 가족들의 생계를 책임져야 했다. 상황이 이렇다 보니, 남편들은 집에서 애물단지가 되기 십상이었고 가정 내 권력구조도 바뀌기 시작했다. 여성들은 조롱의 의미를 담아 남편들을 '걸그림'이라고 불렀다. 그냥 방 한구석에 걸려 있는 불필요한 장식이라는 뜻이다. 또한 '낮전등'이라고도 했다. 낮에는 전등이 필요 없다. 따라서 아무짝에도 쓸모없는 존재라는 것이다.

언제부턴가 여자가 가정을 떠받쳐야 한다는 관념이 북한 사회 안에서 자연스럽게 자리를 틀었다. 난 너무도 불안했다. 내가 결혼하면 저들처럼 한 가정을 책임질 수 있을까. 염전의 아낙들처럼, 장마당에 온종일 쭈그리고 앉아서 두부껍질이나 산에서 캔 나물을 파는 아낙들처럼, 우는 아이 등에 업고 돼지를 치는 여인들처럼 나도 과연 내 가정을 떠받칠 수 있을까. 정말이지 난 자신이 없었다. 결혼에 대한 한없는 두려움이 생겼다. 피할 수만 있다면 결혼만큼은 어떻게든 피해야겠다고 생각했다.

4월부터 8월까지 치열하게 펼쳐지는 '소금접수전투'가 끝나고 우리 구역에 할당된 소금 물량이 확보되면, 비로소 첫 화차를 보내게 된다. 이때 컨테이너를 3중 4중의 자물쇠로 단단히 채운 후 '국가물품'이라는 봉인 딱지를 붙여서 출발시킨다. 이렇게 보낸 컨테이너는 대략 1달 후면 목적지에 당도해야 하는데 낙후된 철도 기반시설로 인해 2달이 지나도 도착하지 않는 경우도 있었다. 어떤 때는 군인들이 컨테이너 자물쇠를 부수고 소금을 강탈해서 장마당에 팔아먹기도 했다. 이럴 때면 물증도 없고, 법적 제재를 가할 수 있는 수단도 딱히 없어서 그냥 속수무책으로 당할 수밖에 없었다.

【2006년 10월 북한의 제1차 핵실험】

2006년 10월 9일, 이날도 평일임에도 불구하고 대낮에 '명절공급' 전기가 들어왔다. 뭔가 또 대단한 중대발표가 있겠거니 하고 생각했다. TV를 켜 보니, 북한의 제1차 핵실험 성공을 전하는 아나운서의 흥분된 목소리가 흘러나왔다. 아나운서는 이번 핵실험의 성공이 사회주의 강성대국 건설을 위한 비약적인 성과라고 하면서, 우리 군대와 인민들에게 한없는 긍지와 자부심을 안겨 준 역사적 사건임을 강조했다.

다음 날, 여지없이 김일성 동상 앞 광장에서 핵실험 성공을 기념하는 궐기대회가 진행되었다. 당 간부들이 연단 앞에 나와서 "위대한 김정일 장군 만세!"를 외치고, "선군정치 만세!"를 외치고, "강성대국 만세!"를 외쳤다. 광장에 모인 인민들은 앵무새처럼 구호를 되뇌었다.

난 착잡한 마음을 금할 수 없었다. 당시 나는 6년 차 공무원으로서 북한 전국을 다니면서 다양한 인민들의 삶을 목격하고 북한 사회의 불합리성과 허구성을 깨닫게 되었다. 따라서 핵실험을 하든, 미사일을 발사하든, 그것이 배곯는 현실을 변화시킬 수 없을뿐더러 우리의 실제 삶에 어떤 긍정적인 영향도 미치지 못한다는 걸 직감했기 때문이다.

그해가 다 지날 때까지 북한 당국은 이번 핵실험 성공으로 인해 적국들이 벌벌 떨고 있으며 우리 공화국은 명실상부 군사대국의 길로 들어섰다고 대대적으로 선전했다.

【2007년 10월 제2차 남북정상회담】

자화자찬에 빠져 지내는 것도 잠시뿐이었다. 이듬해인 2007년 여름 북한에서 사상 최대 규모의 수해가 발생한 것이다. 한 마을이 통째로 물에 잠긴 곳도 있었다.

국제사회로부터 의약품, 쌀, 의류 등 인도적인 지원이 이루어졌다. 지원 물품 중에 패딩이나 내의 같은 의류는 상업관리소로 들어왔다. 당시 우리는 남포시에서 매년 되풀이되는 '소금접수전투'를 막 마치고 돌아온 상태였다. 업무에 복귀하자마자 숨 돌릴 틈도 없이 우리는 곧바로 수해

지역으로 나가서 의류품 공급에 나섰다.

이렇게 뒤숭숭한 분위기 속에서 남조선 대통령이 방북할 예정이라는 통지가 당으로부터 각 행정기관 단위별로 하달되어 왔다. 그런데 똑같은 남조선 대통령이 평양에 오는데도 이를 받아들이는 사람들의 태도와 분위기는 7년 전 김대중 대통령이 방문할 때와 사뭇 달랐다.

누가 와서 뭘 어쩌든 우리의 실제 삶은 전혀 달라질 것이 없다는 걸 이미 한 번 경험했기 때문이리라.

"기래서? 밀가루나 옥수수라도 좀 가지고 온대?"

우리 직원 중에 누군가가 짜증 섞인 말투로 말했다. 그렇지 않아도 수해복구 활동으로 힘든 판국에 사람들을 더욱 피곤하게 만드는 일이 생길 것을 직감했기 때문일 것이다.

또다시 전 주민들을 대상으로 사상교양사업이 강화되었다. 그 밖에 파손된 도로정비사업, 낙후된 마을 새 단장사업 등 다양한 노역에 주민들이 동원되었다. 사람들은 불만이 가득했다. 하루 벌어 하루를 먹고사는 사람들에게는 단 한 시간도 천금같이 귀했다. 그런데 한 달 동안 하루도 거르지 않고 새벽부터 밤늦게까지 노동력을 착취당해야 했다.

하물며 이 같은 노력에 대한 아무런 보상도 기대할 수 없으니 그 피로함과 짜증은 이루 다 말로 표현할 수 없었다. 사실 일반 주민들은 남북정상회담 의제는커녕 정상회담 자체에 아무런 관심이 없었다. 이들에게는 뭥장 오늘 한 끼를 해결하는 셋반이 중요했다.

게다가 8월 하순경에는 '충성의 외화벌이전투'라는 명목으로 각 기업소의 모든 직원들이 1인당 2kg씩 송이버섯을 캐서 바치라는 당의 지침이 하달되었다. 우리는 한 달 동안 송이버섯을 찾아 산을 헤매고 다녔다. 할당량을 채우지 못한 사람은 장마당에서 구매해서라도 무조건 내야 했다.

훗날 우리가 그렇게 고생해 가며 캐 온 송이버섯을 남조선 대통령에게 보냈다는 이야기를 들었을 때 난 정말 기가 막혀서 할 말을 잃었다. 하다 하다 이제는 남조선 대통령에게 주는 선물까지 챙겨 주기 위해서 우리가 한 달 내내 땅을 헤집고 다녀야 하나 하고 생각하니, 가슴 밑바닥에서부터 분노가 치밀어 올랐던 것이다.

2007년 10월 2일, 이날은 남북정상회담 일정 첫날이었다. 우리 회계과 직원들은 평소 때처럼 사무실에 앉아 자기 업무를 보고 있었는데, 갑자기 '명절공급' 전기가 들어왔다. TV를 켜자 노무현 대통령이 군사분계선을 걸어서 넘어오는 장면이 흘러나오고 있었다.

"기래두, 저번보다는 좀 더 그럴듯한 써클(쇼)을 하는구만. 한 단계 발전했구만기래."

가만히 TV 화면을 응시하고 있던 부기과장이 운을 떼며 말했다.

"아니, 남조선 놈들은 왜 매번 우리 공화국을 찾아와서 생써클(쇼)를 하고 지랄인 겁네까? 이번엔 밀가루라도 좀 가지고 왔답네까?"

우리 사무실에서 가장 고참급인 지원이 투덜거리는 투로 과장의 말을 받았다. 지난 한 달 동안 당에서 내려온 지령들을 수행하기 위해 귀찮은 나날들을 보내야 했으니 매우 짜증이 나 있던 상태였던 것이다. 사실 다른 직원들의 속마음도 이와 별반 다르지 않았다.

이어서 노무현 대통령과 장성택이 평양 시내에서 카퍼레이드를 함께 펼치는 영상이 공개되었다. 수많은 평양 시민들이 분홍색 꽃을 들고 나와 흔들며 열렬히 환영하고 있는 모습이 화면에 비쳤다. 시민들은 찻길 양쪽으로 벌 떼처럼 운집해 있었는데, 여성들은 한결같이 곱게 한복을 차려 입었고, 남성들은 모두 정장 차림이었다.

"기래두, 우리는 일없는 기야. 저 보라우. 평양 아주마이들과 남성 동무들이 열렬히 환영해 주고 있지 않아. 저거 준비한다고 얼마나 괴로웠기서. 아주 죽을힘을 다해 팔을 흔들고 있구만. 저런 거 볼 때마다 난 평양 사는 사람들 하나도 안 부럽다우."

그동안 당의 지령들을 모두 완수하느라 고생했던 직원들의 불만을 달래 주기라도 하듯 부기과장이 부드러운 말투로 말했다. 아울러 부기과장은 오른손 집게손가락을 자기 입에 살짝 가져다 대면서 우리 모두를 향해 입단속시키는 것도 잊지 않았다.

"동무들, 밖에서들랑은 거, 입조심들 하라우. 모두들 아오지 탄광에 끌려가서 석탄가루에 고개 처박고 죽고 싶지 안커들랑은."

이때 나는 TV를 보면서 딴생각을 하고 있었다. 왜 남조선 대통령은 이름이 자주 바뀔까 하는 생각이었다. 이것은 내가 어릴 때부터 줄곧 풀리지 않던 난제였다. 학교에서 선생님께 물어보면 뭐라고 설명은 해 주는

데, 속 시원하게 이해할 수가 없었다. 이 의문은 나이가 들어 성인이 된 뒤에도 이어졌다.

난 모든 나라는 한 사람의 강력한 지도자가 죽을 때까지 통치하는 줄로만 알고 있었다. 북한의 김일성 부자를 비롯해서 소련의 스탈린, 중국의 강택민, 쿠바의 카스트로 등 우리가 접할 수 있는 외부 소식들의 중심에는 사회주의 국가의 장기집권 독재자들만 우글댔기 때문이다.

남조선 대통령도 마찬가지일 거라고 생각했다. 그래서 수년에 한 번씩 이름이 바뀌는 걸 이해할 수가 없었다. TV에서든 신문에서든 남조선 대통령 얼굴을 볼 수 있는 기회는 거의 전무하다시피 했으니, 막연하게 같은 사람인 줄 알았던 것이다. 훗날 북한을 벗어난 이후에야 사람 자체가 바뀌었다는 걸 알았다.

10월 4일 남북정상선언이 발표되고 양국 정상이 공동으로 선언문에 서명하는 장면이 TV로 생중계되었다. 아나운서는 6.15 공동성명에서 합의한 연방제 통일을 실현시키기 위해 구체적인 방법을 논한 것이 '10.4 남북정상선언'이라고 설명했다.

그런데 2000년의 남북정상회담 때처럼 뜨거운 감격에 휩싸여 TV 중계를 시청하는 사람은 아무도 없었다. 첫 정상회담이 개최된 이래로 7년이나 지나오는 동안 우리의 비참한 현실은 눈곱만큼도 나아진 것이 없었기 때문이다.

훗날 내가 한국에 와서 만난 어떤 사람들은 "그래도 고난의 행군 시기가 지난 2000년대에는 북한의 식량사정이 좀 나아지지 않았냐."며 쉽게 내뱉곤 한다. 아마도 무더기로 죽어 나가는 상황은 많이 진정된 듯이 보이기 때문일 것이다. 그러나 그건 정말 실상을 모르고 하는 소리다. 여전히 배급은 나오지 않았고 주민들은 국가로부터 철저하게 버려졌다.

비유하자면, 북한 주민들은 주인이 던져 주는 도토리만 먹고살았던 우리 안의 다람쥐와도 같았다. 어느 날 주인은 다람쥐들한테 도토리를 주지 않고 그대로 방치해 두었다. 다람쥐들은 조금 당황스러웠으나 다음 날은 주겠거니 하며 기다렸다. 그러나 내일도 모레도 그다음 날도 주인은 도토리를 주지 않았다. 여기서 다람쥐들은 크게 두 갈래로 나뉘었다. 한 다람쥐 그룹은 우리 안에서 계속 주인이 던져 주는 도토리만을 오매불망 기다리다가 그대로 굶어 죽었다. 다른 다람쥐 그룹은 우리를 박차고 나와 야생에서 자라는 도토리를 주워 먹었다.

지금 북한 주민의 현실을 제대로 반영하자면, 그동안 굶어 죽을 다람쥐들은 다 죽고, 위험을 무릅쓰고서 야생으로 뛰쳐나가 땅을 파거나 나무 위로 기어 올라간 다람쥐들만이 살아남아 지금껏 구차한 삶을 연명해 오는 상황인 것이다.

10.4 남북정상선언이 발표된 다음 날, 동 선언을 기념하기 위한 궐기대회가 김일성 동상 앞 광장에서 진행되었다. 난 적당한 핑계를 대고 참가하지 않았다. 나뿐만 아니라 좀 깨어 있다 싶은 사람들은 이런저런 구실을 대며 잘 참가하지 않았다. 다들 분위기를 살펴 가며 눈치껏 행동했다.

쌍둥이 언니와의 재회

2008년 3월의 어느 날 오후.

유리창 밖은 아침부터 내리기 시작한 눈이 점차 물기를 머금은 눈으로 바뀌며 을씨년스러운 분위기를 연출했다. 눈인지 우박인지 모를 진눈깨비는 청진시 국가안전보위부 사무실 창문을 세차게 때리고 있었다.

"따르릉, 따르릉."

갑자기 사무실 전화벨이 요란스럽게 울렸다.

"청진시 국가안전보위부입네다. 네네, 알갔습네다. 잠시만 기다리시오. 김태수 동지, 전화 받아 보시오. 중앙당 5과에서 온 전화요. 동지를 찾고 있소."

중앙당 5과라는 말을 들었을 때, 순간 아빠는 다은이 언니 소식이라는 것을 직감했다.

"여보시오, 제가 김태숩니다."
"김다은 동무의 아버지, 김태수 동지 맞습니까?"

"네, 옳습니다. 제가 다은이 아비 김태숩니다."

"다은 동무가 당에서 준 임무를 잘 수행해서 장군님의 사랑과 배려로 평양에서 결혼식을 올리게 되었습네. 곧 평양에서 승인번호를 내려보낼 테니까니, 김태수 동무와 아내, 그리고 한 사람 더 데리고 올 수 있으니 준비하시오. 우리 당에서는 김다은 동무에게 평양에서 살 수 있는 최고의 영광을 주었습네."

"아, 네, 네? 네. 감사합니다. 잘 알겠습니다."

아버지는 더 자세히 묻지도 못한 채 그냥 일방적인 통보만을 받고서 집으로 오셨다. 근 십 년 만에 듣게 되는 딸 소식이었지만, 꼬치꼬치 캐물어서 혹시라도 딸에게 피해가 갈까 봐 두려웠던 것이다.

쌍둥이 언니가 중앙당 5과로 차출된 후, 우리 가족은 매년 설날과 김일성 부자 생일 때마다 중앙당에서 보내오는 선물 박스를 하나씩 받았다. 가끔은 군복을 입고 개선문이나 만수대 언덕 김일성 동상 앞에서 찍은 사진을 그 박스 속에 넣어 보내기도 했다. 우리는 그 사진을 보면서 어딘가에서 잘 살고 있으리라는 마음의 위안을 얻었다.

어쩌다 부모님께 언니의 소식을 물어보면, 부모님들도 착잡하고 씁쓸한 표정만 지으실 뿐 특별한 소식을 알고 있는 것 같지 않았다. 언제부터인가 나는 더 이상 언니에 대해 물어보지 않았다. 어쩌면 자식과 생이별한 채 볼 수 없는 현실이 부모님 가슴에 큰 생채기로 남아 있을지 모른다고 생각했기 때문이다. 괜히 언니 이야기를 끄집어내어 부모님 마음을 싱하게 하고 싶지 않았다.

그렇게 하릴없이 시간은 흘렀고, 다은이 언니가 평양으로 간지 9년이 흐른 2008년 3월에 우리 가족은 중앙당 5과에서 걸려 온 한 통의 전화를 받은 것이다.

"아니, 결혼이라니. 내 소중한 새끼에게 부모로서 결혼에 대한 조언도 한마디 못 하고, 결혼상대가 누군지도 모르는데, 그냥 받아들여야 하다 니……."

그래도 엄마는 이제나마 자식 얼굴이라도 볼 수 있게 됐으니 억지로라도 감사해야지 하는 마음인 듯싶었다. 저녁에 퇴근해서 집으로 돌아온 나는 그 소식을 전해 듣고 부모님께 화부터 냈다.

"아니, 세상에, 뭔일이래? 당에서 결혼까지 시킨대? 사랑은 둘이 좋아서 해야 하는 것이지……."
"조용, 조용히 얘기해라, 밖에서 누가 듣겠다."

엄마는 나를 흘깃 쳐다보시면서 입단속을 시켰다. 그 후 우리 가족은 며칠 동안 잠을 설치면서 평양에 갈 준비를 했다. 다른 때 같았으면 평양에 가는 일을 소풍 가는 아이의 들뜬 심정으로 기다렸겠지만, 그때는 상황이 달랐다. 마음이 매우 무거웠다.

1주일 후 우리는 중앙당 5과에서 내려보낸 승인번호가 도착했으니 증명서를 받으러 오라는 연락을 받았다. 지방 사람들은 평양을 자유롭게 드나들 수 없다. 평양은 북한 속에 있는 다른 나라였다. 지방 사람이 평양을 한 번 방문하려면 평양에서 방문자의 신원을 확인한 후 방문 허가증을 발급해야만 비로소 갈 수가 있었다. 이 허가증이 바로 승인번호였다. 평양에 친척이 없거나 출신성분이 좋지 않은 사람들은 승인번호가 떨어지지 않는다.

부모님과 나는 무산-평양 13호 급행열차표를 끊었다. 급행열차라서 28시간이면 평양에 도착한다고 되어 있으나, 실제로는 며칠이 걸릴지 알 수 없었다. 8년 전 내가 대학에 다닐 때보다는 철도 사정이 좀 나아졌음에도 불구하고 여전히 정전되거나 연착되는 경우가 많았다. 그래서 우리는 만약의 경우에 대비해서 5일 동안 먹을 도시락을 싸 가지고 출발했다.

처음 이틀 동안 먹을 도시락은 주먹밥과 삶은 계란으로 구성하고 나머지 도시락은 기름에 튀긴 도넛이나 크로켓같이 잘 쉬지 않고 오래 보존되는 음식들로 준비했다.

그동안 출장으로 북한 전역을 거의 다 다녀 봤지만, 부모님과 함께하는 열차여행은 처음이었다. 셋이서 나란히 좌석에 앉고 나니 그동안의 걱정은 눈 녹듯 사라지고 기분이 좋아졌다.

그렇게 우리가 탄 열차는 3일을 달려서 신성천역에 정차했다. 신성천역은 전국의 열차들이 다 모이는 곳으로 모든 철도의 중심이었다. 이곳에서는 열차 차량의 검사와 정비가 이루어질 뿐만 아니라 화물을 싣거나 내릴 수 있는 시설도 갖추고 있다. 이러한 지리적 요인으로 전국의 꽃제비가 모여드는 아지트이기도 하다.

완행열차들이 이 역에 멈춰 서면 보통 이삼일 연착이 되는데, 꽃제비들은 그 틈을 타서 창문마다 두드리고 다니며 빌어먹거나 훔쳐 먹거나 혹은 노래를 불러 주고 삯을 받거나 하면서 다양한 방법으로 삶을 연명한다.

우리 열차가 신성천역에 들어서자마자 가판대를 멘 장사꾼들이 벌떼같이 달려들었다. 그들은 열차 창문을 손가락으로 톡톡 두드리면서

"물.", "사탕.", "담배.", "빵.", "두부밥.", "찹쌀 모찌." 등 자기가 파는 품목을 외쳤다.

그 뒤에는 어김없이 꽃제비 아이들이 2~3명씩 따라 다녔는데, 보통 5세부터 20세까지 다양한 연령대의 아이들이 있었다. 3월의 매서운 꽃샘추위가 견디기 힘들었는지 자라목처럼 목을 잔뜩 움츠린 모습이었다. 솜을 누벼 만든 동복은 기름때로 찌들대로 찌들어서 마치 갑옷을 입고 있는 듯했다.

머리칼은 언제 감았는지 전혀 가늠이 되지 않을 정도로 흙먼지 범벅이었는데 떡이 져서 서로 엉켜 있었다. 얼굴은 땟국물이 줄줄 흘러내린 곳에 착 달라붙은 새카만 먼지가 그대로 굳어 버려서 마치 석탄 덩어리를 보고 있는 것 같았다. 다만 하얀 흰자 가운데의 검은 눈동자는 밤하늘의 별처럼 또릿또릿했다.

이들은 창문에 매달려 애처롭게 먹을 것을 구걸하였는데, 이를 가슴 아프게 생각하거나 도와주려는 사람은 드물었다. 그 수가 너무나 많았기 때문에 사람들은 아이들에게 욕을 하거나 들개를 쫓아내듯 멀리 몰아냈다. 그나마 꽃제비들을 챙기는 사람들은 출장 가는 사람들이거나 휴가로 집에 다녀오는 군인들이었다. 이들은 꽃제비들에게 먹다 남은 밥을 챙겨 주거나 두부밥 한 조각이라도 사 주곤 했다.

나는 전국으로 수많은 출장을 다니면서 이런 환경에 익숙했던 터라 별다른 감정을 느끼지 못했다. 그냥 자연스러운 풍경일 뿐이었다. 그러나 부모님의 반응은 달랐다.

"어쩌면 좋으니, 쯧쯧, 아이들이 무슨 죄가 있다고 저렇게 춥고, 배고픈 고생을 해야 하냐. 쯧쯧. 다혜 너도 항상 감사히 생각하고. 있을 때 나누면서 살어. 에구, 기가 차라."

어린 꽃제비들이 열차 창문에 매달려 구걸하는 모습을 본 엄마는 매우 안타까워하시며 말했다.

"다혜야, 여보, 저기 우리 남은 벤또를 다 줍시다."
"엄마, 그 애들은 벤또 하나 준다고 인생이 달라지는 게 없어요."
"그래, 어서 애들에게 나눠 줘라."

과묵하게 지켜보던 아빠도 한마디 보태셨다. 나는 어쩔 도리 없이 가방에서 남은 도시락을 세어 보았다. 5끼니 분이 남아서 총 15봉지의 도시락이 있었다. 엄마는 뭘 세어 보냐는 듯 내 손에서 가방을 휙 낚아채더니 삼삼오오 짝을 지어 열차 창문을 두드리는 아이들에게 차례로 나누어 주셨다. 우리 가족은 열차 안에서 안내원들이 판매하는 허접한 도시락을 사 먹었다.

이틀 후 우리 열차는 신성천역을 출발했다. 엄마는 꽃제비 아이들이 눈에 밟히는지 역을 떠난 후에도 계속 혀를 차며 불쌍해하셨다. 그리고 이 지겨운 열차 생활이 도대체 언제 끝나느냐는 듯 "아직 평양이 멀었냐?"고 자꾸 물었다. 아빠는 달리는 차창 밖을 물끄러미 내다보시면서 내내 아무 말씀도 없으셨다.

이렇게 멈춰서고 또 달리기를 몇 번이나 되풀이했을까. 드디어 2008년 3월 25일 오전 11시 35분, 우리 열차는 평양역에 도착했다. 청진을 떠난 지 5일 만이었다. 짐 가방을 챙겨 들고 개찰구를 빠져나오니, 아빠 이름이 적힌 팻말을 든 사람 둘이서 기다리고 있었다. 우리는 그 앞으로 다가

갔다.

"안녕하심까. 제가 다은이 아비 김태수입네다."

아빠는 긴장한 눈빛으로 입을 떼었다. 목소리가 희미하게 떨렸다.

"아, 반갑습네다, 김태수 동지. 저는 중앙당 5과 과장 장철수입네다. 사진으로 많이 봐 와서 전혀 낯설지가 않습네다. 기냥 장 과장이라고 불러 주시라요."

일행 중에서 키가 작고 배가 나온 사람이 손을 내밀며 반겼다.

"쌍둥이 동생도 함께 왔구먼, 기래. 다혜 동무 어서 오시오. 언니 다은 동무하고 많이 닮았구먼. 아주 잘 왔소. 열렬히 환영하오."

그들은 우리의 신상 정보를 손금 보듯 파악하고 있었다. 붐비는 사람들 사이로 역 밖으로 나오니, 까만색 승용차 두 대가 눈에 띄게 서 있었다. 부모님과 나는 그들의 안내를 받으며 승용차에 올라탔다. 차는 평양 시내를 달리기 시작했고, 얼마 지나지 않아 똑같이 생긴 쌍둥이 건물 앞에 멈춰 섰다.

"여기가 우리 공화국 최고의 호텔, 평양고려호텔입네다. 김정일 장군님께서 사랑하시는 곳이디요. 루비에서 쫌 기다리시라요."

이렇게 말한 후, 장 과장은 우리 증명서와 공민증(주민등록증에 해당)을 가지고 호텔 카운터로 갔다. 잠시 후 수속을 마치고 돌아온 장 과장은 호텔에서 푹 쉬고 있으면 저녁에 다은이 언니가 올 거라고 했다. 그리고 빨간 유니폼을 입은 접대원에게 우리를 방으로 안내할 것을 지시했다.

지방에서 올라온 우리에게 고려호텔은 황홀함을 안겨 주었다. 어리둥절한 모습으로 넋을 잃고 있던 부모님을 바라보며 접대원이 설명했다.

"우리 고려호텔은 조선의 자랑입네다. 위대한 장군님의 은혜와 사랑으로 이렇게 훌륭하게 꾸려졌디요. 평양 시민들뿐만 아니라 외국인들도 많이 이용하고 있습네다."

우리 가족은 32층에 있는 방 두 개를 배정받았다. 하나는 부모님이 쓰고 나와 언니는 그 옆방을 사용하게 될 거라고 했다. 나는 여독이 올라와서 점심을 거르고 그냥 쉬겠다고 말했다. 몇 시간이 흐른 뒤 혼자 밖으로 나와서 고려호텔 내부를 두루 살펴보았다. 나는 그동안 평양을 여러 번 방문했으나, 고려호텔에 묵는 것은 상상도 할 수 없었다. 따라서 이번 기회에 한번 잘 살펴보고 싶었던 것이다.

건물 꼭대기인 45층에는 회전식 전망대 식당이 있었다. 1시간에 한 번씩 회전하므로 이곳에 온 손님들은 식사를 하면서 평양 시내의 전경을 한눈에 볼 수 있었다. 지하에는 외국 음식점들이 즐비했고 오락실도 있었다. 북한 전역을 돌아다녀 봐도 늘 삶의 무게에 짓눌려 사는 사람들뿐이었는데, 이곳에 오는 사람들은 도대체 어떤 사람들일까 생각했다.

그날 저녁, 우리 가족은 호텔에서 제공해 주는 저녁 식사를 마치고, 부모님이 머무는 방에서 언니가 오기를 기다리고 있었다. 이때 나는 고등중학교를 졸업한 이후로 보지 못했던 언니를 근 10년 만에, 그것도 고려호텔에서 재회하는 이 어색한 상황을 어떻게 풀어 나갈지 속으로 고민하고 있었다. 아마도 우리 부모님 또한 나와 같은 심정이었으리라. 그래서일까. 방 안에는 왠지 모를 초조함과 미묘한 긴장감이 감돌았다.

오후 7시경 문밖에서 사람들 인기척이 나면서 노크 소리가 들려왔다. 곧바로 군복 차림의 언니가 남성 2명과 함께 들어왔다.

"아바지, 오마니, 그간 옥체만강하셨습네까. 이 딸의 큰절을 받으시라요."

언니는 방에 들어오자마자 덥석 엎드리며 절부터 했다. 나름대로 마음의 준비는 하고 있었으나, 너무도 갑작스러운 상황에 부모님과 나는 온몸이 경직되고 말았다. 언니와 함께 온 두 사람은 깍듯이 거수경례를 한 후 곧바로 돌아갔다. 일순간 묘한 정적이 감돌았다. 아빠도, 엄마도, 나도 아무 말도 할 수 없었다. 분명히 나와 함께 자란 쌍둥이 언니가 맞긴 한데 한없이 낯설고 서먹서먹한 느낌만 들었다.

"아이고, 내 새끼. 이게 얼마 만이고. 얼마나 고생했니? 어디 아픈 데는 없고?"

엄마가 먼저 언니를 와락 끌어안으며 통곡하셨다. 그러자 아빠가 엄마의 등을 다독이면서 엄마와 언니를 함께 안으셨는데, 그 상태로 할 말을 잃은 듯 아무 말도 없이 흐느끼셨다. 아마도 아빠가 우는 모습을 본 것은 이때가 처음이자 마지막이었다. 나도 양팔을 크게 벌리고 우리 가족들을 감싸 안았다. 참았던 눈물이 내 뺨을 타고 주르륵 흘러내렸다.

"아바지, 오마니, 너무도 보고 싶었습네다."

다은이 언니는 이 짧은 말에 9년간 묵혀 놓았던 자신의 혈육에 대한 그리움을 다 표현하는 듯했다. 우리는 서로의 손과 팔을 꼭 붙들고 소파가 놓여 있는 곳으로 자리를 옮겨 앉았다.

"기래, 너는 그동안 어뜨케 지냈니?"

아빠는 언니의 한 손을 꼭 잡은 채로 처음으로 입을 뗐다. 목이 멘 듯 미묘하게 떨리는 목소리였다.

"저야 뭐, 어버이 장군님의 사랑 속에서 잘 살았지 말입네다. 우리 인민들이 고난의 행군으로 힘든 고생을 할 때 우리는 니밥(쌀밥)에 고깃국을 먹으면서 잘 지냈습니다. 길치 않습까? 고거이 그냥 죄스러운 마음이디요. 저는 기냥 우리 가족이 어뜨케 사나, 그 걱정만 했더랬습니다."

언니는 자신은 아무런 고생 없이 그냥 편하게 잘살기만 했으며 그것이 모두 김정일 장군님의 은혜였다는 것만 어필했다. 어디서 살며 정확히 하는 일은 무엇인지 등등 우리가 궁금해하는 부분에 대한 구체적인 언급은 피했다. 오히려 언니는 부모님과 내가 어떻게 지냈는지 고향의 오빠와 언니는 잘 살고 있는지 등에 대해 꼬치꼬치 캐물었다.

"언니 오빠는 다 시집 장가가서 잘 살고 있어. 언니 오빠 시집 장가보낼 때 다혜가 아주 큰일을 했어."

"기랬습네까? 다혜는 어릴 때부터 특별했잖습까. 우리 집안의 자랑이 아니드랬습니까."

나도 언니한테 궁금한 점이 참 많았으나 일단은 꾹 참고 묻지 않았다. 이따 옆방으로 가서 언니랑 둘만 남았을 때 차분하게 물어보리라고 생각했다.

"오마니, 아바지, 오늘은 먼 길 오시느라 무척 피곤하실 테니 이만 푹 쉬시라요. 내일은 평양 시내를 관광할 겁네다."

어느 정도 시간이 흐르자 언니가 적당히 자리를 정리했다. 나는 언니와 함께 옆방으로 건너왔다. 방 안에는 트윈 침대가 놓여 있었으나 우리는 대충 잘 준비를 끝내고 한 침대에 함께 누웠다.

"언니, 도대체 언니가 여기서 정확히 하는 일이 뭐야? 아저씨(형부) 될 사람은 뭐하는 사람인데? 어떻게 만났어?"

침대에 눕자마자 난 여러 질문을 한꺼번에 쏟아 내었다.

"다혜야. 먼 길 오느라 피곤할 텐데, 오늘은 늦었으니 일단 자고 내일 다시 얘기하자."

언니는 내 질문에 대한 대답을 회피하면서 살짝 내 손바닥 위에 언니 손가락으로 두 글자를 또렷이 쓰기 시작했다.

'도', '청'

순간 정신이 확 들었다. '아, 그렇구나.' 나는 우리 대화가 도청되고 있을지도 모른다는 사실을 곧바로 눈치챘다.

"그래, 언니. 언니도 많이 피곤하지? 다음에 얘기하자요. 우리 어릴 때 가끔씩 이렇게 꼭 껴안고 잤었는데. 그지?"

나는 옆에 누운 언니를 꼭 껴안으며 말했다.

다음 날 우리 가족은 평양 시내를 관광하기 위해 일찌감치 호텔을 나섰다. 호텔 앞에는 우리를 태울 승합차가 이미 대기하고 있었다. 첫 코스는 무조건 만수대였다. 제일 먼저 김일성과 김정일 동상을 찾아 경의를 표해야 했기 때문이다.

이어서 우리는 김일성 시신이 안치된 금수산기념궁전과 개선문을 둘러보았다. 난 평양 출장을 자주 다녔기 때문에 모든 풍경이 익숙하게 느껴졌으나 부모님은 오랜만에 평양을 방문해서 그런지 감회가 새롭게 느껴지는 듯했다.

우리 가족은 옥류관에서 늦은 점심을 먹은 후 소화도 시킬 겸해서 대동강변을 걸었다. 우리 자매는 일부러 부모님들과 떨어져서 걸었다. 갑자기 다은이 언니가 조용히 입을 뗐다.

"다혜야, 지금부터 내가 말하는 건 절대 비밀로 간직해야 돼. 그렇지 않으면 온 가족이 죽을 수 있어."

어젯밤 언니가 내 손바닥 위에 '도청'이라는 글씨를 썼을 때, 나는 심상치 않은 내막이 숨겨져 있을 거라고는 짐작을 했다. 그런데 얌전하고 조신했던 언니 입에서 온 가족이 죽을 수도 있다는 말이 나오자 내 심장은 쿵쾅쿵쾅 뛰기 시작했다. 언니는 내게서 비밀을 지키겠다는 약속을 받아낸 후에야 비로소 입을 열었다.

"1999년이었던가. 우리가 고등중학교를 졸업하던 그해 3월, 난 가족들과 친척들, 그리고 선생님과 친구들의 배웅을 받으며 평양으로 가는 열차에 올랐지. 사실 언니는 한 번도 부모님과 떨어져서 지내본 적이 없어서 많이 두려웠어. 그런데 가족들은 내가 중앙당 5과에 선발된 것을 매우 자랑스러워했고, 남들은 부러워하는 시선으로 바라봤어. 여전히 떨리는 마음은 진정되지 않았으나 오직 부모님을 기쁘게 해 드렸다는 자부심 하나 붙잡고 설렘 반 기대 반으로 평양에 도착했지……."

다혜야, 너만큼은 반드시 이 나라를 떠나

언니는 많은 사람들의 축복을 받으며 평양으로 가는 열차에 몸을 싣던 그날부터 겪었던 일들을 조곤조곤 말해 주기 시작했다. 그렇게 한 시간 남짓한 시간을 함께 걸으며 언니 얘기를 듣는 동안 난 흐르는 눈물을 주체할 수 없었다.

중앙당 5과.

위대한 수령님을 가까이에서 모실 수 있다는 사실 때문에 모든 여성들이 동경하는 곳이다. 그 중앙당 5과 기쁨조의 실체가 고작 김정일과 고위직 당 간부들의 성적 유희를 위한 도구에 지나지 않았다니 너무나도 큰 충격이자 배신이었다.

다은이 언니는 1년간 교육을 받은 후 특별열차에 배정받았다. 특별열차는 김정일이 해외순방을 다닐 때 이용하는 열차인데 열차 안이 궁전처럼 꾸며져 있다. 해외순방뿐만 아니라 국내순방이나 머리를 쉬게 하고 싶을 때에도 김정일은 특별열차를 타고 가까운 지방으로 내려갔는데 이때 열차 안에서 파티를 즐기는 것을 좋아했다.

다은이 언니도 파티에 종종 불려 갔다. 그렇게 9년의 세월이 흐르는 동안 언니의 호위국 친구들이 하나둘씩 자취를 감췄는데, 조용히 사라진 친구들은 임신했거나 몹쓸 병에 걸렸다는 소문이 돌았다.

그러던 2009년 1월 다은이 언니도 중앙당 지도부로부터 비밀 호출을 받았다. 중앙당은 다은이 언니한테 제대를 통보하는 동시에 호위국에서 제대하는 김철산 동무와 결혼해서 평양 시민으로 살라는 지시를 내렸다. 그리고 죽을 때까지 김정일에게 충성을 다할 것이며 이곳에서의 일은 절대로 발설하지 않겠다는 서약서를 쓰라고 했다.

언니는 서약서를 작성한 후 중앙당 지도원이 내미는 사진 한 장을 들고 숙소로 돌아왔다. 결혼상대에 대해서 아는 건 단지 이름과 같은 호위국 출신이라는 것뿐이었다. 그리고 한 달 뒤인 2월 초에 처음으로 사진 속의 인물을 만나서 대화를 나눴다. 내일이 결혼식인데 지금껏 두 번 잠깐 만나 본 것이 전부였다. 이렇게 언니는 그동안 겪었던 일들을 머릿속에 떠오르는 대로 내게 털어놓았다.

나는 분했다. 정말 너무 분했다. 언니가 너무나 애처로워서 가슴이 터질 것만 같았다. 천성적으로 성격이 무척 깔끔한 언니였다. 죽으면 죽었지 구차스러운 것을 참지 못하는 언니 성격에 그동안 얼마나 힘들었을까. 어디 하소연할 데도 없어서 혼자서 끙끙대며 속앓이만 했을 언니의 고통이 생생하게 전해졌다.

이 사실을 부모님이 알게 되면 얼마나 상심하실지 난 가늠조차 되지 않았다. 그러나 한편으로는 이런 상황 속에서도 삶의 끈을 놓지 않고 살아 있어 준 언니가 너무나 고마웠다.

언니는 모든 사정을 부모님한테는 비밀에 부칠 것을 거듭 당부하면서 마지막으로 내 귀를 의심케 하는 작심발언을 했다.

"이곳에서 지내는 여성들은 적어도 배곯을 일은 없어. 대다수의 일반 여성들보다는 풍요로운 삶을 살 거야. 그러나 한 여성으로서는 매우 불행한 삶이야. 다혜야, 너만큼은 반드시 이 나라를 떠나."

　비록 언니는 시종일관 차분한 어조로 말했으나 "이 나라를 떠나."라는 언니의 마지막 말은 마치 필사적으로 부르짖는 함성처럼 내 귓전을 강하게 때렸다.

　다음 날은 언니 결혼식이 있기 때문에 우리 가족은 대동강변에서 바로 호텔로 돌아왔다. 언니는 당에서 모든 결혼식 준비를 해 주니까 그냥 맘 편히 있으라고 했다. 그런데 부모님도 나도 마음이 불편하긴 매한가지였다. 결혼식이 어떻게 진행될지 전혀 감이 잡히지 않았기 때문이다. 비유하자면, 마치 조금씩 가라앉고 있는 배 안에서 도대체 뭘 해야 할지 갈피를 못 잡고 허둥대는 사람들의 심정 같았다.

　우리는 결혼식 전날까지도 언니 남편 될 사람의 얼굴을 볼 수 없었다. 결혼식 당일 아침이 되어서야 예비 형부와 사돈어른을 만나서 어색한 인사를 나눌 수 있었다. 부모님은 대놓고 티를 내진 못했지만 속마음은 불편함과 불만으로 가득했다. 부모로서 딸 결혼에 아무런 관여도 하지 못하고, 자신들은 오직 결혼식을 위한 구색 갖추기용으로만 전락된 상황이기가 막혔던 것이다. 그나마 출신성분이 좋은 집안의 자녀와 결혼한다는 것이 한 가지 위안이라면 위안이었다.

　당일 11시쯤 장 과장과 직원들이 큰 박스들을 들고 찾아왔다. 박스 안에는 잔칫상을 세팅할 물품들과 음식들로 가득 채워져 있었다.

　"우리의 위대한 김정일 장군님께서 다은 동무와 철산 동무의 결혼식 선물상을 보내 주셨습니다."

장 과장이 엄숙한 표정을 지으며 말했다. 보통 이런 멘트가 나오면 우리는 눈물을 흘려야 했다. 억지로라도 짜내야 했다. 사실 북한 주민이라면 이런 거짓 눈물을 흘리는 데는 이골이 나 있다.

결혼식은 고려호텔 45층 회전식 전망대 식당에서 거행되었다. 많은 인원을 수용할 수 있는 장소였으나 50여 명이 앉아서 두 사람의 결혼을 축하했다. 대부분 신랑 측 하객들이었다.

결혼식이 시작되자 언니와 김철산 씨는 함께 "김정일 장군님 만세!", "조선 노동당 만세!"를 불렀다. 투명한 눈물방울이 언니의 두 볼을 타고 흘러내렸다. 그리고 그 눈물의 의미는 오직 나만이 이해할 수 있었다.

결혼식 잔칫상을 받고서 하객들이 식사하는 동안 언니와 형부는 중앙당에서 보내 준 벤츠를 타고 만수대로 향했다. 김일성·김정일 동상 앞에 헌화를 하고서 감사 인사를 올리기 위해서였다. 이렇게 낯선 사람들과의 어색한 하루가 정신없이 지나갔다.

다음 날 우리 가족은 중앙당 5과에서 준비한 선물들을 잔뜩 짊어지고 고향으로 가는 여정에 올랐다. 청진으로 돌아오는 열차 안에서 나는 줄곧 "이 나라를 떠나."라는 언니의 마지막 말을 곱씹었다.

지난 8년간 나는 전국의 거의 모든 지역을 다니며 농부, 노동자, 장사꾼, 의사, 교사, 과학자, 당 일꾼, 행정관리 일꾼 등 다양한 직종의 사람들을 수없이 만났다. 이때 내 눈으로 직접 보고 체험해서 명확히 알게 된 사실이 한 가지 있다. 그것은 전국 어디를 가도 일반 주민들은 고통과 절망으로 점철된 삶을 살고 있다는 것이다. 모든 남자들은 무기력했고 수많은 여성들은 가족들의 생계를 위해 장마당으로 내몰렸다. 당 간부들은 이들 위에 군림하면서 많은 뇌물을 받아 챙겼다.

소 한 마리 도살했다고 공개 처형을 당하는 사실에서 알 수 있듯이 북한의 일반 주민들은 한결같이 인간 이하의 삶을 살았다. 그나마 여성들 중에서 재능이 있거나 얼굴이 예뻐서 좀 튀는 여성들은 극소수 권력자들의 성적 유희를 위한 도구가 돼야 했다. 말 그대로 소 한 마리보다 못한 목숨이었다. 우리들은 정말 개·돼지들보다 하나 나을 것 없는 인생이었다.

그럼에도 북한을 떠나겠다는 생각을 한 번도 해 본 적이 없었다. 그런데 "넌 이 나라를 떠나."라는 언니의 말이 내 마음속 토양에 뿌리내린 한 알의 겨자씨가 되었다. 좌우로 흔들리는 열차 좌석에 몸을 맡긴 채 내 시선은 차창 밖 풍경에 고정되어 있었으나 머릿속은 온통 그 생각뿐이었다. 마치 내 정신 속에서 살아 움직이는 생물처럼 끊임없이 꿈틀댔다. 급기야 잠자던 내 영혼까지 흔들어 깨웠다.

그러나 북한을 탈출한다는 것은 목숨을 거는 일이었다. 탈북하다가 잡히면 즉결 처형될 수 있다. 설령 가까스로 북한 탈출에 성공한다고 할지라도 새 삶이 북한의 삶보다 더 좋을 것이라고 단정 지을 수도 없다. 오히려 더 나빠질 수도 있다. '탈북'에는 이러한 불확실성이 내재되어 있었다.

그렇지만 불확실성 안에는 '소망'도 함께 존재했다. 어디서든 북한보다는 인간다운 삶을 살 수 있지 않을까 하는 소망 말이다. 죽을 때까지 북한에서 인간 이하의 삶을 살 것인가 아니면 불확실성 속에 내재된 소망에 목숨을 걸 것인가 나는 양자택일을 해야만 했다.

불확실성 속에서 내게 올 수 있는 최악의 결과는 죽음이었다. 그런데 누구나 언젠가는 죽는 법이다. 결국 피할 수 없는 죽음이라면 탈북하다가 잡혀서 즉결 처형을 당하든 개·돼지로 몇십 년을 더 살다가 죽든 별로 달라질 건 없었다.

　그렇다면 답은 명확했다. 어차피 한 번 죽을 목숨이라면, 이따위 죽음 쯤은 각오하고 지옥 같은 작금의 현실을 벗어나고자 행동하는 것이 합리적인 선택이었다.

　'그래, 이곳을 벗어나자.'

　나는 불확실성 속에 내재된 작은 소망을 붙잡기로 결심했다. 집으로 돌아오는 열차 안에서 난 분명히 그렇게 마음을 정했다. 언니가 내 마음 속 토양에 심어 놓은 겨자씨 한 알은 어느새 싹이 나고 자라서, 우리가 탄 열차가 청진시에 도착할 즈음에는 새들이 와서 가지에 깃들 수 있을 만큼 큰 나무로 성장해 있었다.

금보다 귀한 소금

북한은 소금이 매우 귀하다. 생산량은 정해져 있는데 수요는 넘치기 때문이다. 식량수급이 불안정한 상황 속에서 북한 주민들은 최대한 식품을 오래 보존할 필요가 있다. 그런데 북한의 가정집에는 식품을 신선하게 보관할 수 있는 냉장·냉동 설비가 없다. 설령 있다 하더라도 전기 공급이 안 돼서 무용지물이다. 그래서 북한의 가정집에서는 식품들을 소금에 절여서 저장한다. 즉 염장(鹽藏)이 일상적인 식품보존 방법이다. 이처럼 소금 쓸 곳은 많은데 공급량은 한정돼 있으니 귀할 수밖에 없다.

이러한 소금 품귀현상은 연안에서 멀리 떨어진 지역일수록 더욱 심해진다. 북한의 열악한 도로사정과 교통환경으로 인해 산간 내륙지방의 소금 유통이 원활하지 않기 때문이다. 당연히 천일염 가격은 금값이 된다. 그래서 함경도나 량강도 같은 지역에서는 공업용 소금을 먹는 사람들도 있다. 고난의 행군 시기에는 소금도 못 먹어서 온몸이 퉁퉁 부어오른 사람들을 종종 보면서, 사람 몸에 염분이 부족해도 죽을 수 있다는 걸 알았다.

북한에서 가장 큰 천일염 생산지는 평안남도 온천군에 위치한 광량만 제염소다. 앞서 설명했듯이 나는 매년 이곳에 장기출장을 다니며 우리 관할 구역에 공급할 소금을 직접 받아 오곤 했다. 이때 나는 공적 업무를 수행하면서 내 개인사업도 함께 진행했다.

북한은 유통 인프라가 매우 열악하다. 이 때문에 모든 1차 산품은 생산지와 소비지의 가격 차이가 최소 20배가 넘었다. 그래서 중간 유통 과정에 뛰어드는 개인 도매업자들이 많다. 그런데 소금은 생산지 단가는 매우 낮아도 중량이 나가는 돌짐이다. 따라서 생산지에서 50kg, 100kg씩 떼어다 북방으로 가져가는 개인 도매업자는 거의 전무했다. 운임비가 많이 들어서 배보다 배꼽이 더 커지기 때문이다.

그렇다고 일반 개인이 화차를 통째로 빌려서 수십 톤씩 실어다가 팔수 있는 구조는 더더욱 아니다. 이런 이유로 소금 도매사업에 손댈 수 있는 사람은 매우 한정되었다.

나는 매년 공적인 업무로 광량만제염소를 오가며 이 점을 간파하고서 전국의 소금 유통 구조를 익혔다. 그리고 해마다 자비로 소금 5톤을 따로 구매한 후 공적 소금을 나르기 위해 배차받은 국영 화차에 내 소금도 함께 실어서 북방으로 보내 팔았다. 50kg 용량의 마대에 소금을 가득 담아 100개를 포장하면 5톤이다. 화차 안에 마대에 담긴 소금들은 내 개인 물품으로 따로 구분되었다.

이렇게 해서 함경도, 량강도, 자강도 지방으로 운반된 내 소금은 생산지의 약 20~30배 가격으로 거래되었다. 그렇게 한 번 이익을 남기면, 다음 해에 투자할 자본금을 떼어 놓고서도 1년 동안 가족들을 돌볼 수 있는 여윳돈이 생겼다.

【2009년 11월 북한의 화폐 개혁】

2009년 11월 30일.

이날 전해진 소식은 북한의 개인사업자들한테 청천벽력이었다. 북한 당국이 기습적인 화폐개혁을 단행한 것이다. 북한 당국은 100:1의 환율로 구권을 신권으로 교환해 줄 것이라고 발표했는데 다만 교환 가능한 금액을 세대당 10만 원으로 한정했다. 따라서 구권 100만 원을 갖고 있던 사람도 그중 10만 원만 신권 1,000원으로 교환이 가능할 뿐, 나머지 구권 90만 원은 그냥 폐기해야 했다.

화폐개혁의 배경에는 2002년에 실시한 '7.1 경제개혁조치'의 실패가 있었다. 이로 인해 화폐가치가 크게 하락하여 발생한 하이퍼인플레이션을 해소하고자 했던 것이다. 그 밖에 장마당 등 암거래 시장에서 유통되는 지하자금을 끌어내리려는 의도도 있었다.

화폐개혁은 시작부터 삐걱대었다. 교환조건도 하루가 멀다 하게 계속 바뀌는 등 우왕좌왕했고 그런 와중에 장마당 물가는 오히려 더욱 치솟아서 신권 1,000원을 가지고 살 수 있는 물품은 아무것도 없게 되었다. 당연히 주민들의 원성은 날로 커져만 갔다. 이 같은 민심을 인지한 북한 당국은 급기야 화폐개혁을 주도한 박남기 재정경제부장을 공개 처형하며 민심 달래기에 나섰다.

더욱이 허탈한 건 정말로 돈이 많은 북한의 특권층들은 거의 피해를 입지 않았다는 사실이다. 이들은 애초부터 북한 화폐를 신뢰하지 않았기에 진작에 미국 달러나 중국 위안화 등으로 재산을 축적해 왔기 때문이다. 화폐개혁으로 손해를 본 사람들은 가난한 일반 국민들이었다. 그중에서도 가장 큰 타격을 입은 사람들이 장사를 통해 현금을 많이 보유하고 있었던 개인사업자들이었다.

나도 엄청난 손해를 보았다. 수년간 차곡차곡 모아 놓은 현금이 모두 휴지 조각이 되어 버렸기 때문이다. 게다가 한 달 후에는 물가가 수십, 수백 배로 치솟아서 하루의 삶을 연명하기도 버거운 상태가 되었다. 그나마 참으로 다행이었던 것은 그해 김장철에 팔고 남은 상당량의 소금을 상품으로 갖고 있었다는 점이다.

다음 해인 2010년 봄 나는 과거 수년간의 사업 노하우를 토대로 훨씬 더 큰 사업을 구상했다. 그때까지의 사업 규모를 30배 이상으로 확대해서 160톤의 소금을 한 번에 운송할 계획을 세운 것이다. 직장에 다니며 큰 사업을 추진할 수 없으니 먼저 결혼을 구실로 휴직신청을 했다. 그리고 남아 있던 소금을 몽땅 비싼 가격에 장마당에 내다 팔고 집의 가산까지 다 끌어모아서 사업 자본금을 마련했다.

나는 총자본금을 환전소에서 달러로 환전했다. 북한 화폐로 거액을 가지고 다니면 돈의 무게와 부피가 너무 커서 매우 불편하기 때문이다. 화폐 가치가 큰 달러로 환전하면 무게와 부피가 많이 줄어들므로 소지하기가 훨씬 수월해진다.

환전소는 개인이 불법으로 운영하는 곳인데, 세계 환율의 움직임을 훤히 꿰뚫고 있어서 매일 변동되는 환율에 맞추어 달러와 북한 화폐를 교환해 준다.

이렇게 총자본금을 달러로 환전한 나는 공공기관 직원이 출장을 가는 형식으로 서류를 꾸며서 정부로부터 여행증(이동 가능 증명서)을 발급받았다. 광량만제염소에 가려면 평양을 거쳐야 하는데, 타 지역 사람들이 평양에 들어가려면 여행증이 있어야 하기 때문이다.

나는 먼저 평양에 가서 철도성의 화차배정 지도원을 은밀히 만나 사전 공작을 펼쳤다. 지도원은 7월 중에 컨테이너 2개를 실은 화차를 보내 주겠다고 약속했다. 물론 그냥 되는 건 아니다. 뇌물을 듬뿍 안겨 줘야 한다. 컨테이너 한 개당 500달러와 청진 지방 특산품인 산청 20kg을 주었다. 북한에는 "먹은 소가 힘을 쓴다."는 속담이 있는데, 이는 간부들에게 뇌물을 먹인 만큼 효과가 있다는 뜻으로 통용된다. 이렇게 사전공작을 끝내면 비로소 현지에서 소금 확보 작전이 시작된다.

2010년 5월 평양과 남포를 지나서 광량만제염소에 도착한 나는 매일 현장을 누비고 다니며 간부들과 노동자들을 만났다. 노동자들한테는 올해 소금 수확량이 어느 정도 될지, 어느 달쯤에 가격이 가장 싸질지 등을 알아볼 수 있었다. 그리고 간부들을 만나서 가장 질 좋은 천일염을 받으려면 얼마 정도의 뇌물을 주면 되는지 살짝 떠봐야 했다.

제염소에는 총 13개의 작업장이 있는데, 나는 각 작업장의 책임자들과 모두 안면이 있었다. 이곳에서 가장 질 좋은 소금은 제7 작업장과 제12 작업장에서 생산되었는데, 나는 이 두 작업장에서 각각 5톤씩 매일 15일 간 천일염을 받기로 했다. 몇 년간 뇌물을 주고받으며 다져 온 친분 덕분에 가능한 일이었다.

보통 소금을 구입하면 화차가 들어와서 정차하는 철길 옆에 미리 야적장을 마련하여 소금을 쌓아 둔다. 그런데 야외다 보니, 밤마다 도둑들이 와서 소금을 퍼 가는 일이 비일비재했다. 그래서 나는 제염소 창고에 한 달간 임대료를 지불하고 소금을 저장해 두기로 했다.

사업은 순조롭게 진행되는 듯싶었다. 7월이 되자 철도성에서는 약속대로 두 대의 컨테이너를 보내 주었고, 나는 160톤의 소금을 컨테이너에 모두 실어 양강도 혜산으로 보냈다. 당시 양강도 지역의 소금 가격이 가장 비쌌기 때문이다. 철도성에서는 내 화물을 양강도 삼지연군에 건설 중인 '백두산청년발전소'에 보내는 소금으로 위장운임을 만들어 주었다. 그 덕분에 내 화물이 목적지에 도착하기까지 불과 한 달 정도밖에 소요되지 않았다.

북한은 전력 공급이 원활하지 않아서 보통 화물은 발송지에서 도착지까지 2~6개월 정도가 소요된다. 이런 상황 속에서도 '백두산'이나 '1호'라는 명칭이 붙은 화차는 우선적으로 배차해 준다. 왜냐하면 김일성의 고향인 백두산에 가는 물자를 제시간에 운송하지 않으면 당으로부터 추궁을 듣거나 처벌을 받을 수도 있기 때문이다.

컨테이너를 발송하고서 며칠이 흐른 후 나는 양강도 혜산행 급행열차에 몸을 실었다. 말이 급행이지 실제로는 초완행열차나 마찬가지다. 항구적인 전력 부족으로 인해 24시간이면 도착할 거리를 장장 일주일에 걸쳐 혜산에 도착했다.

혜산에 지인은 거의 없었으나 대학동기가 거주하고 있었으므로 그 친구의 도움을 받기로 했다. 그녀는 양강도 상업관리소 상업과장으로 근무하고 있었다. 나이에 비해 빨리 승진한 셈이다. 덕분에 그녀 집에서 숙식을 해결할 수 있었다. 북한에서 숙식을 제공받은 손님은 체류 기간 동안 그 집의 가족들까지도 다 먹고살 수 있는 생활비를 지불해야 한다. 쌀, 연료, 부산물에 이르기까지 모두 계산하는데, 이는 북한만의 독특한 문화다.

혜산에 도착한 이후로 나는 날마다 기차역 종합상황실을 방문했다. 역종합상황실에서는 화차 고유번호를 말해 주면 어디에 정차되어 있는지 전화로 알아봐 준다. 그것도 공짜는 없다. 고양이 담배 한 보루씩 가져다 뇌물로 줘야만 정확하게 알아봐 준다. 뇌물이 없으면 대충이라도 알아봐 주는 시늉조차 하지 않는다.

초조한 심정 속에서 보름 남짓 지났을 때, 드디어 간절하게 기다리던 내 소금을 실은 화차가 혜산역에 들어오고 있었다. 화차가 역무원의 신호를 받으며 정지선에 막 섰을 때였다. 별안간 사복 차림의 남성 3명이 곧장 화차 쪽으로 다가와서 화차번호와 운송장을 확인했다. 나는 뭔가 심상치 않은 느낌이 들었으나 침착하게 일행한테 다가가서 물었다.

"안녕하세요. 김다혜입니다."
"동무가 이 화차의 책임자요?"
"네, 누구신가요?"
"우리는 혜산 철도국담당 검사요. 몇 가지 물어볼 게 있으니 저기 좀 들어가기오."

나는 다소 긴장된 심정으로 일행을 따라 역 건물 안에 있는 철도검찰소 사무실에 들어갔다. 사무실 중앙에 짧은 테이블과 긴 테이블이 T 자 형식으로 놓여 있었다.

"거기 좀 앉으소. 공민증이나 여행증 있으면 보여 주오."

나는 바지 주머니에 있던 여행증을 꺼내 보여 주었다. 가만히 여행증과 내 얼굴을 번갈아 바라보던 검사는 입가에 비열한 웃음을 띠며 매우 강압적인 말투로 말했다.

"동무를 비사회주의 혐의로 긴급 체포하겠소."

철도 검찰소 직원들은 이미 나에 대한 신상을 훤히 파악하고 있는 듯했다. 날 취조한 검사는 개인이 장사로 이득을 취하는 것은 모두 반사회주의적인 행위이며 썩고 병든 자본주의적 방식이라면서 내 화물은 무상으로 모두 국가에 귀속될 것이라고 했다. 시종일관 억압적인 태도와 경멸적인 말투였다.

"아니, 장사도 못 하게 하면 도대체 어떻게 먹고살라는 말이에요?"

나는 악에 받쳐서 이판사판으로 검사에게 대들었다. 되돌아온 건 폭언과 폭행이었다.

전 재산을 몰수당하다

1.8제곱미터 크기의 작은 방.

이 안에서 시멘트 바닥에 담요 한 장 깔고 쪽잠을 잔 지 7일이 지났다. 그동안 진술서만 자필로 백장을 넘게 썼다. 내 죄명은 '비사회주의 분자'였다. 7일간 음식도 제대로 먹지 못 했다. 그나마 하루 한 끼 나오는 강냉이 풀죽도 목에 넘어가지 않았다. 그동안 일궈 놓았던 사업 기반을 모두 잃어버린다는 생각과 나 때문에 고통받을 가족들을 떠올리니 억장이 무너졌다. 이렇게 더 산들 무엇 하랴 싶었다.

한편, 내가 철도검찰소에 수감된 사실을 알게 된 대학 동기는 우리 가족에게 급히 소식을 전했다. 우리 아빠는 중앙당부터 도당, 도 보위부, 검찰소 등 친인척 인맥을 다 동원하여 날 석방시키려고 노력했다. 그 덕분에 나는 수감된 지 8일째 되는 날에 석방될 수 있었다. 비록 내 소금 160톤은 국가에 무상몰수를 당했지만, 다행히 뒤에서 힘써 준 덕에 경제사범으로 교화소에 가는 건 피할 수 있었다.

석방되자마자 가족에게 전화를 걸었다. 난 아빠와 통화하면서, 당에서 내 일거수일투족을 감시하고 있었다는 사실과 내 사업이 크게 확장되기만을 기다렸다가 이번에 쳤다는 것도 알게 되었다. 북한 당국은 개인사업가들의 활동을 예의주시하며 어느 정도까지는 눈감아 준다. 그리고 이들이 사업을 크게 확장했을 때 일거에 국가에서 몰수하는 수법을 쓴다.

뻔히 알고 있는 사실이었지만 정작 내가 당하고 보니, 더 이상 이 땅에
는 미래도 희망도 없다는 것을 다시금 깨닫게 되었다. 불현듯 언니가 했
던 말이 뇌리를 스쳤다.

"너만큼은 반드시 이 나라를 떠나."

며칠을 쉬면서 일주일간의 수감 생활로 쇠약해진 몸을 추스른 후, 나
는 다시 부모님께 전화를 드렸다. 마침 엄마가 전화를 받았는데 흐느껴
우시며 말도 제대로 잇지 못하셨다.

"다혜야, 외지에서 고생하지 말고 어서 집에 돌아오라. 산 사람 입에
거미줄이 쓸겠냐. 당에서 뺏어 간 것은 더 이상 미련을 갖지 말고. 나는
네가 살아 있는 것만도 감사하다. 그러니 딴생각 말고 어서 집으로 돌아
오너라. 알았지?"
"네, 엄마. 걱정 말아요. 건강이 회복되면 곧 돌아갈게요."

난 막 쏟아지려는 울음을 꾹 눌러 삼키고, 엄마를 안심시키며 전화를
끊었다. 그리고 이것이 부모님께 드리는 마지막 인사가 되었다.

제 4 장

북한 탈출기(2009년~2012년)

생과 사를 오가며 강을 건너다

혜산은 압록강을 사이에 두고 중국과 마주한 곳이다. 이러한 지역적 특성으로 인해 중국과의 불법밀수가 횡행할 뿐만 아니라 국경을 몰래 넘나드는 비밀 루트도 발달되어 있다. 나는 친구에게 가지고 있던 노잣돈을 모두 쥐어 주며 중국으로 가는 거간을 알아봐 달라고 간절히 부탁했다. 마침 친구도 상업관리소 간부로 근무하면서 중국에 살고 있는 고모와 연계하여 귀금속 밀수를 하고 있었다. 친구는 자신이 밀수하는 루트를 통해 나를 중국에 보내 주겠다고 약속했다.

8월 중순의 칠흑같이 어두운 밤.

나와 친구는 조용히 집을 나와서 사람을 마주치지 않게 최대한 신경을 쓰며 압록강 둑을 향해 걸었다. 사방은 쥐 죽은 듯 고요했는데, 멀리서 개구리 울음소리만이 간혹 들려왔다. 압록강 변에 도착하니, 국경경비대 군인 한 명이 우리를 맞아 주었다. 군인은 다음 근무 교대 시간이 오기 전까지 빨리 물물교환(밀수거래)을 끝내고 돌아오라고 거듭 당부했다.

우리는 강 건너편 제방에서 작은 불빛이 세 번 깜박거리는 걸 확인한 다음, 이내 강물 속으로 들어갔다. 친구가 내 손을 잡고 앞장섰는데, 물살을 거스르는 법 없이 물살 방향을 따라 대각선으로 건너며 나를 이끌었다. 매우 익숙한 솜씨였다.

강 중간쯤에서 갑자기 수심이 깊어졌다. 수영을 전혀 못 하는데, 강물은 내 가슴을 지나 목까지 차 올라왔다. 수심은 점점 더 깊어졌다. 난 고개를 최대한 뒤로 젖혔다. 발끝으로 겨우 걸으며 내 코와 입만 물 밖으로 나온 상태가 되었다.

그 순간 갑자기 발이 바닥에서 떨어지는 느낌이 들면서 물살에 휘말려 넘어졌다. 내 몸은 친구의 한 손에 달랑 매달린 채 물 흐름에 따라 둥둥 떠 있는 상태가 되었다. 아, 이대로 죽는구나 하는 찰나의 순간 하늘을 보며 "만약 신이 있다면 제발 살려 주세요. 이대로 죽기엔 너무 억울해요."라며 기도했다.

다행히 내가 허우적거리는 순간에도 친구는 내 손을 끝까지 놓지 않았다. 그 덕에 나도 무사히 강을 건널 수 있었다. 강폭 길이는 불과 100미터도 채 되지 않았지만 생사를 넘나들며 건넜다.

압록강을 건너자 친구 고모와 중국인 한 사람이 나와 있었다. 거래는 순식간에 이루어졌다. 친구가 몸에 벨트처럼 차고 있던 금괴를 바로 꺼내 주자, 친구 고모가 뭉칫돈을 건네주며 말했다.

"집에 가서 세어 봐라. 넉넉하게 넣었다."
"네, 고모. 그리고 내 동무 좀 잘 부탁할게요."
"다혜야, 여기서 헤어지면 언제 다시 보게 될지 모르겠지만, 어디 가서든 죽진 말고 꼭 살아 있어라."

친구는 두 손으로 내 손을 굳게 잡으며 말했다. 그리고 혼자서 왔던 길로 되돌아갔다. 나는 강물을 건너는 친구의 등을 바라보면서 이제 정말 낯선 땅에 홀로 남겨졌다는 사실을 실감할 수 있었다.

"지체할 시간이 없다. 빨리 움직이라."

긴장감이 감도는 가운데 중국인 아저씨가 운전하는 차를 타고 20분 정도 달렸다. 북한과 다르게 거리 곳곳에 불빛으로 가득한 중국의 밤거리는 꿈속에서나 볼 수 있는 세상 같았다. 환하게 불 켜진 거리에 '장백은 당신을 환영합니다'라는 대형 현수막이 설치되어 있었는데, 이는 마치도 나를 열렬히 환대하는 듯했다.

도시를 벗어나 십 분 정도 달려서야 친구 고모 집에 도착했다. 친구 고모는 자기 집에 며칠 머물면서 중국에서 어떻게 살아야 할지 방법을 찾아보자고 했다.

며칠 후 친구 고모의 도움을 받아 조선족 아주머니가 운영하는 식당에서 설거지하는 일을 시작했다. 양순자라는 이름을 가진 식당 사장은 교회 전도사였는데, 겸업으로 식당을 운영하는 사람이었다. 이름처럼 정말 양순한 사람이었다. 이런 사람을 만난 건 내겐 큰 행운이었다. 사장은 주방에 딸린 작은방 하나를 내어주며 내가 거기서 숙식할 수 있도록 배려해 주었다. 곧 일자리를 얻게 되어 기뻤지만, 언제 들이닥칠지 모르는 공안의 기습 검문 때문에 늘 마음을 졸여야 했다. 검문에 걸리면 그대로 북송이었다. 사장은 내가 아직 나이가 젊으니, 어느 정도 생활이 익숙해지면 좋은 중국 사람을 만나서 결혼해 안전하게 사는 게 어떻겠냐는 제안도 했다.

나는 정말 부지런히 일했다. 매일 새벽 6시에 눈을 떠서 식당 구석구석을 깨끗이 청소했다. 홀 테이블에서 화장실 변기에 이르기까지 거울을 닦듯 정성들여 닦았다. 청소가 끝나면 아침밥을 간단히 먹은 후, 주방에서 그날 사용할 야채들을 손질하며 장사 준비를 철저히 했다.

　사장은 오전 10시에 출근했는데 늘 나를 칭찬했다. 밤 10시에 장사를 마치고 하루를 잘 마무리 짓고 나면, 내가 살아 있다는 느낌이 들어 감사하는 마음이 넘쳤다. 내 덕에 가게는 깨끗해지고 단골손님들도 많아져서 매출이 늘었다.

유령 같은 아이들

식당에는 중국인뿐만 아니라 한국인 여행자들도 가끔 방문했다. 말로만 듣던 남조선 사람들을 실제로 볼 수 있다는 게 너무 신기했다. 그밖에 북한 꽃제비 아이들도 불현듯 식당을 찾아오곤 했다.

사장은 언제 올지 모르는 아이들을 위해서 늘 3kg씩 포장된 쌀을 쌓아두었고 그들에게 먹일 음식도 따로 준비해 놓았다. 이 아이들의 정체가 너무 궁금했던 나는 홀 테이블에 앉아 있던 사장에게 다가가서 살짝 물었다.

"사장님은 왜 이렇게 아이들을 도와주세요?"

"쯧쯧, 얼마나 불쌍하니. 사람으로 태어나서 배고픔을 겪는다는 건 정말 비참한 거야."

"그 아이들 부모는 도대체 누구에요? 딱 봐도 북한 꽃제비 아이들 같은데."

"갸들은 북조선에서 팔려 온 여자들이 낳은 애들이야. 우리 동네에도 그런 여자들이 꽤 많아. 얼마 전에도 중국 공안의 불시 검문에 걸려서 또 10명 정도가 한꺼번에 부송됐다 아이가. 그 여인들이 낳아 놓은 애들은 또 얼마나 많은지 몰라."

사장은 '휴우' 하고 한숨을 내쉰 후 계속 말을 이었다.

"이 중국 땅에 말이여, 북조선에서 인신매매로 팔려 온 여인들이 10만 명도 넘어. 농촌 깊은 곳에 팔려 간 사람들은 셈에도 안 들어가. 근데 이 여인들이 낳은 애들은 중국 국적도 얻지 못해. 그냥 호적이 없는 유령들 이야. 에구, 참으로 불쌍하지비. 애들이 뭔 죄가 있다고."

그래도 아빠가 중국 사람인데 왜 아이들이 국적을 얻지 못하는지 난 도통 이해가 되지 않았다.

"근데 이 아이들의 아버지는 중국 사람이잖아요? 아빠라는 사람들이 왜 자기의 아내와 아이를 지키지 못하는 건가요?"

사장은 다시 '휴우' 하고 한숨을 내쉬며 말했다.

"지킬 만한 능력이 되는 사람이 없어. 팔려 온 여자들이 어디 온전한 남자한테 시집가겠어? 장애인이든가 나이 많은 할아버지든가 아니면 정 말 깡촌에 살면서 세상 물정을 아예 모르는 팔푼이든가. 아무튼 중국 내 에서도 가장 하위계층에 있는 사람들이라서 법을 걸고 들면 저변에 숨어 버리기 바빠. 나서서 싸울 생각조차도 못해."
"그럼 그 많은 아이들은 어떻게 해요?"
"그냥 유령으로 사는 거. 북한에 잡혀간 지 엄마를 하염없이 기다리면 서. 중국에 팔려 와서 애 하나둘 낳고 살다가 운 좋게 한국으로 입국한 여자들도 있어. 근데 아이들이 한국에 있는 엄마를 찾아가도 엄마들이

자기 아이들을 맡으려고 하지 않아."

"그건 왜 그렇죠?"

"사랑하는 남자의 아이를 낳은 것도 아니고, 생존을 위해 중국에 팔려 와서 어쩔 수 없이 낳은 아이들이니 무슨 정이 있겠는가. 오히려 떠올리고 싶지 않은 기억이고, 숨기고 싶은 과거일 뿐이지. 결국 이 애들은 국가와 사회로부터 버림받고 지를 낳아 준 부모한테까지 외면을 받는 거시지비."

"국가와 사회가 아무 죄 없는 아이들을 더 나락으로 몰아가는 거네요. 아니, 이게 말이 돼요?"

"참담한 현실이라네. 아직은 어려서 잘 모르겠지만, 이 아이들이 커 가면서 느낄 절망과 분노를 어찌 감당할 것이여. 이 아이들한테 밥을 먹여 준들, 학교를 보내 준들, 직장을 구해 준들, 그 마음속에 깊게 뿌리 내린 분노가 풀리겠는가 말이여. 이 아이들을 예수님께 인도해서 그 사랑 안에 거하게 하는 것만이 유일한 길이라 믿네. 그렇지 않으면 이 아이들은 자라서 시한폭탄 같은 존재들이 될 거시여."

사장은 측은한 눈으로 아이들을 바라보았다. 자기 엄마가 공안에 잡혀 가는 모습을 직접 목격해서인지 아직까지도 공포와 두려움에서 헤어나지 못한 듯 불안한 모습들이었다. 참으로 기가 막혔다. 직접 눈으로 보고도 믿기 어려운 현실을 마주하니, 마치 큰 바위가 내 마음을 짓누르는 듯한 답답함이 몰려왔다.

사장이 전도사로 있는 교회에는 이런 아이들이 많다고 했다. 당장 돌아오는 일요일부터 나는 사장을 따라 교회에 갔다. 교회라고 해 봐야 성도가 열댓 명에 지나지 않는 허름한 가정교회였다.

나는 매주 일요일마다 교회에서 아이들에게 밥도 지어 주고 빨래도 해 주고 한자도 가르쳐 줬다. 평일 매일 늦게까지 일하느라 몸은 많이 피곤해도 일요일은 온전히 이 아이들을 위해 헌신했다. 아이들도 나를 잘 따랐다. 이런 내가 기특했는지, 한국인 선교사와 사장은 내가 열심히 성경 통독을 하면 나중에 한국으로 보내 주겠다고 했다. 사람의 간절함을 이용해서 성경읽기를 강요하는 태도가 못마땅했으나 내색하진 않았다.

나는 겨우 몇백 위안밖에 되지 않는 월급을 받으면서도 한 푼도 쓰지 않고 모았다. 1년 가까이 불평 한마디 없이 늘 감사하며 성실히 사는 내 모습에 사장은 매우 흡족해했다. 그러던 어느 날이었다. 갑자기 사장이 내게 눈짓으로 주방 뒷문을 통해 도망치라는 사인을 주었다.

공안의 급습에 대비하여 늘 긴장의 끈을 놓지 않았던 나는 곧바로 주방 뒷문으로 빠져나와 골목길로 냅다 달려서 사장 가족이 사는 아파트 안으로 들어갔다. 만약 여기서 잡혀 북송된다면 평양에 있는 언니는 물론이고 일가족 친척들까지도 고통을 받게 될 것을 잘 알고 있었기에 중국에서 죽으면 죽었지 북송되면 안 된다는 일념으로 죽기 살기로 뛰었다.

저녁에 아파트로 돌아온 사장은 다행히 오늘은 운이 좋았다고 말했다. 이날 가게로 들이닥친 공안은 다섯 명이었는데, 마침 그중에 사장이 여러 번 돈을 찔러준 사람이 있어서 대충 검열하고 넘어 갔다고 했다. 어쨌든 이곳도 나한테 안전한 곳이 아니고 언제든지 잡혀갈 수 있다는 걸 깨닫게 되었다. 그날 저녁, 사장이 내게 말했다.

"다혜야, 이제 너도 슬슬 여기를 떠날 준비를 해야 할 것 같다. 일단 내가 지인에게 부탁해서 가짜 신분증이라도 만들게 되면 한국에 가는 게 어떻겠니?"

"저에게 선택의 여지가 있겠어요? 무조건 사장님 뜻에 따를게요."

깊이 생각해 볼 이유도, 이것저것 따져 볼 여유도 내겐 없었다. 당장 이곳을 떠나 한국으로 갈 수만 있다면 무엇이든 하고 싶었다.

위조신분증과 여권을 만들다

다음 날부터 사장은 동북3성 쪽의 인맥을 총동원해서 위조신분증을 제작할 수 있는 사람을 알아봐 달라고 부탁했다. 그리고 며칠 뒤 흑룡강성에 있는 사람으로부터 1만 위안에 위조신분증을 만들어 줄 수 있다는 연락을 받았다. 1만 위안을 모으려면 거의 1년간 모든 월급을 모아야 했다. 난 어떻게든 돈을 벌어서 보내겠다고 약속한 후, 10개월 동안 월급을 한 푼도 쓰지 않고 꼬박 모아서 1만 위안을 마련했다.

위조신분증을 제작해 주는 사람은 흑룡강성의 한 촌락에 거주하는 조선족 경찰이었다. 돈 1만 위안과 내 사진을 보내자 한 달 후에 위조신분증을 우체국택배로 보내 주었다. 신분증의 진짜 주인은 조선족 경찰과 같은 촌락에 사는 조선족 여성이었는데, 나보다 두 살이 어려서 연령대는 얼추 비슷했다. 그녀의 부모는 모두 한국에 가서 돈을 벌고 있다고 했다.

한국으로 가려면 여권이 필요하고 여권을 만들려면 신분증이 필요하다. 위조신분증을 만들어 준 경찰의 말로는 신분증의 진짜 주인이 아직 여권을 발급받지 않은 상황이므로 내가 먼저 여권을 발급받아서 사용할 수 있다고 했다.

중국에서 여권을 받으려면 자신의 주소지에 있는 파출소에 가서 여권 신청서를 제출하고 받아야 한다. 속으로 걱정이 되었다. 위조신분증을 만들어 준 조선족 경찰의 말이 사실일까? 혹시 돈만 벌려고 내게 거짓말을 하는 게 아닐까? 어쩌면 파출소장이 신분증의 진짜 주인 얼굴을 잘 알고 있지 않을까? 등등 머릿속에서 많은 생각들이 오갔다.

'그래, 어차피 여기까지 온 거 브로커 말을 믿고 모험을 해 보는 거야.'

그렇게 나는 흑룡강성으로 향하는 버스에 몸을 싣고 34시간을 넘게 달려서 신분증에 명시된 주소지의 파출소를 찾아갔다. 파출소 앞에서 청심환 하나를 깨물어 먹으며 마음을 진정시킨 후 문을 열고 들어갔다. 직원이 세 명 정도 있었는데, 가운데 소장처럼 보이는 사람을 향해 인사를 했다.

"소장님, 안녕하세요. 그간 건강하셨어요?"
"어 그래, 누구더라?"
"감나무 집에 사는 리철만 딸 리향이에요."
"어, 그래그래. 너 어릴 때 보고 못 봐서, 정말 몰라보게 많이 컸구나."
"부모님은 잘 계시냐?"
"네, 한국에서 잘 지내고 있습니다. 저도 이번에 부모님한테 가려고 여권을 신청하러 왔어요."
"이야, 돈 많이 벌었겠다. 고향에도 한번 오시라고 해라."

하수라도 긴장의 끈은 놓지 않고 기만히 디이밍을 실피고 있던 나는 이때 소장에게 준비해 온 뇌물 1,000위안을 건넸다.

"별거 아니에요. 저희 부모님이 소장님 드리라고 주셨어요. 내년 즈음에 고향에 한번 오시겠다네요. 그때까지 건강하시래요."

내 말에 기분이 좋아졌는지 파출소장은 껄껄껄 웃으며 돈을 냉큼 집어서 바지 주머니에 넣었다. 그리고 내가 내미는 서류에 서명을 하고 인장을 꾹 눌러 주면서 공안서(경찰서에 해당)에 가면 여권을 발급해 주는 부서가 있는데, 거기서 여권을 발급받으면 된다고 친절하게 알려 주었다. 나는 최대한 침착하고 자연스럽게 파출소에서 나와 공안서로 향했다. 여권발급 부서에 도착하니, 내 앞에 여러 사람이 여권을 신청하고 있었다. 나는 가만히 의자에 앉아 숨을 고르며 분위기를 살폈다.

"자, 자, 여기에 다섯 손가락 지문을 찍으세요. 사진은 저쪽에 가서 찍으세요."
"카메라를 똑바로 쳐다보세요. 귀가 잘 나오게 하고. 저기요, 이마에 머리를 다 올려요."

나보다 먼저 여권을 신청한 사람들의 움직임을 관찰하면서, 나도 저 순서대로 따라하면 되겠구나 하고 생각했다. 이윽고 내 순서가 돌아왔다. 나는 자연스럽게 신분증을 내밀고 손가락 지문을 찍은 후 증명사진 찍는 곳으로 이동했다. 사진사가 긴말하지 않게, 앞머리와 귀밑머리를 모두 올리고 반듯하게 앉았다. 얼마나 긴장했는지 얼굴 근육에 경련이 일어났다. '표정을 자연스럽게, 더 자연스럽게, 정신 차려 김다혜' 하며 자신에게 되뇌었으나, 긴장은 잘 풀리지 않았다.
그러한 일련의 과정을 거쳐 여권 신청을 마치고 나니, 담당 직원은 한 달 후에 원하는 주소로 여권을 보내 주겠다고 했다. 내가 일하는 식당 주소를 적어 놓으면서 혹시라도 일이 뒤틀어지면 이곳으로 날 잡으러 오는 건 아닐까 하는 걱정을 했다. 공안서 문을 열고 밖으로 나오는 순간 갑자기 위경련이 일어났다. 숨도 못 쉴 정도로 고통스러웠다.

"너 진짜 정신 나갔구나, 날 잡아가슈 했니? 도대체 어디서 그런 배짱이 나왔지? 정말 하나님이 널 지키셨나 부다."

심양에 돌아오니, 사장은 야단법석이었다.

여권이 도착하기를 기다리는 날들은 하루가 일 년처럼 느껴졌다. 예전보다 더 긴장되는 나날들이었다. 매일 오던 단골도 처음 오는 손님도 모두 다 프락치로만 보였다.

'저것들 내가 북한 사람인 걸 알고 공안에 제보하려는 거 아냐?'

이런 내 민감한 태도가 불편하고 안쓰러웠는지 사장은 몇 번이나 나한테 주의를 줬다.

심양으로 돌아온 지 약 한 달 보름 정도 지났을 때, 우편으로 여권이 도착했다. 너무나 기뻐서 내 마음이 구름 위로 둥둥 떠다니는 기분이었다. 남은 일은 한국 비자를 받고 비행기를 예약하는 일이었다. 심양에는 조선족이 운영하는 여행사가 많았다. 나는 여행사 몇 곳을 찾아다니며 여행 비자 발급 절차에 대해 알아보았다. 그런데 한국에 가려면 최소 6만 위안을 여행사에 보증금으로 지불해야 비자를 신청해 줄 수 있다고 했

다. 여행비자로 한국에 입국한 사람들이 불법체류하며 돈을 버는 일이
비일비재했기 때문이다.

다시 눈앞이 깜깜해졌다. 당장 수중에 6만 위안(한화 약 1,100만 원)이
있을 턱이 없었다. 그 돈을 모으려면 다시 중국에서 7년 이상을 일해야
하는데, 그동안 공안에 잡혀 북송되지 않는다는 보장도 없다.

'아, 이렇게 한국행이 물거품이 되고 마는 건가.'

난 매우 낙담해서 며칠 동안 의기소침한 상태가 되었다. 그러나 여기
서 주저앉을 순 없었다. 지난 세월을 되돌아보면, 내 삶은 늘 도전과 모
험의 연속이었다.

'그래, 하늘이 무너져도 솟아날 구멍은 있는 법이다.'

나는 다시 힘을 내서 이 난국을 타개할 방법을 찾기 위해 며칠 동안 궁
리에 궁리를 거듭했다. 더 이상 중국에서 지체하고 싶지 않았기에 무슨
수를 내서라도 한국에 가고 싶었다.

솔로몬의 지혜

뜻이 있으면 길이 있다고 했던가. 별안간 솔로몬도 깜짝 놀랄 만한 묘안이 번뜩 떠올랐다. 다음 날 나는 다른 여행사에서 베트남 비자 발급에 대해 문의했다. 베트남은 중국에 비해 경제적으로 덜 발달한 국가이므로 여행사가 특별히 보증금을 요청하지 않았다.

게다가 비자 신청비용도 800위안 정도밖에 들지 않았다. 난 곧바로 베트남 비자를 신청하고 돌아와서 교회에 있는 낡은 컴퓨터 앞에 앉았다. 그리고 인천공항을 경유해서 베트남으로 가는 비행기를 검색했다. 다행히 인천공항을 경유해서 하노이로 가는 대한항공편을 발견할 수 있었다.

경유지인 인천공항에서 내리는 것이 내 계획이었다. 넉넉잡아 한 달 뒤 출발할 계획을 세우고 심양-하노이 왕복 항공권을 구매했다. 편도만 끊으면 의심을 살 수 있기 때문에 왕복으로 끊어야 한다고 주변에서 조언해 줬기 때문이다.

항공권을 구매하고 초조한 마음으로 한 달을 보냈다. 그리고 운명의 날을 하루 앞둔 날 저녁, 교회에서 몇몇 지인들과 작별인사를 겸한 식사를 할 때였다. 전날 심양공항에서 탈북자 7명이 한국으로 귀국하기 직전에 공안에 체포되었다는 TV 뉴스가 흘러나왔다. 일행에는 두 살짜리 아기도 포함되어 있다고 했다. 순식간에 분위기가 얼어붙었다.

"다혜야, 너 정말 괜찮겠어?"

교회 선교사님이 걱정스럽게 물었다.

"일단, 내일 비행기는 취소하고 상황을 좀 더 지켜보고 나서 다음 기회로 미루는 게 좋지 않카서?"

사장님도 한마디 거들었다.

"이제 되돌리기에는 너무도 멀리 왔습니다. 그냥 이대로 전진하는 수밖에 없습니다. 부디 날 위해 기도해 주세요."

사람 마음은 참으로 간사하다. 걸핏하면 성경읽기를 강요하는 선교사와 전도사의 태도를 늘 못마땅해했으면서도 내가 다급하니 기도해 달라는 소리가 절로 나왔다.

"그래, 자네 뜻이 확고하니 이제 하나님께 모든 걸 맡기고 담대하게 나아가시게. 더 빨리 안전한 곳으로 갈 수 있게 해 줘야 했는데, 자네를 잘따르는 아이들 때문에 내 욕심으로 계속 붙잡아 둔 거 같아서 사실 미안한 마음도 드네. 그러나 자네에게 저 불쌍한 아이들의 실상을 보게 하신하나님의 뜻이 반드시 있다고 믿네. 다혜를 이곳에 보내 준 하나님께 감사하네. 그동안 자네가 여기서 바친 헌신은 하나님께서 아시고 다 갚으시리."

이렇게 말을 마친 선교사님은 가만히 내 머리 위에 두 손을 얹고 기도하기 시작했다.

"참 좋으신 하나님 아버지, 이 아이는 태초에 아버지께서 당신의 자녀로 예정해 놓으신 아이임을 압니다. 이제 다시 먼 길을 떠나는 이 아이의 앞길을 지켜 주시옵소서. 사람이 마음으로 자기의 길을 계획할지라도 그 걸음을 인도하시는 이는 하나님이십니다. 지금 이 아이를 아버지 손에 올려 드리오니, 오직 선한 길로만 이 아이를 인도하여 주시옵고……."

도무지 믿어지지 않는 내게 늘 믿으라고 강요하는 교인들의 태도에 넌더리가 났었다. 그런데 그 순간만큼은 내 자신을 주체할 수 없을 정도로 하염없는 눈물이 두 뺨을 타고 흘러내렸다.

드디어 운명의 날이 밝았다. 나는 관광객처럼 편한 옷차림을 하고 비행기 시간에 맞춰 공항으로 향했다. 그동안 너무 검소하게 살아서 챙긴 짐이라야 작은 여행 캐리어 안에 있는 세면도구와 속옷 두 벌이 전부였다. 우황청심환 한 알을 먹고 출발했으나, 쿵쿵 뛰는 가슴은 좀처럼 진정되지 않았다. 어제 뉴스에 나온 사건처럼 한국 문언저리에도 못 가 보고 공항에서 붙잡힐 수 있었다.

만약 공안에게 내 신분이 발각되면, 즉시 꺼내 바로 삼킬 수 있도록 오른쪽 주머니 안에 극약을 넣어 두었다. 체포되어 북송되느니 차라리 죽을 각오였다.

난생처음 비행기를 타다는 사실 자체만으로도 많이 떨렸는데, 위조한 신분증과 여권을 가지고 탑승해야 하니, 그 순간의 불안함을 어찌 다 말로 표현할 수 있으랴. 금방이라도 숨이 멈출 듯한 긴장감 속에서 나는 공항에 도착했다. 먼저 탑승권을 발급 받고서 보안 검사를 받았다. 그리고 마지막 관문인 출국심사를 받기 위해 출입국 심사대 앞에 줄을 섰다.

나는 여권과 항공권을 손에 들고서 자연스러운 표정으로 대기 줄에 서 있었는데, 웬일인지 내가 서 있는 라인은 사람들이 줄어들지 않았다. 한참을 의아하게 생각하다가 맨 앞쪽을 바라보니, 출입국 심사직원이 한 외국인을 통과시키지 않고 10분이 넘도록 여러 질문을 던지며 까탈스럽게 굴고 있었다.

중국은 경제대국의 위상에 걸맞지 않게 인권에 대한 개념이 희박한 나라다. 서류상에 별 문제가 없더라도 공무원들이 돈을 뜯어내려고 마음만 먹으면 얼마든지 태클을 걸 수 있다. 안하무인격으로 행동하며 개인의 인권을 심각하게 침해하면서도 양심의 가책조차 못 느끼는 건 공산국가 공무원들의 특징이다.

'아뿔싸, 여기 줄을 잘못 섰구나. 어쩌지? 잘못하다가는 비행기에 탑승하기 전에 잡힐 수도 있겠다.'

나는 다시 정신을 가다듬고 심호흡을 크게 한 번 했다. 그런 다음에 주변을 두리번거리며 출입국 심사직원들의 표정을 하나씩 살펴보았다. 그 중 선하게 생기고 밝은 모습으로 출국심사를 하고 있는 직원이 눈에 띄었다.

'그래, 저쪽 줄로 갈아타는 것이 낫겠다.'

나는 곧바로 캐리어를 끌고 그쪽 대기 줄로 옮겼다. 이윽고 내 순번이

되었을 때 예상대로 담당 직원은 웃는 얼굴로 친절하게 물었다.

"어디가세요?"
"베트남에 갑니다."
"무슨 일로 가시나요?"
"회사 일로 출장을 갑니다."

담당 직원은 내가 건넨 여권과 내 얼굴을 번갈아 바라보더니, 카드 리더기 같은 곳에 내 여권을 넣고 한 번에 싹 긁었다. 그 순간 내 심장은 더욱 쿵쾅쿵쾅 뛰면서 밖으로 튀어나올 것만 같았다. 얼굴은 화끈화끈 달아올랐다. 마치 큰 도둑질하다가 걸린 것 같은 느낌이랄까. 말 그대로 피 말리는 순간이었다. 가만히 내 항공권을 체크하던 직원은 무심하게 툭 던지듯이 물었다.

"그런데 베트남 가는 직항도 많은데, 왜 굳이 한국에서 환승하는 비행기를 타고 가나요?"

'올 게 왔구나.' 난 이 질문이 올 걸 예상하고, 이에 대한 답변도 준비해 둔 상태였다. 나는 마음속으로 '어색하지 않게, 최대한 자연스럽게'라고 한 번 되뇌고 나서 또박또박 말했다.

"그러게 말예요. 저도 그러고 싶은데, 회사에서 한국 측 직원들을 만나서 함께 가도록 스케줄을 잡아 줘서 어쩔 수 없이 이렇게 갑니다. 다니는 회사가 한국 회사거든요."

"아하, 그렇군. 알겠습니다. 잘 다녀오시오. 패스"

출입국 심사직원이 여권 뒷면에 도장을 쾅 찍어 주면서 호쾌하게 말했다.

'살았다.' 나는 밖으로 튀어나오려는 심장을 가까스로 밀어 넣으며 안도의 한숨을 내쉬었다. 곧바로 탑승게이트 대기실로 가서 앉아 있었는데, 혹시 지금이라도 공안이 날 잡으러 오지 않을까 하는 불안한 마음을 털어 낼 수가 없었다. 대기실에서 탑승수속을 기다리는 한 시간 남짓이 마치 영겁의 세월처럼 길게 느껴졌다.

제발 이 시간이 빨리 지나가길 바라면서 양쪽 엄지손톱 주변에 잔뜩 일어난 거스러미를 이빨로 물어뜯으며 초조함을 달랬다. 출발시간이 다가왔을 때 곧 탑승수속이 시작된다는 대한항공 직원의 외침이 그렇게 반갑게 들릴 수 없었다.

비행기에 탑승하자 예쁘게 생긴 여성 승무원이 친절하게 내 자리를 안내해 주었다. 듣기로는 대한항공 비행기 안은 대한민국 영토이기 때문에 중국 공안이 함부로 잡아가지 못한다고 했다. 그러나 이륙하는 순간까지도 마음이 놓이지 않았다.

"승객 여러분 안녕하십니까. 저희 비행기는 곧 이륙할 예정입니다. 승객 여러분들께서는 안전운항을 위해 안전벨트를 반드시 착용해 주시고 휴대폰이나 전자기기의 전원을 꺼 주시기 바랍니다."

잠시 후 승무원의 안내멘트가 흘러나왔다. 곧이어 비행기가 활주로 위를 천천히 움직이는 것 같더니 이내 힘차게 달리기 시작했다. 그리고 비행기가 활주로에서 막 이륙하는 순간 저절로 울음이 터져 나왔다. 난 펑펑 소리 내어 울었다. 옆 좌석의 손님이 의아한 눈빛으로 쳐다봤지만, 조금도 부끄럽지 않았다. 그냥 살아 있다는 것만으로 너무도 감격스러웠다.

"손님 여러분 안녕하십니까. 저는 서울인천국제공항까지 여러분을 모시고 가는 기장입니다. 오늘도 저희 대한항공을 이용해 주셔서 대단히 감사합니다. 이 항공기는 심양국제공항을 출발하여……."

출발 안내 방송을 하는 기장의 목소리도 너무나 정겹게 들렸다. 감격에 휩싸여 한참을 울고 나니, 이제는 부모 형제를 두고 왔다는 죄책감이 밀려오기 시작했다. 살아서 그들을 다시 볼 수 있을지 기약조차 할 수 없었다. 생사를 넘나드는 긴장된 삶에서 해방된 기쁨과 감격, 북한에 남겨진 가족에 대한 슬픔과 죄책감, 앞날에 대한 근심과 걱정 등 머릿속에 만감이 교차했다.

어느새 비행기는 인천국제공항에 도착했다. 여기서 베트남에 가는 승객들은 환승게이트로 이동하라는 안내 멘트가 나왔다. 나는 맨 마지막에 내렸다. 그리고 환승게이트로 걸어가는 승객들 틈에 끼지 않고, 비행기 기장과 스튜어디스들의 뒤를 조용히 따라갔다. 어디로 나가야 하는지도 잘 몰랐기 때문에, 이들만 따라가면 밖으로 나가는 길이 있을 거라는 희망을 품고서.

"손님, 여기가 아니고 저쪽으로 가세요."

출구 쪽에서 기장과 스튜어디스들과 인사를 나누던 공항 직원이 뒤따라오는 나를 발견하고서 손짓으로 알려 주었다.

"저, 그런 게 아니고요, 내래 북한에서 왔습네다. 저를 국정원에 데려다 주시라요."

"네? 지금 뭐라고 했어요? 북한에서 여길 어떻게 와요? 여권 좀 보여 주실래요?"

직원은 눈을 크게 뜨고 깜짝 놀라더니, 내 여권을 받아들고 한참 들여다보았다.

"그러니까, 중국을 통해서 지금 북한에서 오셨다는 거군요. 일단 알았으니까 날 따라오세요."

그는 공항 안에 있는 출입국관리사무소로 나를 안내했다. 사무실 한구석에 조용히 앉아 있는데, 직원 여러 명이 분주히 움직이면서 여기저기 전화도 걸며 소란을 피워다. 그리고 여권과 신분증 등 내 소지품을 하나하나 검사하면서 신기한 표정을 지었다.

어떤 사람은 여권을 전등 불빛에 비춰 보기도 하고, 구겨 보기도 하고, 확대경으로 세심히 들여다보기도 하면서 "이거 진짜인데, 쩝." 하는 말을 뱉기도 했다. 직원들에게 아무런 위압감도 느낄 수 없어서 그런 모습들이 정겹게 느껴졌다.

그렇게 한두 시간 정도 흘렀을까. 정장 차림의 한 남자가 와서 나를 조용한 방으로 안내했다. 그리고 내 고향은 어디인지, 조선소년단에는 언제 가입했으며, 대학생 교도대 훈련은 언제 받았는지 등등 북한 사람이 아니고서는 알 수 없는 질문들을 했다. 나 자신조차도 2년 동안 잊고 살았던 것들인데 남한에 와서 그런 질문들을 받으니 너무 신기하고 놀랍기까지 했다.

"자유를 찾아 대한민국에 오신 것을 환영합니다."

이 말을 마지막으로 남자는 질문을 마쳤다. 이 한마디 말에 울컥해서 나는 또 울음을 터뜨렸다. 남자는 곧 데리러 올 테니 조금만 기다리라고 했다. 잠시 후 검정 승용차 세 대가 현장에 도착했다. 나는 마치 개선장군이라도 된 마냥 의기양양하게 승용차에 올라탔다.

어둑어둑해질 무렵의 인천국제공항 모습은 너무도 근사하고 아름다웠다. 인천대교를 건너면서 보는 화려한 불빛과 풍경들은 마치 그동안의 고생을 보상해 주는 듯싶었다.

제 5 장

대한민국 정착기 Ⅰ
(2012년~2016년)

진실의 방으로

조사관   탈북하기 전 누구를 만났어요?

나   네? 누구를 만나다니요? 저는 그냥 철도 검찰에 검거됐다가 탈북했어
        요.

조사관   아버지로부터 무슨 임무를 받았는지 말해 보세요.

나   아니, 아버지라니요? 저는 탈북하기 전에 아버지를 만난 적이 없어요.
        탈북한단 말조차 꺼내지 못했어요.

조사관   여기서 이러면 안 됩니다. 앞으로 사회에 못 나갈 수도 있어요. 무슨 말
        인지 알겠어요? 앞으로 1년이든 2년이든 여기에 있어야 한다는 말이에
        요. 그러니까 사실대로 다 말해요. 다혜 씨가 대학을 졸업하고 탈북하
        기 전까지 어떤 행보를 이어 왔는지 다 알고 있어요. 보위부 간부들 잘
        알고 있잖아요. 그 사람들로부터 어떤 지령을 받았냐 말이에요.

나   저는 대한민국에서 신변을 보호받으며 사람답게 살고 싶은 마음에 자
        유를 찾아왔지 구닥다리 시대에 해 먹던 간첩짓이나 하려고 목숨 걸고

온 것 아닙니다.

눈을 똑바로 쳐다보고 당돌하게 말하는 내 태도에 감정이 상했는지 조사관이 책상을 탕 하고 내리쳤다.

조사관 이거 봐요, 김다혜 씨. 당신 아버지는 보위부에 있고, 또 쌍둥이 언니는 중앙당 5과에 있다고 알고 있는데, 당신 같은 사람이 왜 탈북을 합니까?

나 선생님, 그럼 황장엽이란 분은 북한에서 최고의 권력을 누렸는데 왜 탈북을 했습니까? 지금 말씀하시는 건 논리에 맞지 않다고 생각합니다. 사람이 자유가 없으면, 돈이 많든 권력이 세든 그게 뭐가 중요합니까?

조사관 어쨌든 사실대로 말하기 전까지는 여기서 나가지 못 하니까요. 그리 알고 거짓말할 생각 말아요. 내일 아침까지 이 종이에다가 태어나서 지금까지 다혜 씨가 어떻게 살아왔는지 상세하게 적어 제출하세요. 아참, 그리고 인민학교, 고등중학교, 대학교 반 친구들 이름까지도 빠짐없이 적어 주세요.

담당 조사관은 운동선수같이 골격이 굵직굵직한 여성이었다. 키가 큰데다가 목소리까지 우렁차서 무서웠다. 남한에 와서 처음 만난 여성인데, 같은 여성인데, 따뜻한 동포애나 인간미라는 것은 눈곱만큼도 찾아보기 힘들었다. '한국 여자들은 참 차갑고 매몰차구나. 설마 다 그런 건 아니겠지? 이 사람만 그런 걸 거야.' 하고 생각하면서 담당 조사관의 안내를 받으며 취조실 밖으로 나왔다.

하모니카처럼 빼곡히 들어선 취조실마다 조사받는 탈북자들과 조사관들의 주거니 받거니 하는 소리가 간간히 새어 왔다. 담당 조사관은 내가 머무르게 될 독방으로 안내했다. 침대와 책상 그리고 간단한 샤워시설을 갖춘 방이었다. 마치 내가 살아온 세월의 모든 기억의 미세먼지까지도 탈탈 털어 낼 수 있는 마법의 에어드레서 같은 느낌이랄까. 이곳에서는 담당 조사관 외의 사람과 접촉하는 것은 허용되지 않았다.

방에 들어오자마자 난 책상에 엎드려 또 펑펑 울었다. 이런 푸대접을 받으려고 여기까지 왔나 하는 자괴감이 들었기 때문이다. 아울러 이렇게 험악한 곳에서 내 편이 되어 줄 피붙이 하나 없이 어떻게 살아가나 하는 불안감도 내 마음을 괴롭혔다.

점심시간이 되자 누군가 음식이 담긴 식판을 넣어 주고 홀연히 사라졌다. 점심을 먹고 난 후 나는 다시 마음을 가다듬고 생각해 보았다. 억울하긴 했으나 한편으로는 이곳 사람들의 심정도 이해될 것 같았다.

'탈북자들을 모두 난민으로 받아들이기 전에 먼저 간첩일 수 있다는 가정을 해 놓고서 하나씩 양파 속살 벗기듯 진실을 파헤쳐 나가는 것이겠지.'

나는 차분하게 책상에 앉아서 내가 살아온 과정에 대해 하나하나 쓰기 시작했다. 다음 날 아침, 나는 거의 밤을 새워 가며 작성한 진술서를 조사관에게 제출했다. 조사관은 오후에 다시 데리리 오겠다고 말하고는 사라졌다. 점심시간이 지나고 나서 다시 취조실에 불려 가니 어제와 똑같은 질문이 이어졌다.

조사관 다혜 씨, 어제 작성한 진술서 잘 봤어요. 근데 너무 성의 없이 작성했네요. 오늘 새로 작성해서 내일 다시 제출하세요.

여길 보면, 다혜 씨가 탈북하기 전에 철도검찰소에서 1주일 동안 수감되어 있었다고 하는데, 이때 훈련받은 거 맞죠? 상부에서 어떤 지시를 받았나요? 그리고 중국에서 도움을 받았다는 양 사장 전화번호 있죠? 거기 상호명하고 주소, 전화번호 다 적으세요. 정확하게.

그리고 대학 다닐 때 담임교수의 성함이 이게 맞나요? 우리가 조사해 본 바로는 이름이 틀렸던데, 잘 생각해서 제대로 쓰세요. 알겠죠?

난 숨이 턱턱 막혔다. 아니, 학창시절 사람들의 이름을 내가 무슨 수로 다 기억한단 말인가. 그리고 내가 무슨 컴퓨터 메모리도 아닌데, 사람 이름을 조금 틀린 거 갖고 왜 이렇게 사람을 못살게 구는지 정말 속에서부터 부아가 치밀어 올랐다. 이런 내 심정을 아는지 모르는지 조사관은 무심하게 자기 할 말만 계속했다.

"여기서 꼼수를 써 봤자, 아무런 도움이 안 돼요. 솔직하게 말하는 게 본인에게도 유리해요."

나는 다시 밤을 새워 가며 진술서를 처음부터 새로 작성했다. 조사관의 피드백을 받은 대로 써 내려가다 보니, 뭔가 더 생각나는 이름도 있고 내용도 더욱 충실해졌다. 첫 번째 진술서에는 인민학교 친구들 이름을 8명 정도 기억해 내어 썼다면, 두 번째 진술서를 쓸 때는 14명의 이름을 기억해 낼 수 있었다. 그리고 탈북동선을 시, 분 단위로 나눠서 자세히 기술했을 뿐만 아니라 중국 내 한국 선교사들의 포교활동에 자의 반 타의 반으로 가담했던 이유도 설명했다. 그 밖에 위조신분증과 중국 여권을 발급받은 경위에 대해서도 상세히 기술했다.

다음 날 오전, 나는 재차 취조실 안으로 들어가 조사관과 마주 앉았다. 조사관은 내 첫 번째와 두 번째 진술서를 대조하고 비교해 보면서 말꼬리를 잡기 시작했다.

조사관　두 진술서 내용에 일치하지 않는 부분이 있는데 그건 왜 그렇죠? 그리고 두 번째 진술서에는 고등중학교 6년 동안 줄곧 사상부위원장을 맡았다고 했는데, 이 중요한 사실을 첫 번째 진술서에 왜 기술하지 않았지? 숨긴 이유가 뭐야?

나　　　일부러 숨기거나 그런 거 없습니다. 처음에는 어떻게 작성하는지 몰라서 그렇게 썼고, 두 번째는 곰곰이 생각하면서 썼어요. 왜 이렇게 사람을 의심하세요?

억울한 어조로 내가 반박하자 조사관은 내 눈을 뚫어지게 쳐다보면서 말을 이었다.

조사관　다혜 씨는 의심스러운 부분이 한두 가지가 아니야. 대부분의 탈북자들은 중국에서 숨어 지내다가 몰래 국경을 건너 미얀마나 라오스로 가시요. 거기서 또다시 목숨을 걸고 국경을 넘어 태국으로 간 후 그곳에서 한국으로 입국합니다. 그동안 죽을 고비를 숱하게 넘기며 많은 고난을 겪은 사람들입니다.

그런데 다혜 씨의 탈북 과정은 특별해요. 툭 까놓고 말해서 당신처럼 세련된 방식으로 탈북한 사람은 없어요. 뭐랄까, 거의 빈틈이 없는 완벽한 계획이라고 할까요. 따라서 다혜 씨는 처음부터 북한 당국의 철저한 계산과 지도 아래 탈북을 가장해서 한국에 위장 입국했을 것이라는 합리적 의심이 가능하지요.

나 　네? 아니에요. 그런 게 정말 아니에요.

담당조사관의 설명은 내가 들어도 참 그럴싸하게 들렸다. 뭔가 상황이 점점 이상하게 돌아가고 있음을 느꼈다. 버선목처럼 뒤집어 보일 수도 없고 정말 답답했다. 이러다가 꼼짝없이 간첩으로 몰릴 수도 있겠다는 불안감이 엄습했다. 간첩으로 몰린들 대변해 줄 사람도 없을뿐더러 어디에다 하소연할 길도 없다. 너무도 속상한 나머지 눈물만 흘렸다.

조사관 　이거 봐요, 김다혜 씨. 아니, 울긴 왜 울어? 눈물 흘리면 다 해결되는 줄 아는데 여긴 그런 거 없어요. 배 째라는 식으로 나오지 말고 그냥 진실을 말하란 말이야, 진실을.

나 　선생님, 저 정말 간첩 아니에요. 제발 내 말 좀 믿어 주세요.

이날 나는 몇 장의 백지 위에 내가 살던 고향 마을과 학교 주변의 형세를 약도로 그려서 제출했다.

다음 날, 나는 담당 조사관의 뒤를 따라 다른 방으로 갔다. 거짓말 탐지기실이었다. 방 안에는 빨간색, 노란색, 파란색 전선이 복잡하게 얽혀 있는 의자가 놓여 있었고 그 맞은편에 테이블을 사이에 두고 검사관이 앉아 있었다. 그는 내게 겁먹지 말고 의자에 올라앉으라고 했다. 나는 이미 절반 정도 체념한 상태였기 때문에 덤덤한 마음으로 의자 위에 앉았다.

검사관은 내 머리, 몸, 손가락에 전선이 연결된 패치 같은 것을 붙였다. 마치 앉은 자세로 심전도 검사를 받는 듯한 느낌이었다. 곧 검사관의 질문이 시작되었다.

"지금부터 거짓말 탐지기 조사를 시작합니다. 자, 마음을 편안히 먹고, 내 질문에 '네, 아니오'로만 대답하세요. 준비됐나요?"

"네."

"부모님께 거짓말한 적 있나요?"

"네."

"친구를 때린 적 있나요?"

"아니오."

"탈북 전 아버지를 만났죠?"

"아니오."

"보위부 간부와 친하게 지냈죠?"

"네."

"탈북 전에 그 사람을 만나서 이야기 나누었죠?"

"아니오."

.

.

.

이렇게 반복되는 질문 속에서 20분가량 시간이 흘렀을까. 검사관은 테스트가 끝났다고 했다.

"오늘 검사 결과를 보고나서 내일 이야기합시다. 다혜 씨는 방으로 돌아가면 진술서를 새로 작성해서 제출하세요."

담당조사관은 다소 퉁명스럽고 사무적인 말투로 말했다. 방으로 돌아온 나는 바로 책상 앞에 앉았다. 진술서를 쓰려고 펜을 들자 참 신기하게도 미처 생각지 못했던 새로운 기억들이 막 떠올랐다. 더불어 내가 간첩이 아니라는 사실을 밝히고자 하는 의욕으로 불타올랐다. 나는 일필휘지로 글을 써 내려갔다.

다음 날 나는 세 번째 진술서를 가지고 취조실에 들어갔다. 담당 조사관은 무덤덤하고 싸늘한 표정으로 어제 검사 결과가 좋지 않아서 며칠 후에 다시 검사받을 예정이라고 했다.

난 힘이 쭉 빠졌다. 다시 검사한다고 결과가 달라질까? 그리고 어떤 결과가 나오든 그 결과는 믿을 만하다고 여겨질까? 사람한테 가장 울화통이 터져서 죽을 것만 같은 순간은 내 말이 진실임을 아무도 믿어 주지 않고 그걸 증명해 줄 사람도 없을 때인 것 같다. 어떻게든 내가 간첩이 아니라는 사실을 밝혀야지 하고 굳게 마음먹었다가도 조사관의 완고한 태도 앞에서 그냥 무너져 내렸다.

며칠 뒤 난 다시 거짓말 탐지기 의자 위에 올랐다. 그 후로도 똑같은 취조 방식이 매일같이 반복되었다. 내가 아무리 진실을 말해도 도무지 상대방이 믿어 주질 않으니 어찌할 도리가 없었다.

늘 죽음을 마주하고 사는 사람들은 두려울 것이 없다고 한다. 이미 자신들 삶에 체념했기 때문이다. 그런데 어느 날 이들에게 살 수 있다는 희망의 빛이 보이기 시작했다면, 과연 그 기대와 기쁨의 크기를 무엇에 비할 수 있을까. 그런데 그 빛이 다시 사라져 버리면 그 좌절감과 낙심은 몇 배로 커진다.

내 말을 도통 믿으려 하지 않고 자신들이 정한 프레임 안에 날 가두어 넣으려는 사람들 앞에서 내가 느낀 답답함과 억울함을 어찌 말로 다 표현할 수 있으랴. 결국 내 무력함과 자괴감을 느끼는 것 외에는 아무것도 할 수 없다는 걸 깨닫게 되자 난 그냥 스스로 삶의 끈을 놔 버리고 싶은 강한 충동에 휩싸였다.

바로 전날 조사를 받던 탈북자 한 사람이 자신의 룸에서 신발 끈으로 목을 매어 자살했다는 소식이 들렸다. 국정원에서는 그가 간첩이었다고 단정 지었다. 나는 이 소식이 남의 일 같지 않았다. 그 사람이 왜 자살했는지 십분 이해가 되었다. 아마도 그는 자신을 받아 주는 곳이 세상 어디에도 없다는 외로움과 한 가닥 희망이었던 대한민국에 대한 서운함에 견디기 힘들었을 것이다.

내 개인적인 느낌으로는 정말 바보 같거나 반대로 너무 똑똑한 사람은 일단 간첩으로 몰아넣고 보는 것 같았다. 변호인도 내 편이 돼 줄 사람도 없다. 오직 자기 스스로 간첩이 아님을 증명해야 한다. 그러나 도무지 상대방이 믿어 주질 않으니 어찌할 도리가 없었다. 나는 더 이상 조사를 받을 의미가 없다고 느꼈다.

"조사관님, 저를 그냥 중국 조선족이라고 생각하시고 중국으로 돌려보내 주세요. 저는 북한에서 파견한 간첩이 아니에요. 하지만 저를 증명할 수 없다면 중국으로 가서 중국인 신분으로 살겠습니다. 더 이상 저를 신문하지 말아 주세요."

"지금 나랑 장난해? 어이, 김다혜 씨, 정신 차려! 지금 여기서 그런 투정이 먹힐 거라고 생각하나?"

이제는 조사관의 고함 소리도, 탁자를 꽝 내리치는 리액션도 겁나지 않았다. '그래야 뭐, 고문실로 끌려가서 고문받는 거밖에 더 있겠어? 죽으면 죽으리라.'고 생각했다. 그러나 내가 제멋대로 상상했던 물고문이나 전기고문을 받는 일은 생기지 않았다.

나는 다른 탈북자들에 비해 세 배 정도 더 많은 조사를 받았다. 이렇게 곤혹스러운 시간들을 보내고 있던 어느 날, 담당 조사관은 나를 다른 방으로 안내했다. 그곳에는 나이가 지긋해 보이는 남성이 한 분 계셨는데, 그 눈빛이 예사롭지 않았다. 마치 내 속마음을 꿰뚫어 보고 있는 듯했다. 그분은 내게 여러 질문을 했는데, 지금까지 수도 없이 반복된 질문과 똑같은 내용이었다. 마지막으로 그분은 다음과 같이 말했다.

"여기서 나와 면담하고 가는 탈북자는 많지 않아. 그런데 신기하게도 날 만나고 나가는 사람들은 사회에 나가서 다들 잘 살더라고. 아마 자네도 그럴 걸세. 사회에 나가서 열심히 살게나."

순간 난 내 귀를 의심했다.

"네? 저 이제 테스트 모두 통과한 거예요?"

갑자기 울컥하면서 울음이 터져 나왔다. 아이처럼 엉엉 목 놓아 울었다. 정말 다시 태어난 기분이었다.

새 생명을 얻다

국정원의 대성공사(중앙합동신문센터)에서 조사를 마친 탈북자는 정착지원 교육기관인 하나원에 입소하여 3개월간 사회 적응 훈련을 받는데 이때부터 정식으로 대한민국 국민으로 인정받는다. 하나원에서는 한 방에 3, 4인이 함께 머문다. 아침 6시 반에 기상하여 단체체조를 하고 조식을 먹은 후 오전 9시부터 오후 5시 반까지 수업을 듣는다. 민주주의와 시장경제에 대한 이해를 심화시키는 교육뿐만 아니라 구직방법, 외래어 교육, 컴퓨터 교육, 은행 기기 사용법 등 실생활에서 필요한 교육들이 진행된다. 저녁 9시가 되면 사감선생님이 각 방을 다니며 점검을 실시한다.

국정원같이 엄격한 분위기는 아니었으나 창살 없는 감옥에서 지내는 것 같은 생활은 마찬가지였다. 난 사회에 나가서 꼭 성공하겠다는 일념으로 모든 프로그램에 최선을 다했다. 하나원에서 만난 탈북자들의 대부분은 북한 사회에서 하급계층에 속했던 사람들이었다. 소위 엘리트 계층의 탈북자는 거의 찾아볼 수 없었다. 그렇기 때문에 한국 사회에서 탈북자에 대한 평판과 인식이 다양할 수밖에 없다.

나는 하나원을 나가면 절대로 북한에서 왔다는 말을 하지 않겠다고 다짐했다. 나 한 사람의 실수로 탈북자 전체가 욕을 먹을 수도 있기 때문이었다.

하나원에서 3개월간의 적응 훈련을 마치고 한국 사회에 첫발을 내딛던 날 9평형 국민임대 아파트를 받았다. 더 이상 군대 같은 단체 생활도 없을 뿐더러 내 자신만의 특별한 공간이 생긴 것이다. 처음 집에 들어가니 종교시설에서 보내온 라면박스 하나와 가스레인지가 놓여 있었다. 관리사무소 직원이 집 열쇠를 인계해 주면서 연락처 하나를 남겨 놓았다. 서울도시가스에 전화하면 이삼일 후에 직원이 와서 가스를 연결해 준다고 했다.

다음 날 신변보호관과 함께 주민 센터에 가서 주민등록증을 신청했다. '나라 없는 백성은 상가 집 개만도 못하다.'는 속담을 뼈저리게 체험했던 터라 나는 며칠 동안 밤잠을 설치면서 신분증이 나오길 기다렸다. 그리고 약 2주 뒤 주민 센터로부터 주민등록증을 찾으러 오라는 연락을 받았다.

'이제 나도 당당한 대한민국 국민으로서의 정체성과 소속감이 생겼다. 중국에서 받았던 설움을 더 이상 겪지 않아도 된다.'

그토록 학수고대하던 신분증을 받던 순간의 감격을 어떻게 형언할 수 있을까. 그때까지의 내 인생에서 가장 기뻤던 순간을 꼽으라고 한다면 단연코 이 순간일 것이다.

대한민국은 무일푼으로 한국 사회에 진출한 나에게 국민임대 아파트에서 살 수 있도록 배려해 주었고 기초수급생활비도 지원해 주었다. 게다가 탈북자들은 탈북자 특별전형으로 한국 대학에 입학할 수 있고, 학비는 전액 국가에서 지원해 준다고 했다. 중국에서는 늘 탈북자라는 신분을 숨기고 두려움에 떨며 살아야 했지만 대한민국에서는 탈북자라는 사실 때문에 엄청난 혜택을 누릴 수 있었다.

나는 대한민국의 발전과 번영에 아무런 공헌을 하지 못했다. 그럼에도 불구하고 이렇게까지 과분한 대접을 받는 것이 너무 감사하면서도 매우 송구한 마음이 들었다. 주민등록증을 손에 꼭 쥐고서 주민 센터 문을 열고 나오면서 나는 마음속으로 굳게 맹세했다.

'내 기필코 크게 보답하리라. 내 반드시 국가와 민족에게 천 배, 만 배로 갚아 주리라.'

다음 날부터 라면을 끓여 먹으면서 구직활동을 열심히 했다. 잡코리아에서 채용공고를 확인한 후 자기소개서와 이력서를 보냈고 면접도 여러 번 보았다. 다시 연락한다고 말했던 회사에서는 어느 한 곳도 연락이 오지 않았다. 결국 내가 할 수 있는 일이란 식당에서 설거지하는 일이었다.

그러던 어느 날, 주변 사람의 권유로 교회에 출석했다. 한국 교회는 내가 중국에서 경험했던 가정교회와는 완전히 달랐다. 커다란 십자가가 달린 멋진 대형건물에 수많은 사람들이 모여 있었다.

그런데 교회 시스템이 북한과 너무 비슷해서 도무지 교회에 적응이 되지 않았다. 매일 성경 묵상은 북한에서 날마다 30분씩 진행하는 김일성 부자 말씀 공부를 연상케 했다. 주일에 셀모임을 갖는 것은 조직별로 일주일에 한 번씩 모여 자아비판과 상호비판을 하는 생활총화를 떠올리게 했다.

아울러 한국 교회들은 '우리도 탈북자를 대상으로 사역하고 있다.'고 세상에 보여 주기 경쟁이라도 하듯 이들에게 돈을 제공하며 서로 끌어모으기에 여념이 없었다. 이러한 한국 교계의 분위기를 파악한 일부 탈북자들은 한 푼이라도 더 주는 교회로 철새처럼 옮겨 다녔는데, 더욱이 기가 막힌 건 조직처럼 그룹단위로 옮기는 인간들도 있었다. 일요일만 되면 교회를 몇 탕씩 뛰는 영악한 아이들도 눈에 띄었다. 너무도 부끄러웠다.

간혹 교회에서 간증을 하는 탈북자들도 있었는데 내용을 조금만 들어봐도 대번에 거짓말임을 알 수 있었다. 그런데 교인들은 감성에 호소하는 거짓 간증에 눈물을 흘리며 호응했다. 교인들의 측은지심을 유발해서 제 잇속을 챙기려는 탈북자들과 이들에게 값싼 동정심을 드러내며 자기만족에 푹 빠져 사는 사람들. 그 어느 쪽도 건전한 신앙생활을 하는 사람들로 보이지 않았다. 나만이라도 빨리 불건전한 관계에서 벗어나고 싶었다.

하루는 목사님께서 내게 안수 기도를 해 주시며 "너는 북한에서 잘살 수 있었는데 하나님께서 너를 쓰시려고 대한민국으로 인도해 주셨다."라고 말씀하셨다. 어디서 강아지 풀 뜯어먹는 소리를 하나 싶어서 당장 교회에 발을 끊었다.

당시 우리 집 TV 장식장의 한 구석에는 나무로 만든 예수 십자가상이 놓여 있었다. 하나원에서 지낼 때 천주교 수녀님이 선물로 주신 거였다. 교회에 환멸을 느꼈던 나는 어느 날 십자가상이 눈에 거슬려 집 앞 쓰레기장에 내다 버렸다. 그날 저녁 자려고 누웠는데 도무지 잠은 오지 않고 쓰레기장에 내다 버린 십자가상이 자꾸만 신경이 쓰였다. 왠지 불안하고 두려운 마음도 일었다.

결국 자정이 훨씬 지난 시간에 나는 자리에서 벌떡 일어나 쓰레기장으로 나갔다. 십자가상은 내가 버려 둔 자리에 그대로 있었다. 나는 다시 십자가상을 들고 집 안에 들어왔다. 그리고 장식장 서랍의 깊은 곳에 넣어 두었다.

인권에 눈뜨다

한국 생활을 시작한 지 첫 6개월간은 하루를 분 단위로 쪼개서 살았다. 낮에는 식당에서 그릇을 닦았고, 밤에는 내 전공을 살리기 위해 학원을 다니며 죽기 살기로 공부했다. 그 결과 나는 6개월 만에 전산회계 1급과 2급 자격증, 전산세무 1급과 2급 자격증, 컴퓨터 마스터 자격증, HSK 중국어 마스터 자격증 등 모두 6개의 자격증을 취득했다. 비록 몸은 무척 고되었으나, 원하는 대로 배울 수 있고 노력한 만큼 얻을 수 있다는 것에 항상 감사하며 살았다.

하지만 한국 사회에 홀로 진출한 탈북 여성에게 주변 환경은 호락호락하지 않았다. 북한에서 왔다고 하면 동정하거나, 멸시하거나, 성희롱하며 사회 밑바닥에서 굴러다니는 사람으로 취급하기 일쑤였다. 불쾌한 감정이 들더라도 어떻게 표현하고 대응할지 몰라서 그냥 죄인처럼 뒤로 물러설 뿐이었다. 취업은 여전히 어려웠다. 6개의 자격증을 취득하고 나서 다시 취업문을 두드렸으나 나를 받아 주는 회사는 한 곳도 없었다.

6개월간 한국 사회를 몸소 체험해 보고 나서야 비로소 깨달아지는 것이 있었다. 한국에서 크게 성공하려면 당장 취직해서 돈을 버는 것보다도 한국의 정치·경제·역사·문화 등 제반 영역에 걸친 폭 넓은 이해가 선행되어야 한다는 사실이었다. 나도 북한에서는 상업간부학교를 수석으로 졸업한 엘리트였지만 로마에 가면 로마법을 따르랬다고, 한국의 대학에 입학해서 다시 배워야겠다고 결심했다.

내 주변 사람들은 30대 중반의 여자가 이제 대학에 들어가서 뭘 하겠냐는 반응이었다. 나는 개의치 않고 낮에는 논술학원과 영어학원을 다니며 입시 준비를 했고 저녁에는 식당에서 아르바이트를 했다. 잠을 덜 자고 시간을 쪼개 쓰면서도 매일 여러 신문을 탐독하며 세상이 어떻게 돌아가고 있는지 파악하려고 애썼다.

새롭게 한국 사회를 공부하며 가장 크게 깨달은 점이 있었다. 그것은 사람에게는 누구나 마땅히 누려야 할 기본적인 자유와 권리가 있다는 사실이었다. 사람들은 이러한 보편적 자유와 권리를 인권이라 불렀다.

북한에서는 인권이란 개념이 없다. 따라서 인민들은 당 간부들이나 작은 공권력이라도 쥔 사람들한테 터무니없는 인권유린을 당해도 어쩔 수 없다고 체념한다. 여성의 경우에는 인권유린의 정도가 훨씬 더 심해진다. 여전히 가부장적 인식이 뿌리 깊은 문화 속에서 북한 여성들은 남성들에게 종속된 물건과도 같았다. 가정에서는 늘 남편들의 폭언과 폭력에 노출되어 있다.

그런데 사람은 누구나 태어날 때부터 개개인의 자유와 존엄성을 가지며, 이는 국가 기관이나 권력자에 의해서도 결코 침해받을 수 없는 기본적 권리라고 하니, 이 얼마나 놀라운 말인가. 나도, 북한에 남겨진 내 가족과 친구들도 예외가 되지 않는다는 사실이 가장 의미 있게 여겨졌다.

인권이란 개념에 눈을 뜨게 되면서 난 너무 흥분되었다. 왜냐하면 지금껏 고민해 오던 문제들에 대한 해답이 이 두 글자 안에 모두 담겨 있는 듯했기 때문이다.

어린 시절, 김일성 부자 생일날에 사탕 500g, 과자 500g을 '사랑의 선물'이라고 받을 때, 눈물이 나오지 않는데도 감격한 듯 눈물을 흘리는 연기를 해야 했다. 그럴 때마다 '왜 이래야 하지?' 하며 의아해했다. 중학교 시절, 소 한 마리 잡아먹고 공개 처형당하는 사람을 보면서 '어떻게 사람보다 소 한 마리의 목숨이 무거울 수 있을까.' 하는 의문도 가졌다.

고난의 행군 시기에 결핵에 걸린 친구가 약 한 첩 제대로 써 보지 못 하고 죽는 걸 보면서, 길바닥 여기저기에 널브러져 있는 사람들의 사체에서 파리가 날리는 것을 보면서 '왜 우리는 들짐승 같은 죽음을 맞이해야 하나.' 하는 생각도 해 봤다.

중앙당 5과에 차출된 언니와 생이별을 경험하면서, 남편 될 사람의 이름 석 자만 겨우 알고 결혼하는 그녀의 인생을 보면서 '과연 이걸 정상적이라고 말할 수 있을까.' 하는 자문도 해 봤다.

배급이 끊겨서 가족들을 먹여 살리기 위해 사업을 시작했으나 국가한테 전 재산을 무상몰수당하면서 '내 노력으로 번 재산을 왜 빼앗겨야 하나.' 하는 질문도 던져 봤다.

중국에 인신매매로 팔려 오는 북한 여성들을 보면서, 시시각각 숨통을 죄어 오는 강제북송의 공포에 시달리면서 '왜 우리는 북한에서 태어났다는 이유로 이런 모멸과 고통을 당해야 하나.' 하는 고민도 했다.

그리고 여태껏 살아오면서 자신에게 던졌던 수많은 질문들에 대한 해답의 열쇠가 바로 인권이란 개념에 있다는 것을 깨달았을 때 난 더할 나위 없는 희열을 느꼈다.

페미니즘이란 개념에 대해서도 배웠다. 주지하다시피, 남녀차별을 없애고 여성의 사회적 지위와 역할의 확대를 주장하는 주의다. 가정에서는 가사노동과 육아도 남녀가 서로 분담하고, 사회에서는 여자라는 이유로 부당한 차별을 받지 않는다. 균등한 기회 속에서 능력에 따라 동등한 대우를 받는 남녀평등의 사회. 이 얼마나 멋진 세상인가.

실제로 내가 겪어 본 한국 여성들의 위상은 놀라웠다. 각계각층에서 여성들의 눈부신 활약이 돋보였으며 정계에도 자유롭게 진출했다. 여성일지라도 국가수반에 오를 수 있는 사회 문화적 배경과 정치 시스템. 북한에서 늘 매 맞고 사는 여성들만 봐 왔던 내게는 경이로움 그 자체였다. 2012년 12월에 실시된 대통령 선거에서 난 처음으로 대한민국 국민으로서 소중한 한 표의 권리를 행사했다. 나는 당당하게 여성한테 한 표를 던졌다.

이렇게 여성 인권에 대해 점차 눈을 뜨게 되면서 향후 내가 나아가야 할 방향성은 분명해졌다. 북한 여성의, 북한 여성을 위한, 북한 여성의 의한 여성주의자의 길이었다. 앞으로 북한 여성들이 북한의 독재와 가부장 사회의 멍에를 벗어 버리고 자기 삶의 주체가 되어 살아가도록 계몽하기 위해서는 내가 먼저 페미니스트가 되어야 했다.

2013년 2월 25일 역사적인 대한민국 첫 여성 대통령의 취임식이 거행되었다. 당시 이 장면을 TV로 보면서 대한민국은 정말 위대한 국가라고 생각했다. 내가 느낀 감동과 희망의 메시지를 북한의 가족들과 친구들에게 전할 수만 있다면 얼마나 좋을까? 누구보다도 평양에 있는 쌍둥이 언니와 내가 느낀 감격을 나누고 싶었다.

이날 저녁 나는 깨끗한 종이 위에 한 글자 한 글자 또박또박 편지를 써 내려가기 시작했다. 비록 전하지는 못해도 이렇게 해서라도 그날의 감동을 글로 남겨 두고 싶었기 때문이다.

너무나 보고 싶은 다은이 언니에게.

언니, 나 다혜야. 음, 어디서부터 말을 꺼내야 할까. 그래, 그냥 단도직
입적으로 말할게. 언니, 우리가 평양에서 마지막으로 봤을 때 언니가 나
한테 해 준 말 기억나? 언니는 내게 "넌 이 나라를 떠나."라고 말했지.

언니 말대로 난 2010년 여름에 압록강을 건넜어. 그리고 중국을 거쳐
2012년에 자유의 땅 대한민국 품에 안겼어. 지금은 당당한 대한민국 국민
으로서 자유롭고 행복하게 잘 살고 있어. 대한민국이란 우리가 남조선이
라고 부르던 곳이야. 여기서는 대한민국이라고 불러.

언니, 대한민국은 정말 위대한 나라야. 한국전쟁 이후 짧은 기간에 '한
강의 기적'이라 불리는 놀라운 경제발전을 이룩했어. 이곳에는 먹을 것
이 없어서 굶주리는 사람들은 없어. 그런데 내가 이곳에 와서 더 놀란 게
뭔 줄 알아? 바로 인권이 존중받는 사회라는 거야. 아하, 언니는 인권이란
말을 처음 듣겠다.

언니, 인권이란 사람이라면 누구나 당연히 가지는 기본적인 자유와 권
리를 말해. 사실 이렇게 말해도 언니는 잘 이해가 안될 거야. 나도 처음에
그랬거든. 북한에서는 한 번도 들어 보지 못한 추상적인 개념이었기 때문
에 인권이란 말뜻을 이해하기까지 꽤 오랜 시간이 걸렸던 것 같아.

북한에서는 태어나서부터 노동당과 최고존엄에 대한 절대복종만을 배
우잖아. 오로지 최고존엄인 수령동지를 떠받들고 수호하는 것만이 우리
인민들의 존재이유였어.

그런데 인권은, 모든 인민은 태어날 때부터 자유롭고 존엄성과 권리에
서 평등하다는 사상에서 나온 개념이야. 모든 인민이 사람답게 살 권리를
말하며, 국가의 최고지도자와 개개의 인민들이 동등하게 갖는 권리야. 한

사람 한 사람을 소중히 여기는 개념이지. 국가 기관이나 권력자에게도 결코 침해받지 않는 개개인의 자유와 존엄성. 이것이 인권이야. 이러한 사상이 있다는 게 정말 놀랍지 않아?

더욱이 놀라운 건 우리 대한민국은 인권 중에서도 특히 여성 인권이 강조되는 사회라는 점이야. 이곳에서는 남녀가 가사일뿐만 아니라 육아까지도 분담하는 추세야. 그래서인지 대한민국 여성들은 여성 인권에 대한 개념이 확고하게 서 있는 것 같아. 스스로 여성주의자임을 자부하는 급진적인 여성 인권운동가와 관련단체들도 많이 있어. 그도 그럴 것이 대한민국 정부조직에는 여성가족부와 국가 인권위원회가 존재해.

실제로 내가 겪어 본 이곳 여성들의 위상은 대단했어. 여성들은 각계각층에서 눈부신 활약을 하고 있었으며, 정계에 진출한 여성들도 많아. 내가 대한민국의 최고지도자도 여성이라고 말하면, 아마도 언니는 내게 거짓말쟁이라고 할 거야. 하늘 아래 어떻게 그런 곳이 있을 수 있냐고 반문하면서 말이지.

나도 처음엔 많이 놀랐어. 그런데 진짜 사실이야. 그리고 이곳의 여성주의자들이 전개하는 여성 인권 신장운동이야말로 북한 정권을 단죄할 수 있는 가장 강력한 무기라는 생각이 들어.

언니, 난 이곳에서 우리 민족을 향한 희망의 빛을 봤어. 나 정말 열심히 공부할 거야. 언니도 응원해 줘. 앞으론 자주 연락하도록 할게. 사랑해 언니.

언니이 소중한 동생 다혜로부터.

한국 여대생이 되다

나는 큰 강당에서 수많은 학생들과 함께 학사 가운을 입고 앉아 있었다. 살짝 옆을 돌아보니, 어린 시절 북한에서 나와 함께 공부했던 친구들이 내 주변에 앉아 있었다. 나는 너무나 놀랍고 반가운 마음에 "영희야, 미란아, 경숙아, 너희들이 어떻게 여기 있는 거야?" 하면서 그들을 꼭 부둥켜안았다.

우리들은 시간 가는 줄도 모르도록 즐겁게 웃으며 떠들었다. 그 순간 갑자기 출입문 쪽에서 성직자 옷을 입으신 분이 물이 담긴 세숫대야를 들고서 우리들 쪽으로 다가 오셨다.

그분은 수많은 학생들 중에 하필이면 내 앞에서 멈춰 섰다. 그리고 몸을 구부리고 앉아서는 내 발등에 물을 툭툭 뿌리며 발을 씻겨 주었다. 난 너무 창피하고 부끄러웠다. 발을 뒤로 빼고 감추느라 애를 쓰는 도중에 눈이 번쩍 뜨였다. 꿈이었다. 난 왠지 기이하면서도 불쾌한 느낌이 들었으나 곧 잊어버렸다.

그로부터 몇 개월 후인 2015년 3월 나는 한국 최초의 여대이자 '아시아 페미니즘의 메카'라고 불리는 A 여대에 입학했다. 이곳은 미션스쿨이라서 채플시간이 있었다. 입학 후 첫 채플에 참가하기 위해 학교 대강당에 들어갔을 때였다. 왠지 그 장소가 너무도 낯익게 느껴졌다. 불현듯 얼마 전에 꾸었던 꿈이 되살아나면서, 어느 인자한 모습의 아저씨가 내 발을 씻겨 주었던 바로 그 강당이라는 사실을 깨달았다.

  비록 큰 포부를 품고 대학에 들어왔으나 막상 대학생활을 시작해 보니 적응하기가 너무 힘들었다. 젖병을 빨던 아기가 갑자기 초등학교에서 글을 배우는 느낌이랄까. 하나부터 열까지 쉬운 건 하나도 없었다.

  우선 수강신청부터가 매우 어려웠다. 과목당 수강인원이 한정되어 있기 때문에 새 학기 수강신청 기간인 2월과 8월이면 서로 원하는 과목을 들으려는 학생들 사이에서 수강신청을 둘러싼 피 튀기는 클릭전쟁이 일어났다.

  먼저 학생들은 필수로 수강해야 하는 교양과목과 전공과목을 골라서 대략적인 수강시간표를 짠 다음 온라인으로 학교 내부 시스템에 접속한다. 그리고 수강을 희망하는 과목들을 수강신청 장바구니에 넣어 두었다가 수강신청 개시일시에 맞추어 빛의 속도로 '광클'을 해야 했다. 이때 다른 학생들보다 0.0001초라도 늦게 클릭하면 수강신청에 실패한다. 그러면 강의평가가 좋지 않아서 누구나가 회피하는 강의를 이삭줍기하듯 주워서 어쩔 수 없이 수강해야 했다.

  재빠르게 클릭해서 자신이 원하는 과목들의 수강신청에 모두 성공한 것을 '올클(올 클리어)'이라고 하는데, 내게는 참으로 요원한 일이었다. 북한에서 온 30대 중반의 아줌마가 한국에서 나고 자란 스무 살의 똑똑한 아이들을 클릭경쟁에서 당해 낼 재간이 없었다.

  강의실을 잘못 찾아가서 엉뚱한 수업을 절반쯤 듣고 나서야 이게 아닌가 싶어 다른 강의실로 이동한 일, 수업 내용이 이해되지 않아 또 강의실을 잘못 찾아 들어갔나 싶어 밖으로 나왔다가 아까 거기가 맞는가 하고 다시 되돌아간 일도 있었다. 이렇듯 맨땅에 헤딩하고 좌충우돌하며 수많은 시행착오를 겪어야 했다.

교수님들은 분명 한국어로 강의를 하는 것 같은데, 세계 각국의 언어를 조합해 놓은 듯 도무지 알아들을 수 없는 외래어투성이었다. 마치 우주인이 외계어로 말하고 있는 듯했다.

조카뻘 되는 학생들과 어울려서 팀플을 할 때는 정말로 죽을 맛이었다. 헬 조선, 금 수저, 흙 수저, 츤데레, 핵노잼, 지여인 등등 학생들이 일상적으로 내뱉는 말들을 잘 알아듣지 못하는 상황에서 대화는 계속 진행해야 했으니 몹시 자존심이 상했고 자괴감도 컸다.

북한에 있을 때 공부라면 누구보다도 자신이 있었지만, 학교를 졸업한 지 십수 년이 흘러 버린 데다가 남북한의 교육스타일과 문법체계가 완전히 다른 점도 학교 적응을 어렵게 만든 이유였다. 학교 수업 과제의 일환으로 에세이, 리포트, 비평, 소논문 등 형식에 맞춰 다양한 글쓰기를 해야 했지만, 북한의 글쓰기 방식과는 많이 달랐기 때문에 예전의 습관을 버리는 데에 많은 시간과 노력을 들여야 했다.

하루 수업이 끝나면 그날 배운 내용을 빈 강의실에서 복습하다가 저녁시간이 되면 한식당에서 아르바이트를 했다. 저녁 늦게 귀가하면 온몸에 파스를 붙이고 잠을 청했다. 다시 새벽에 눈을 뜨면 수업과제를 작성하고 그날 배울 수업들을 예습했다. 이렇듯 다람쥐 쳇바퀴 같은 생활을 지속했다.

어느덧 1학년 1학기가 마무리됐다. 어떤 성적을 받든지 감사히 생각해야지 하고 있었는데, 정작 성적확인 기간이 다가오니 초조하고 긴장되었다. 문자로 1학기 성적확인 기간 안내 통지를 받은 후, 나는 떨리는 마음으로 PC를 켰다. 그리고 스크롤을 내려가면서 한 과목 한 과목 성적을 확인했다. A+, A+, A+……

조심히 모니터를 들여다보면서 알파벳이 눈에 들어올 때마다 내 입에서는 '와' 하는 탄성이 절로 나왔다. 이게 꿈인지 생시인지 정말 믿을 수 없었다. 흥분된 마음으로 며칠 동안 잠도 설치며 혼자 자축했다. 나이도 많고 한국에 대한 기초지식도 턱없이 부족했다. 한국에서 나고 자란 학생들과는 출발선 자체가 달랐다. 그럼에도 한국의 우수한 학생들과 당당하게 경쟁하며 노력해 온 내 자신이 너무나 대견스럽고 자랑스럽게 느껴졌다. 이런 기쁨을 함께 나눌 수 있는 가족이 없다는 사실이 쓸쓸했다.

이렇게 기적적으로 1학기를 마친 후 나는 매우 설레는 마음으로 2학기를 시작할 수 있었다. 왜냐하면 수십 대 일의 경쟁을 뚫고서 '여성학'이라는 과목의 수강신청에 성공했기 때문이다. 여대생이라면 꼭 수강을 해야만 '여성'이라는 카테고리 안에 들어갈 수 있다고 할 정도로 인기가 많은 과목이었다.

수업이 시작되기 며칠 전부터 난 들뜬 마음을 진정시킬 수 없었다. 수십 년간 고민해 왔던 내 인생의 모든 질문에 대한 답을 여기서 찾을 수 있을 것 같았기 때문이다. 그리고 억압받는 북한의 여성들한테 희망을 줄 수 있는 학문이라고 생각하니 내 가슴이 벅차올랐다.

강의는 여러 여성학 전문가들이 돌아가면서 맡았다. 각 수업별 핵심 주제는 성폭력, 군사주의, 여성의 노동, 성매매, 섹슈얼리티, 젠더, 성인지 감수성, 여성주의 리더십, 생태 여성주의 등 지금껏 생각지도 못했던 문제들일 뿐만 아니라 이름조차 생소한 주제들이었다.

강사들은 수업 중에 학생들의 생각을 물어봤는데, 한국 학생들은 대답도 참 또박또박 잘했다. 나는 학창시절에 내 생각을 정리해서 대답해 본 경험이 없었기에 강사와 학생들 간의 상호작용이 너무나 신선하게 느껴졌다. 오직 당과 수령의 뜻에 절대적으로 순종하는 것만이 허용되는 북한에서는 개인의 생각을 드러내는 건 매우 위험한 일이다. 자신의 생각을 정리해서 말하기 시작하면 결국 나중에 있을 곳은 정치범 수용소뿐이다.

여성학 강의를 처음 서너 번 수강하는 동안은 정말이지 머리가 확 깨이는 느낌이 들면서 내 자신에 대한 비판의식도 함께 자랐다. 난 성매매 여성들을 경멸했다, 난 가부장 제도를 좋다고 생각했다, 난 정말 무식했다, 나도 여성혐오의 방관자였다 등등 매번 강의가 끝날 때마다 자아비판할 거리가 하나씩 늘어났다. 이렇게 자신을 비판하고 나면, 페미니즘이야말로 여성을 살리는 진짜 만병통치약 같다는 생각이 들었다.

마치 신흥 종교에 빠져 버린 듯했다. 강사들의 말은 다 맞는 것 같았다. 여성으로서 북한, 중국, 한국 사회를 모두 경험해 본 자신의 삶을 여성학적인 관점에서 바라보니 모든 강사들의 발언이 그렇게 공감될 수가 없었다.

하지만 이러한 감동과 흥분의 도가니에 빠져 있는 시간은 오래 지속되지 않았다. 매회 수업이 거듭될수록 처음에는 미처 깨닫지 못했던 의문들이 생겼다. 강사들이 전달하는 이야기 속에는 뭔가 편협하고 이기적인 부분이 자리 잡고 있다는 것을 점차적으로 깨닫게 되었다.

한번은 강사가 한 장의 사진을 띄워 놓고 강의를 시작했다. 바로 인터넷상에 떠도는 '구글로 본 한반도의 밤'이라는 사진이다. 그 사진에서 북한 지역은 빛 한 점 볼 수 없는 암흑의 땅이었다. 그러나 대한민국은 국토 전체가 밝은 빛으로 가득했다.

"여러분, 이 사진 좀 보세요. 대한민국은 이렇게 전력 낭비가 심한 나라예요. 우리는 이렇게 불필요한 전력에너지를 과소비하기 때문에 환경을 극심하게 파괴하는 거예요."

강사가 힘주어 말했다.

"하지만 북한을 좀 보세요. 저기는 새카맣죠? 전력을 낭비하거나 과소비하지 않는단 말이에요. 미래를 생각하면 이렇게 에너지를 절약해야 해요. 그래서 우리는 에코 페미니즘(생태여성주의)운동을 하는 거예요."

강사의 설명에 난 너무나 혼란스러웠다. 내가 처음 인천국제공항에 도착했을 때, 밤을 밝히는 환한 가로등 불빛과 네온사인 등을 보면서 밤에도 살아 숨 쉬는 곳이라 생각했다. 낮밤의 구분이 없는 홍대 앞의 불 밝은 거리며, 남산타워에서 바라본 서울의 야경을 감상하면서 천국이 따로 없다고 생각하기도 했다. 그리고 인간의 삶에서 빛은 가장 중요한 요소 중의 하나라는 것을 깨달았다. 그런데 북한의 원시적인 전력 상황에 빗대어 이 같은 한국의 현실이 잘못된 것이라니.

바로 얼마 전 다른 강의에서는 똑같은 사진을 띄워 놓고 "북한에서 사는 사람들은 얼마나 불행해요? 여러분들이 이렇게 어두운 곳에서 산다고 상상해 보세요."라고 설명했던 강사도 있었다. 나는 똑같은 사진을 놓고서도 사람에 따라 완전히 정반대로 해석될 수 있다는 것을 알았다. 강의가 끝날 무렵, 난 손을 번쩍 들고 강사에게 질문했다.

"교수님, 만약에 전기를 아끼려고 매일 밤 9시부터 다음 날 아침 7시까지 국가적 차원에서 정전을 권장한다면 어떻게 생각하나요?"

"물론 그렇게 하면 좋겠지만, 사람들의 자발적인 참여를 독려해야겠죠."

어쩜 저렇게 쉽게 말할 수 있을까? 사실 난 그 사진을 볼 때마다 마음이 아팠다. 중고교 시절 전기가 없어서 밤마다 관솔불이나 등잔불을 켜고 숙제를 하던 일, 등잔불 밑에서 책을 읽다가 잠들면 다음 날 아침 콧구멍이 새카만 그을음으로 가득 차 있던 기억들이 떠올랐기 때문이다. 아직도 그런 삶을 살아갈 북녘의 아이들을 생각하면 가슴이 찡하다. 만약 저 강사가 북한에서 그런 삶을 한번 살아 본 후에도 저렇게 쉽게 내뱉을 수 있을까 하는 생각이 들었다.

또한 북한의 전력 소비량이 적다고 해서 환경을 잘 보존한다고 말하는 것은 몰라도 한참 모르는 소리였다. 북한은 부족한 전력을 메우기 위해서 무연탄, 갈탄, 이탄, 나무 등을 연료로 열에너지를 생산하고 있다. 따라서 북한 자체 내에서 생성되는 온실가스 배출량은 결코 적지 않으며 특히 대기 오염은 매우 심각한 수준이다. 게다가 산의 모든 나무들을 베어다가 땔감으로 쓰기 때문에 민둥산이 많아 북한의 지방 도시 주민들을 산사태와 자연재해에 무방비로 노출되어 있다. 즉 북한의 열악한 전력 상황이 환경파괴의 주범인 것이다.

한 학기 동안 여성학 강의를 들으면서 처음에 느꼈던 감격과 흥분은 깨끗이 사라져 버리고 실망만 계속 쌓여 갔다. 대한민국 페미니즘운동의 거장이라고 하는 사람마다 자신의 업적을 들고 와서 자기 자랑이나 늘어놓았다. 결국 그들의 목적은 정계에 입성하여 자신의 잇속을 챙기려는 것이 아닌가 하는 의구심이 들었다.

어느 날, 담당 교수는 '통일과 여성'이라는 주제로 강의를 했다. 나는 살짝 기대하는 마음을 품고 수업에 참가했다. 그나마 통일, 북한, 여성이 라는 키워드를 강조하고 있으니, 북한 여성들의 인권 문제에 대해 조금이나마 해법을 찾을 수 있지 않을까 하는 희망에서 말이다.

교수는 우리 학교가 1990년대부터 통일문제에 관심을 갖고 대한민국 최초로 연변대학교 및 김일성종합대학과 함께 여성문제와 관련한 공동 세미나를 개최해 왔다면서, 이 '훌륭한 업적'에 대해 자랑스럽게 설명했다. 그리고 북한은 일찍부터 남녀평등 법령을 발포하여 남성과 여성의 사회적 역할이 균등하다고 설명했고, 그런 면에서는 남한보다 빨리 남녀 평등에 대해 이론적으로 고착시켰다고 설명했다.

아울러 궁영숙이라는 김일성종합대학 력사학부 강좌장이 쓴 〈위대한 공산주의 혁명투사 김정숙 동지는 후대교육사업에서 빛나는 업적을 쌓아 올리신 탁월한 교육활동가〉라는 논문을 소개하면서 북한에서도 여성 주의에 대한 관심이 많다는 설명을 덧붙였다.

나는 자신의 눈과 귀를 의심했다. 이게 과연 가부장제도가 여성주의의 최대 적이라고 부르짖던 사람들 입에서 나올 수 있는 말인가? 북한은 법 치주의 국가가 아니고 노동당이 지배하는 나라다. 쉽게 말해서 모든 법 률 위에 초월적인 권위를 갖는 노동당 규약이 있다. 법률은 단지 체제선 전을 위한 형해화된 문서에 불과하다. 그런데 북한 사회가 일찍이 남녀 평등 법령을 공포하여 남녀평등의 이론을 확립했다니 이게 말인가 방구 인가.

북한이 남녀평등을 강조하는 이유는 원시적인 노동현장에서 일손이 부족해짐에 따라 여성의 노동력을 착취하고, 남성과 똑같이 국방의 의무 를 지우기 위해서였다. '꼬마계획'이란 명목으로 어린아이들의 노동력까지 착취하고, 아이들의 고사리 같은 손에 목총을 쥐어 주며 군사훈련을 시키는 것이 북한 정권이다.

수업을 들으면 들을수록 온몸이 부들부들 떨려 왔다. 담당 교수의 입에서 북한 일반 여성들의 인권 문제에 대해서는 일언반구도 나오지 않았다. 아니 그런 문제에는 애당초 관심이 없었고, 오직 북한에서 고위직을 차지하고 있는 극소수 여성들의 여권신장 문제에만 관심이 있었다. 그러한 고위직 여성들의 사회 참여가 북한 사회의 여성 중시 사상을 보여 준다고 했다.

난 기가 막혔다. 북한에서 나고 자란 내 입장에서 교수의 말은 완전히 비논리적이고 오류투성이였다. 반박하고 싶은 마음을 억누르고 억누르다가 결국 더는 참지 못하고 터져 나왔다.

"교수님, 질문 있습니다. 저는 어려서부터 북한 사회에서 살아온 사람입니다. 그런데 오늘 교수님께서 말씀하신 김일성종합대학 교수들은 북한의 현 체제와 가부장적인 이데올로기를 지켜 가는 북한 독재정권 부역자들이 아닌가요?

그리고 오늘 강의에서 통일과 여성의 역할에 대해 말씀하셨는데요, 통일 이후에 남북한 여성들의 역할이 중요하다는 말씀에는 적극적으로 공감합니다. 다만, 교수님이 말씀하시는 북한 여성의 주체는 누구인가요? 먹을 것이 없어 굶어 죽는 여성, 남편에게 매 맞아 죽는 여성, 당 간부에게 성폭행을 당해 목숨을 끊는 여성, 인신매매로 중국에 팔려간 여성 등 북한에서 살고 있는 대다수의 평범한 여성들인가요? 아니면 일반 여성들의 자유와 인권을 억압하고 이들의 노동력을 착취하며 호의호식하는 소수의 기득권 여성들인가요? 만약 한반도가 통일이 된다면 우리는 이

두 그룹의 여성들 중에서 어느 사람들과 함께 화합을 이루어 가야 하나요?

오늘 교수님이 소개하신 논문은 북한정권의 독재자 김일성 아내인 김정숙이란 사람에 대한 연구인데요, 저는 어릴 때부터 김정숙이 자신의 머리채를 잘라 남편인 김일성의 신발 깔창을 만들어 준 충신 중의 충신, 조선 여성의 표본이라고 배웠습니다.

그리고 백두산의 영하 40도 날씨에도 김일성의 옷을 손빨래해서 몸에 품고 다니며 몸의 온기로 말려서 입혀 드린 여성 영웅이라고 배웠고요. 그렇기 때문에 모든 조선 여성들은 김정숙의 이런 충성심을 따라 배워서 김일성과 김정일에게 순종하고 절대 복종해야 한다는 논리로 세뇌교육을 받아 왔습니다.

또한 김정숙은 김일성에게 날아오는 총탄을 온몸으로 막아 낸 여성이라고 선전하면서 북한 여성들은 남자들을 위해서, 당을 위해서 기꺼이 총알받이가 돼야 한다고 배웠습니다.

북한 당국의 이런 논리를 남한의 여성주의 관점에서 분석해 봤을 때 과연 타당한가요? 상식적으로 설명이 가능한가요? 저는 여성학 수업을 들으면서 페미니즘이야말로 북한 정권을 단죄할 수 있는 가장 큰 무기라고 생각했는데, 교수님의 페미니즘은 남과 북에 들이대는 잣대가 너무 이중적이라는 생각이 듭니다."

내 얼굴은 뜨겁게 달아올랐다. 마치 큰 죄인이라도 된 듯 심장 박동 수는 점점 빨라지고 고동 소리는 더욱 커졌다. 그렇지만 마음속 깊은 곳에서 울려오는 외침을 외면할 수는 없었다.

"아, 그렇군요. 질문 잘 들었습니다. 근데 저희도, 음… 북한의 일반 여성들을 만나서 그들의 상황을 알고는 싶지만… 우리가 직접 북한에 가서 그들을 만나 인터뷰할 수도 없으니, 어쩔 수 없는 부분이 있었네요."

이렇게 담당 교수는 전혀 설득력이 없는 변명만 늘어놓았다. 꼭 북한에 가서 인터뷰를 해야만 그들의 상황을 알 수 있는가. 이미 이 땅에 수많은 탈북 여성들이 들어와 있지 않은가. 이들이 바로 북한의 일반 여성들이다. 그날 수업이 끝나고 집으로 돌아오는 길에 난 속으로 생각했다.

'에구, 교수 눈에 찍혔으니, 이 과목은 학점 잘 받기 글렀네. 그래도 다혜야, 참 잘했어. 더 이상 침묵하지 마.'

아시아의 빈민국 여성들을 데려다가 전액 장학금을 지급하며 페미니스트로 키워서 본국으로 돌려보낸다고 자랑하던 사람들. 그러나 정작 아시아 최고 빈민국이자 가장 큰 인권탄압국가인 북한의 일반 여성들은 그들의 안중에 없었다. 오히려 그 독재국가에 대한 환상만 가득했다.

한 학기 동안 여성학 수업을 마치고 나서 나는 마치 홍역을 앓고 난 사람처럼 육체적, 정신적으로 쇠약해졌다. 희망에 넘쳐 달려갔던 그곳에서 절망만 가득 안고 돌아왔기 때문이다.

그렇지만 난 여성학을 비롯한 모든 과목에 최선을 다했다. 시험기간이 되면 통학시간조차 아까워서 학교 앞 고시원에 기숙하며 시험공부를 했다. 결국 기말고사 시험기간이 끝난 후, 난 탈진해서 병원에 며칠 동안 입원해야 했다. 그렇게 대학생활 1년을 마쳤다.

한반도 페미니스트의 롤 모델을 찾다

차갑게 식어 버린 페미니즘에 대한 내 열정에 다시 뜨겁게 불을 지핀
계기는 엉뚱한 곳에서 찾아왔다. 2학년 1학기에 난 학교 수업 과제의 일
환으로 양화진을 방문했다. 그곳에는 암울했던 구한말 조선 땅에 들어와
서 죽을 때까지 헌신했던 수많은 선교사들이 묻혀 있었는데, 각 비석마
다 감동적인 묘지명이 새겨져 있었다.

"내게 줄 수 있는 천 번의 삶이 있다면 나는 그 모두를 한국을 위해 바
치겠다."는 루비 켄드릭(Ruby Kendrick).

"나는 웨스트민스터 사원보다 한국 땅에 묻히기를 원한다."는 호머 헐
버트(Homer B. Hulbert).

"섬김을 받으러 온 것이 아니라 섬기려 왔습니다."는 헨리 아펜젤러
(Henry G. Appenzeller).

"나는 고국으로 돌아가기를 원하지 않는다. 한국에서도 하나님 나라로
갈 수 있다."는 마리 위더슨(Mary A. Widdowson).

등등 한 사람 한 사람의 묘비명을 읽어 보면서 난 온몸이 굳어 버리는
것 같았다. 양화진에는 선교사 자녀들도 많이 묻혀 있었다. 각종 풍토병
등으로 죽은 어린 자녀들을 이국땅에 묻어야만 했을 때 그들의 심정은
과연 어떠했을까.

내가 하나님이란 이름을 처음 접한 곳은 중국의 가정교회에서다. 그렇

지만 그때까지 하나님의 존재를 믿은 적은 없었다. 그런데 이날 양화진에 묻혀 있는 수많은 선교사들과 그 자녀들의 묘를 보면서 나는 처음으로 하나님이 정말로 살아 계실 수도 있겠다고 생각했다.

본국에서의 편안한 삶을 모두 포기하고 가족들까지도 척박한 조선 땅에 데리고 와서 함께 순교한다는 것은 하나님의 강권하심과 섭리를 빼놓고서는 도무지 설명이 되지 않았기 때문이다.

각 비석에 새겨진 묘지명을 천천히 음미하면서 양화진을 둘러보던 중 갑자기 한 문구가 내 눈에 확 들어왔다.

"오늘 이 땅에 자유 사랑 평화의 여성 교육이 열매 맺으니, 이는 스크랜튼 여사가 이화동산에 씨 뿌렸기 때문이다."

이 묘지명의 주인공은 바로 우리나라 최초의 근대 여성교육기관인 이화학당을 설립한 메리 스크랜튼(Mary F. Scranton) 대부인이었다.

교육에서 배제되어 있던 조선 여성들을 당당한 교육의 주체로 세우고 여성 평등 교육에 헌신했던 사람. 이름 없이 빛도 없이 오직 이 땅의 낮은 여성들을 섬기고 일깨우는 데 여생을 바쳤던 사람.

그녀는 뿌리 깊은 남존여비 사상의 굴레 속에서 심한 차별과 부당한 대우를 받던 조선 여성들의 권리 보호에 앞장섰던 선구자였다. 따라서 스크랜튼 대부인이야말로 한반도 여성주의의 뿌리일 것이다.

이날 난 양화진에서 진정한 한반도 페미니스트의 롤 모델을 찾았다. 나는 정통파라는 말을 사랑한다. 정통파란 어떤 학설이나 주장, 가르침 등을 가장 올바르게 전수받은 집단을 가리키는 뜻이다.

'그래, 스크랜튼 대부인의 뜻을 계승하여 내가 제2의 스크랜튼이 되자. 통일이 되면 북한에 여대를 설립하여 억압받고 있는 북한의 여성들을 계몽하자. 130여 년 전 그녀가 이 땅의 불우했던 여성들에게 그랬던 것처럼. 오늘부터 내가 한반도 여성주의의 정통파가 되는 거다.'

죽어 있던 페미니즘에 대한 내 열정이 되살아나면서 가슴이 다시 뛰기 시작했다. 아마도 이날 저녁부터였을 것이다. 비록 교회는 안 다녔지만 아주 짧게나마 자기 전에 기도하는 습관이 생긴 것은.

한국 페미니즘의 현주소

2학년 2학기 때는 '국정농단'과 '최순실'이라는 키워드가 언론을 도배하는가 싶더니 이내 대규모의 촛불 시위로 발전했다. 내 인생에서 이렇게 엄청난 규모의 시위를 겪어 보는 것은 처음이었다.

그런 와중에 여성주의 관점에서 도저히 허용될 수 없는 일이 2017년 1월 국회에서 발생했다. 당시 국회 의원회관 1층 로비에서 한 국회의원이 기획한 전시회에 현직 여성 대통령의 누드화가 전시된 것이다. 이 그림은 침대에 알몸으로 누워 있는 여성 누드에 대통령의 얼굴을 합성한 것이었다. 나는 내 눈을 의심했다. 어떻게 이런 일이 일어날 수 있는가?

더욱이 기가 막힌 건 자칭 페미니스트라고 자부하던 사람들은 아무도 이에 대해 강력한 항의 의사를 표시하지 않았다. 현직 여성 대통령한테 대기업과 보수꼴통들의 꼭두각시라는 레테르를 붙여 놓고서, 여성이라는 카테고리에는 넣지 않는 그들의 모습에서 보편적 여성주의나 보편적 인권운동은 찾아볼 수 없었다.

단지 그들에게는 자신의 정치적 이해관계에 따른 선택적 페미니즘, 선택적 인권운동만이 있을 뿐이었다. 오히려 많은 남성들이 현직 국가원수 모독이자 여성비하라며 비난의 목소리를 높였다.

가슴이 답답했다. 누군가에게 이 일의 부당함을 성토하고 싶었으나 내 속을 털어놓을 상대가 없었다. 한동안 의기소침한 채로 지내고 있을 때문득 평양에 있는 쌍둥이 언니가 떠올랐다. 동시에 그리움이 물밀 듯 밀려왔다. 언니라면 분명 내 심정을 잘 헤아려 줄 터였다.

그날 밤 집에 돌아오자마자 난 펜을 들었다. 그리고 쌍둥이 언니한테 '부칠 수 없는' 편지를 쓰기 시작했다.

그리운 다은이 언니에게.

언니, 오랜만이야. 그러고 보니, 근 2년 만에 편지를 쓰는 것 같아. 하루하루 정신없이 지내다 보니 벌써 그렇게 시간이 흘러 버렸네.

언니, 오늘은 기쁜 소식과 우울한 소식을 함께 전해야 할 것 같아. 먼저 기쁜 소식을 말하면, 난 작년에 대한민국 명문 여대에 입학했어. 그 나이에 무슨 대학을 또 다니냐고 반문할지도 모르겠지만, 여성주의에 대해서 한번 제대로 공부하고 싶었거든. 이곳의 여성주의자들이 전개하는 여권 신장운동과 여성주의만이 북한의 독재정권과 전근대적인 사상체계를 뒤집어엎을 수 있는 강력한 무기라고 생각했기 때문이야.

그리고 우울한 소식은, 차츰 이곳의 여성주의자들에게 회의적인 마음이 들기 시작했다는 거야. 이 땅의 자칭 여성 인권운동가들이라고 외치는 사람들의 말과 행동을 잘 살펴보니, 이들은 보편적인 여성주의나 인권을 위해 애쓰는 것이 아니라는 걸 분명히 깨닫게 됐거든.

언니, 며칠 전에는 대한민국 국회에서 입에 담기조차 부끄러운 일이 발생했어. 이곳의 남성들이 표현의 자유라는 이름으로 여성 대통령의 누드그림을 국회 로비에 전시해 놓은 거야. 대통령이기 이전에 한 여인일 뿐인데, 이 연약한 여인의 인권은 어디에서도 찾아볼 수 없었어.

여성에게 있어서 가장 큰 수치는 몸이 발가벗겨지는 거야. 만일 지은 죄가 있다면 법적으로 처벌받으면 되지 왜 대통령이라는 이유로 여성으로서 보호받아야 할 최소한의 것조차도 보호받지 못해야 하는가 말이야. 만약내 자신이나 내 가족이 그런 꼴을 당했다고 생각하면, 온몸에 소름이 돋아.

표현의 자유라는 허울을 쓰고, 여성 대통령을 홀딱 벗겨 놓은 그림을 전시해 놓은 인간들. 이런 사악한 일을 계획하고 또 그걸 보면서 낄낄대며 조롱하는 인간들은 도대체 어떤 인간들일까? 보통 인간이라면 절대 그렇게 못할 거야. 왜냐하면 아무리 사악하고 나쁜 사람일지라도 그 내면에 일말의 양심은 있는 법이거든.

이런 한 조각의 양심조차 느낄 수 없는 사람들은 혹시 악마에게 영혼을 판 사람들이 아닐까? 도대체 그들은 왜 그러는 걸까? 더 자극적인 것으로 사람들에게 주목을 받아서 자신의 존재감을 드러내고 싶었던 걸까? 그래서 유명해지고 싶었던 걸까?

그런데 언니, 정말 어리석지 않아? 우리네 삶이 천년만년 사는 것도 아니고 고작 수십 년에 불과한데, 그 잠깐 동안 누리며 살아보겠다고 악마에게 영혼까지 판 것일까?

언니, 난 그들에게 꼭 하고 싶은 말이 있어. 당신들은 이 땅에서 꼭 수백 년씩 살다 가라고. 조금 더 누려 보겠다고 악마 같은 짓까지도 서슴없이 자행해 왔는데, 적어도 수백 년씩은 이 세상에서 잘 살다 가야 하지 않겠느냐고 말이지.

나를 더욱 답답하게 만드는 건 자칭 이 땅의 페미니스트라는 사람들이 이 사태에 대해서 침묵한다는 거야.

언니, 도대체 그들이 말하는 여성의 인권이라 뭘까? 자의가 아닌 타의로 알몸으로 벗겨져서 온 세상에 전시된 여성의 인권은 단지 대통령이라는 이유로 무시되어져야만 할까? 한 여성으로서 더 이상 생각할 수 없는 최악의 모욕과 경멸을 당했는데, 그런데도 페미니스트라고 자부하던 사람들은 침묵하고 있어.

오직 자신들의 정치적 이해관계에 따른 선택적 페미니즘을 추구하는 것이 이 땅의 페미니스트들의 현주소야.

요 며칠 동안 가슴이 무척 답답했었는데, 이렇게 언니에게라도 속 시원하게 털어놓으니 좀 살 거 같아. 앞으로 더 자주 언니에게 편지하도록 할게. 사랑해 언니. 잘 자~

2017년 1월 22일, 언니를 그리워하는 동생 다혜로부터.

제 6 장

대한민국 정착기 Ⅱ
(2017년~2018년)

일본 니가타

2017년은 많은 변화가 있던 해였다. 국가적으로는 현직 대통령이 탄핵되었고 남북대화를 중시하는 친북 성향의 정부가 새롭게 들어섰다. 개인적으로는 수년간 알고 지내 온 분과 결혼을 했다. 결혼하자마자 난 학교를 휴학하고 해외에서 근무하는 남편을 따라서 함께 일본 니가타로 갔다.

니가타.

한자로 新새 신潟개펄 석이라 쓰고 니가타라 읽는다. 일본인 소설가 가와바타 야스나리에게 동아시아 최초로 노벨문학상 수상의 영예를 안겨 준 작품인 《설국(雪國)》의 무대가 된 고장이다. 설국, 즉 '눈의 나라'라는 제목에서 알 수 있듯이 일본 내에서 눈이 가장 많이 내린다.

니가타는 물이 맑고 풍부한 지역이기도 하다. 겨우내 산간 지역에 수북이 쌓였던 눈들은 따뜻한 봄철이 되면 녹아 흘러내리며 깨끗하게 정화된 물로 바뀐다. 게다가 일본에서 가장 긴 강으로 유명한 시나노 강과 아가노강이 드넓게 펼쳐진 에치고 평야를 흠뻑 적시며 니가타를 가로질러 흐른다. 이런 까닭으로 니가타는 '물의 도시'라고도 불린다.

그래서인지 이곳의 물맛은 참 좋았다. 집에서 수돗물을 컵에 바로 받아서 그냥 마셔도 전혀 거부감 없이 맛있게 느껴졌다.

물이 풍부하니 땅이 비옥해지고, 토질이 좋으니 쌀농사가 잘될 수밖에 없다. 니가타는 맛있는 쌀 품종으로 유명한 고시히카리가 전국에서 가장 많이 생산되는 곳이다.

'어쩜 이렇게 밥맛이 좋을 수 있을까.'

고시히카리의 쌀알은 맑고 투명한 빛을 띠는데, 밥을 지으면 찰기가 돌며 윤기가 좔좔 흐른다. 막 지은 밥을 한 술 떠서 입에 넣으면 향긋한 단맛이 혀끝을 타고 입안 전체에 은은하게 퍼진다.

양조주 제조에 최적인 쌀로 평가받는 고햐쿠만고쿠(五百萬石)도 니가타에서 개발된 품종이다. 쌀과 물이 좋으니 당연히 좋은 술이 생산될 수밖에 없다. 그래서 니가타에는 양조장이 많이 있는데, 그 수가 일본 전국에서 톱을 차지한다. 사람이 살아가는 일 중에서 가장 기본이 되는 것이 식생활이다. 사람의 주식인 쌀과 물이 좋으니 이것만으로도 니가타는 충분히 축복받은 곳이었다.

니가타 앞바다에는 제주도의 절반 정도 크기인 사도 섬이 떠 있다. 일본 애니메이션의 거장인 미야자키 하야오가 만든 판타지 작품 〈센과 치히로의 행방불명〉을 보면, 영화 속에 둥그런 나무 대야처럼 생긴 작은 배가 등장한다. 현실에서는 도무지 있을 것 같지 않은 배인데, 니가타 사도 섬에 실제로 존재하는 배였다. 두 세 사람이 겨우 탈 수 있는 이 배는 일본어로 '다라이부네'라고 하는데, 번역하면 대야 배라는 의미이다. 지금도 사도 섬의 암석 해안에서 소라, 전복, 미역 등의 해산물을 딸 때에 사용되고 있다.

보일 듯이 보일 듯이 보이지 않는
따옥 따옥 따옥 소리 처량한 소리
떠나가면 가는 곳이 어디메이뇨
내 어머니 가신 나라 해 돋는 나라

아울러 예전에는 우리나라에서도 흔하게 관찰되는 겨울철새였으나, 지금은 자취를 감추어 버린 따오기. 우리네 동요에도 등장하는 따오기가 서식하는 일본 내 유일한 장소도 이곳 사도 섬이었다.

한국의 도청에 해당하는 니가타 현청이 소재한 니가타시는 국제적인 도시였다. 한국, 중국, 러시아의 총영사관이 주재하고 있으며 몽골 명예 영사관을 포함하면 총 4개국의 외국 공관이 들어와 있다. 그러나 니가타시의 진짜 매력은 대도시의 편의성을 갖춘 동시에 휴양지이자 레저 도시로서의 기능도 겸비하고 있다는 점이었다.

보통 대도시에 거주하는 사람들에게 낚시는 쉽게 즐길 수 없는 레저생활이다. 그런데 니가타시는 비록 도시 중심지에 살고 있어도 아침 일찍 낚싯대 하나 손에 들고서 조금만 걸어 나가면, 강 낚시든 바다낚시든 가능했다. 게다가 시내에서 차를 타고 조금만 벗어나면 일본 애니메이션에서나 보던 유황온천을 비롯하여 다양한 수질의 온천수를 저렴하게 골고루 즐길 수 있었다.

그런데 니가타 사람들과 대화를 나눠 보면, 정작 본인들은 자신들이 얼마나 은혜로운 환경 속에서 사는지 잘 깨닫지 못하고 있는 것 같았다. 다만 겨울에는 기온이 영하 이하로 잘 떨어지지는 않으나 바람이 세서 서울보다 춥게 느껴졌다.

니가타에서 지낸 세월은 탈북한 이후로 오직 앞만 보며 달려오느라 지칠 대로 지쳐 있던 내 몸과 마음을 회복하고 새롭게 충전하는 시간이었다. 나는 아침에 남편을 출근시키고 나면 니가타시가 운영하는 국제교류협회에 가서 일본어를 배웠다. 오후에 남편이 퇴근하면 거의 매일같이 둘이서 주변의 맛집 탐방을 다녔고 토요일마다 유황온천에 가서 몸을 담갔다. 주일이면 남편 손 잡고 교회에 나가 예배도 드렸다. 천혜의 자연환경 속에서 세상에서 가장 사랑하는 남편은 늘 내 곁을 지켰다. 내 인생에서 가장 행복한 시간들이었다.

이와 더불어 니가타가 내게 더욱 특별하게 다가온 이유가 있었다. 니가타는 내 고향인 청진과 매우 인연이 깊은 지역이었기 때문이다. 1959년 12월부터 1984년까지 이곳 니가타항을 통해 재일동포 북송사업이 이루어졌다. 이때 총 9만 3천 3백여 명의 재일동포가 북한으로 송환되었는데, 이들을 맞이한 곳이 바로 북한의 청진항이다.

아울러 2006년까지 북한의 화물여객선인 만경봉호가 니가타와 원산 사이를 매년 20~30회 정도를 운항했다. 즉 니가타는 북한과 일본을 잇는 유일한 항구도시였다.

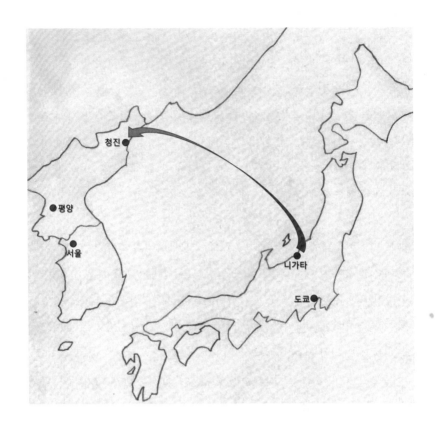

　니가타시에는 확 트인 푸른 동해를 바라보며 홀로 높게 우뚝 솟아 있는 초고층건물이 있다. 지역에서 가장 큰 규모와 높이를 자랑하는 이 건물은 반다이지마 빌딩이라고 하는데, 이 빌딩 8층에 대한민국 총영사관이 주재하고 있다. 이 빌딩의 전망대에 오르면, 만경봉호가 접안했던 니가타 서항(西港)의 중앙부두가 바로 눈앞에 훤히 보인다.

　'저 중앙부두에서 재일동포들은 지상 낙원을 꿈꾸며 처자식들의 손을 굳게 잡고 만경봉호에 올랐었겠지.'

이곳 전망대에 올라 중앙부두를 내려다볼 때마다 그들의 회한과 눈물이 느껴지는 듯해서 늘 착잡한 마음이 들었다. 수십 년 전 바로 이곳에서 북한의 청진항을 향해 떠났던 수많은 재일동포들은 오늘도 눈물 속에서 살고 있을 것이다. 그리고 북한 청진에서 나고 자란 나는 지금 니가타에서 잘 살고 있다. 우연일까. 아니면 우연을 가장한 필연일까. 참 아이러니했다.

요코타 메구미

또한 니가타는 북일 국교정상화의 가장 큰 걸림돌인 일본인 납치문제의 진원지격인 지역이다. 1977년 11월 15일, 당시 중학생이었던 요코타 메구미라는 여학생이 학교에서 배드민턴 클럽활동을 마치고 귀가하던 중에 니가타 해변 근처에서 감쪽같이 사라졌다. 아무런 실마리도 찾지 못한 채 영영 미궁에 빠진 듯했던 이 사건은 20년이 지난 1997년이 되어서야 북한 공작원에 의한 납치사건으로 판명되었다. 그 이후로 요코타 메구미는 일본인 납치문제의 상징적인 인물로 떠올랐다.

니가타시에서는 그녀가 납치된 11월 15일을 전후하여 매년 '잊지 마 납치 11.15 현민집회'가 열리고 있다. 이 집회는 니가타현과 니가타시 그리고 지역 최대 일간지인 〈니가타일보〉가 공동으로 주관하는 사업으로 상당히 큰 규모로 개최된다. 집회의 목적은 일본 정부에게 납치문제 조기 해결을 촉구하는 한편, 납치피해자 전원의 무사 귀환을 바라는 일본 국민의 강한 의지를 북한 측에 전달하는 것이다.

2017년도에는 11월 18일에 개최되었다. 마침 이날은 토요일이었는데 우리 남편은 현민집회에 참석했다. 주재국 동향을 분석해서 본국에 보고하는 일도 남편의 임무 중 하나였기 때문이다. 현민집회 개최 소식은 낭일 저녁 뉴스에도 방영되었다. 집에 돌아와서 휴식을 취하던 남편과 함께 가만히 뉴스를 보다가 문득 궁금해져서 남편에게 물었다.

"여보, 일본인 납치문제는 어떻게 시작된 거예요?"

언제부터인가 남편을 부르는 호칭은 오빠에서 여보로 바뀌어 있었다. 가만히 TV 화면을 응시하면서 뭔가를 골똘히 생각하는 듯하던 남편은 이내 입을 떼며 말했다.

남편   당신은 1987년 11월에 발생한 KAL기 폭발사건에 대해서 들어 본 적 있어? 일본인으로 위장한 북한 공작원 김현희가 저지른 사건인데 말이야.

나   네, 알아요. 북한에서는 미국과 남한이 서로 짜고서 저지른 일이라고 선전했어요. 그래놓고서 북한에 전부 뒤집어씌운다고요. 그래서 저도 북한에 있을 때는 미국과 남한 지도자들이 정말 사악하다고 생각했어요. 그런데 내가 한국에 와 보니, 실제로 김현희 씨가 살아 있었을 뿐만 아니라 그녀의 생생한 증언을 들어 보니 북한 당국이 거짓말했다는 걸 알았죠.

남편   그 사건을 알고 있다니, 이야기가 한결 수월해지겠군. 당시 한국 정보기관에 체포된 김현희 씨는 1988년 초에 기자회견을 했지. 이때 그녀는 20개월 동안 일본에서 납치된 여성과 함께 생활하며 일본인화 교육을 받았다고 증언했어. 이 일본인 여성의 이름은 리은혜였다고 하더군. 그렇다면 이 증언에 특별히 관심을 가질 나라는 어디일까?

나   당연히 일본 아닐까요? 자국민이 납치되었다는데.

남편 　맞아. 그래서 이 증언이 있은 후에 곧바로 일본 국회에서 일본인 납치문제가 제기되었지. 그리고 이때 일본 정부는 일본인 납치피해를 처음으로 인정하는 답변을 했어. 당시 답변을 행한 정부 관계자가 가지야마 국가공안위원장이었어. 나라의 치안을 담당하는 최고책임자였지. 그래서 일본에서는 통상 이 답변을 '가지야마 답변' 이라고 부르고 있어.

나 　그럼 일본 정부도 북한에 의한 일본인 납치 사실을 나름대로 파악하고는 있었다는 거네요?

남편 　그렇다고 봐야지. 그런데 당시에는 이 문제가 크게 부각되진 않았어. 매스컴도 주목하지 않았고. 그 후에도 일본 정치인들은 납치문제를 중요하게 여기지 않았던 것 같아. 1990년에 일본 정치인들이 평양을 방문해서 김일성과 회담을 가진 적이 있는데, 이때도 일본인 납치문제는 거론하지 않았거든.

나 　그건 왜 그렇지요?

남편 　아무래도 정치인들이다 보니, 몇몇 사람들의 인권보다는 외교문제를 더 우선시했기 때문이겠지. 어쨌든 이 회담의 성과로써 1991년 1월부터 국교정상화를 위한 북일협상이 시작되었어. 주요 협상 의제는 과거사 청산을 위한 배상문제와 북한의 핵·미사일 문제 등이었지.

나 　국교정상화 협상에서도 일본인 납치문제는 의제에 오르지 않았나요?

남편   응. 협상 초기에는 납치문제가 전혀 거론되지 않았어. 그러다가 아마도 1991년 5월에 북경에서 열린 제3차 협상 때였을 거야. 일본 측이 북한 측에게 처음으로 김현희한테 일본어를 가르쳐 준 일본인 여성 리은혜에 대한 조사를 요구했어. 이때부터 납치문제가 협상 의제에 오르기 시작했지.

나   일본 측이 1, 2차 협상에서는 아무런 말도 않다가 제3차 협상에서 갑자기 납치문제를 제기한 이유가 뭘까요?

남편   제3차 협상이 열리기 불과 며칠 전에 일본 경찰 당국이 "김현희에게 일본어를 가르쳐 준 리은혜 씨가 사이타마현 출신의 다구치 야에코일 가능성이 높다."라고 발표를 했거든. 이런 상황 속에서 북한 측에 아무런 문제제기도 하지 않고 넘어가기에는 국내 정치적으로 부담스러웠을 거야.

나   분명히 북한 측은 오리발을 내밀었을 거예요.

남편   맞아. 북한 측은 자신들과 상관없는 일이라면서 강하게 반발했어. 결국 1992년 11월에 개최된 제8차 협상을 마지막으로 북일협상은 중단되고 말지. 그런데 이때까지만 해도 납치문제는 협상의제에 겨우 오른 정도였을 뿐 일본 국내에서 크게 주목을 끌지 못했어.

나   그럼 지금처럼 납치문제가 크게 관심을 받게 된 어떤 계기가 있었을 것 같아요.

남편   응. 한 일본인 저널리스트의 끈질긴 노력에 의해서 납치문제가 수면 위
로 떠오르게 돼. 오랫동안 일본인 납치문제를 취재해 오던 이시다카라
는 이름의 기자는 1995년에 한국 정보기관 관계자로부터 새로운 정보
를 얻게 되지.

그 정보 내용은, 1976~1977년 무렵, 일본 해변 근처에서 북한에 납치
된 13세 소녀가 있다는 사실을 전직 북한 공작원이 증언했다는 거야.
당시 이 소녀가 학교 동아리 활동인 배드민턴 연습을 마치고 귀가하던
중에 납치된 사실과 일본에 쌍둥이 동생들이 있다는 사실 등 구체적인
내용까지 증언했다고 하더군.

이시다카 기자는 이 내용을 정리해서 어느 잡지에 투고를 했는데, 이 글
의 내용이 세상에 알려지면서 모든 정황상 그 소녀가 1977년에 니가타
에서 실종된 요코타 메구미라는 사실이 판명된 거야. 그러자 일본 매스
컴이 이 사실을 보도했고 국회에서는 납치문제와 관련한 사실 관계가
다뤄지기 시작했어.

나   20년 동안이나 딸의 생사도 모른 채 지내 오다가 어느 날 갑자기 북한
으로 납치되었다는 소식을 들었으니, 그 가족들은 또 얼마나 놀랐을까
요?

남편   아마도 원망 반, 희망 반의 심정이 아니었을까. 그녀의 부모는 딸이 북
한에 납치되었다는 정보를 알게 되자마자 곧바로 전국의 납치피해자
가족들과 함께 '가족회'를 만들었어. 그리고 같은 시기에 니가타에서

이들을 지원하기 위한 '구출모임'이 결성되었지. 이를 시작으로 전국 곳곳에 '구출모임'이 생기기 시작했는데, 이 모임들이 연합하여 '전국협의회'가 구성된 거야. 이들이 납치피해 사실을 알리는 민간운동을 펼쳐나가면서 납치문제에 대한 세간의 관심이 조금씩 증폭되어 가기 시작했어.

이런 와중에 2002년 3월 무렵, 한 일본인 여성이 일본 법정에서 자신이 일본인 납치공작에 직접 관여했다고 증언한 거야. 이 여성은 '요도호 납치사건' 실행범의 아내였어.

나　요도호 납치사건? 저도 얼핏 들어 본 것 같긴 한데, 당신이 한 번 더 자세히 설명해 주시겠어요?

남편　요도호 납치사건이란 1970년에 일본 극좌파 조직이 민간 항공기를 북한으로 납치했던 사건을 말해. 아무튼 그 여성의 증언이 있은 후 곧바로 2002년 4월에 일본 국회에서 '일본인 납치의혹 조기해결을 요구하는 결의안'이 채택되었어.

그리고 5개월 뒤인 2002년 9월에 평양에서 첫 북일정상회담이 개최되었지. 그런데 이 정상회담에서 김정일이 직접 일본인 13명을 납치한 사실을 인정하고 사죄한 거야. 이는 일본 국내에 엄청난 충격을 준 사건이었지. 당연히 일본의 매스컴은 연일 이를 대대적으로 보도했어. 그 이후로 일본인 납치문제가 북일 관계에서 가장 큰 현안문제로 떠오르게 된 것이지.

난 이 부분에서 불현듯 의문이 생겼다. 지금까지 납치 사실을 쭉 부인하던 북한이 왜 갑자기 태도를 바꿨을까.

나   그런데 여보, 김정일이 왜 납치 사실을 인정했을까요? 스스로 범죄 사실을 자백한 것은 향후 계속 진행될 협상에서 매우 불리하게 작용될 텐데요. 이는 불 보듯 뻔한 이치인데.

남편   좋은 지적이야. 먼저 일본 측의 협상력을 들 수 있어. 물론 그 배경에는 일본 측의 협상력 강화에 도움을 주는 국내 분위기가 조성되어 있었어. 당시 일본 국내에서 북한을 비난하는 여론이 들끓기 시작했거든. 이로 인해 국회에서는 일본인 납치의혹 해결을 촉구하는 결의안까지 채택된 상황이었지. 이렇게 일본 국내에서 북한에 대한 여론이 굉장히 나빠지고 있는 시기에 고이즈미 총리가 직접 평양에 가서 김정일을 만난 거야.

북한에 의한 일본인 납치의혹이 하나 둘 사실로 판명되기 시작한 데다가 첫 북일정상회담이었던 만큼 국내외적으로 많은 이목이 쏠릴 수밖에 없었어. 따라서 고이즈미 총리 입장에서는 반드시 납치문제와 관련한 가시적인 성과를 거두고 돌아와야만 했어. 빈손으로 돌아왔을 경우 정치적으로 오히려 더 큰 역풍을 만날 수도 있었거든.

그래서 고이즈미 총리는 국내의 반북여론을 강하게 어필하면서 북한이 일본인 납치의혹을 해명하지 않고서는 국교정상화 논의 자체가 이에 불가능하다고 설명하며 김정일을 압박했겠지. 게다가 일본 정부는 납치 피해자의 신상까지도 어느 정도는 파악하고 있었으니까.

이와 동시에 일본 측은 국교정상화의 결과로서 북한 측이 얻게 될 많은 당근을 제시했을 거야. 당시에 발표된 '북일 평양선언'의 내용을 보면 대충 짐작할 수 있어.

남편은 곧바로 늘 휴대하고 다니는 아이패드를 펼쳐서 2002년에 발표된 북일평양선언의 전문을 검색했다.

남편   자, 여기 제2항을 한번 볼까? 국교정상화 이후에 일본이 북한에 대해 무상자금 협력을 실시하고, 저이자 장기차관을 제공하고, 국제기구를 통한 인도주의적 지원 등의 경제협력을 실시한다고 되어 있잖아. 이에 더해서 북한의 민간 경제활동을 지원하기 위해 일본 국제협력은행이 융자와 신용대부 등을 실시할 것이라는 내용이야. 북한에게는 메마른 대지를 적시는 단비와도 같지 않겠어?

나는 가만히 2002년의 북한 경제상황을 회상해 보았다. 당시는 내가 상업관리소 사무원으로 근무한 지 2년 차가 되는 해였다. 여전히 배급상황은 최악이었다. 많은 주민들은 장마당 경제활동을 통해 가까스로 삶을 연명했다. 결국 김정일은 북일정상회담 개최 2달 전인 2002년 7월에 시장경제 개념을 도입한 '7.1 경제관리개선조치'를 발표해야만 했다. 북한으로서는 하루라도 빨리 일본과 국교를 정상화하여 일본으로부터 많은 경제적 지원을 받고 싶은 마음이 절실했을 것이다.

아울러 그동안 김정일은 신비주의 콘셉트를 고수해 왔다. 그가 오랜 은둔생활을 깨고 국제사회에 처음으로 모습을 드러낸 것은 2000년대에 들어서다. 아마도 그는 국제사회에 대범한 지도자로 비치고 싶지 않았을까. 이런 내 생각을 훤히 들여다보기라도 한 것처럼 남편은 이렇게 말했다.

남편   어쩌면 국제사회에 통 큰 지도자로 보이고 싶은 마음이 작용했을지도 몰라. 이 회담에서 김정일은 일본인 13명을 납치한 것을 시인했어. 그중에서 납치피해자의 상징인 요코타 메구미 씨를 포함해서 8명은 이미 사망했고, 5명만이 아직 생존해 있다고 설명했지. 그리고 생존자 5명에 대해서는 일시귀국을 허락했어.

            사실 국가 간 이익이 첨예하게 대립하는 외교 관계에서 이렇게 쉽게 자국의 허물을 인정하는 경우는 거의 없어. 아마도 김정일은 통 큰 지도자답게 잘못을 깨끗이 인정하면 통 크게 지원받을 수 있을 거라고 기대했던 것 같아. 그런데 바로 이 부분에서 민주국가에 대한 김정일의 이해부족이 명확하게 드러나. 민주국가에서는 한 정부가 다른 국가와 협약을 맺거나 합의를 했다고 해서 그것이 바로 실효성을 갖는 건 아니거든. 이런 일은 독재국가에서나 가능한 일이지. 왜냐하면 독재국가에서는 지도자가 곧 국가이며 그의 언행이 곧 법이니까.

나   맞아요. 북한은 김일성과 김정일의 말이 곧 절대적인 법이었어요.

남편   그러나 민주국가의 주권은 국민에게 있어. 그리고 국민의 대표들이 모인 곳이 국회야. 따라서 정부가 다른 나라와 체결한 협정은 반드시 국회에서 심의과정을 거친 후 국회의 동의를 얻어야 돼. 이걸 국회 비준 동의라고 하지. 물론 국회의 승인을 필요치 않는 정부간 협정도 존재해. 그러나 국가안보와 관련된 사안이거나 국민적 관심이 큰 현안은 반드시 국회의 승인을 받을 필요가 있어. 강한 반대 여론에 부딪혀서 국회의 동의를 얻지 못하면 합의내용은 말짱 도루묵이 되는 거야.

순간 남편의 눈길이 소파 앞 테이블 위에 놓여 있던 머그잔에 쏠리는가 싶더니, 이내 팔을 곧게 뻗어 잔을 집었다. 저녁에 내가 마시다가 남긴 커피였다. 남편은 이미 차갑게 식어 있던 커피를 한 모금 마신 후 나를 물끄러미 바라보며 물었다.

"당신은 김정일의 자백을 어떻게 생각해?"

내가 북한에 있던 시절 나는 모든 국가 지도자가 김정일처럼 절대적인 권력을 가진 줄로 알았다. 절대왕국 안에서 노예의식에 젖어 살던 나는 북한을 벗어나서야 비로소 내 생각이 틀렸다는 것을 깨달았다. 한국에 온 이후로 나는 마치 갓난아기가 세상을 배우듯 새롭게 많은 것을 보고 듣고 느끼며 스펀지처럼 흡수했다.

그 과정에서 내 경직되었던 사고방식은 어느 틈엔가 유연하고 합리적인 사고체계로 바뀌어 있었다. 누군가의 노예가 아닌, 주권을 쥔 한 시민의 관점에서 사물을 관찰하고 사유할 수 있는 통찰력도 생겼다. 딱딱한 석회질로 나를 두껍게 감싸고 있던 노예의식의 알을 깨고 나와서 새로운 의식세계로 발돋움했던 것이다.

나　김정일은 워낙 베일에 싸여 있어서 세상 사람들의 궁금증을 불러일으킨 인물이에요. 그런 북한의 지도자가 브라운관에 등장하는 것만으로도 세상의 주목을 받기에 충분했겠지요. 하물며 그가 직접 납치의혹까지 인정하고 나왔으니 그것이 일본 국내에 몰고 올 파장은 엄청났을 거라고 짐작이 되고도 남아요. 당연히 일본 매스컴은 연일 이 소식을 대서특필하며 대대적으로 보도했을 겁니다.

그 결과, 납치의혹에 별 관심이 없던 사람들도 이 문제에 관심을 갖게 되면서 철저한 규명과 문제해결을 촉구하는 여론이 거세졌겠지요. 일본 정치인들은 대북 비난 여론에 호응하는 형태로 더욱 정부를 압박했을 거구요. 음, 뭐랄까, 작은 불씨에 기름을 부어 버린 격이라고 할까요.

사실 어느 정도 통찰력이 있는 사람이라면 충분히 예견되는 자연스러운 흐름이었다.

남편   정확히 봤어. 당신 말처럼 김정일이 직접 납치 사실을 시인하고 나온 것은 오히려 더 큰 의혹과 국민적 분노를 불러일으킬 수 있는 개연성이 충분했어. 김정일은 바로 이 부분을 놓친 거야. 그가 민주주의의 작동 원리를 정확하게 이해하지 못했었다는 증거지.

독재국가에서는 지도자가 초법적인 권한을 갖지만 민주국가의 지도자는 외국에 대해서 국가를 대표할 뿐이야. 일반 국민들처럼 국회에서 제정된 법의 지배를 받아. 그래서 민주주의는 곧 법치주의야.

실제로 그다음 상황이 어떻게 전개되었는지 한번 들어 봐. 딩시에 북한과 일본이 합의했던 것은 생존자 5명을 아무 조건 없이 일본으로 송환하는 게 아니었어. 어디까지나 일시귀국이었지. 즉 생존자 5명이 일본 고향을 방문하고서 다시 북한으로 돌아오는 조건이었어.

그런데 일본 국내에서 5명의 납치피해자들을 다시 북한으로 돌려보내서는 안 된다는 여론이 거세졌어. 그래서 일본 정부는 납치피해자들을 북한으로 되돌려 보내는 것을 거부하고 오히려 북한에 남아 있는 그들의 가족까지도 일본으로 송환시킬 것을 요구했지.

나   당연히 북한 측은 약속위반이라고 매우 항의했을 것 같아요.

남편   물론 항의했지. 그런데 한번 생각해 봐. 원래 사람을 납치한 일 자체가 범죄행위잖아. 그래서 일본 정부가 북한과의 합의를 위반한 것은 국제적으로 아무런 비난을 받지 않았어. 결국 2004년에 고이즈미 총리가 재차 북한을 방문해서 북한 측과 협상을 한 후, 북한에 남겨 있던 납치피해자의 가족들도 데리고 귀국할 수 있었지.

나   어쨌든 결과적으로 북한 측이 생존자 5명과 그 가족들을 일본으로 돌려보내 주었으면, 북한 나름대로 성의를 보인 것 같은데요.

남편   그렇게 보일 수도 있을 거야. 그런데 내 얘기를 조금만 더 들어 봐. 음, 아무래도 납치피해자를 둘러싼 쌍방의 주장 차이를 간단하게 정리해 주는 것이 낫겠다.

먼저 양측이 주장하는 납치피해자 수가 달라. 현재 일본 정부가 공식적으로 인정하고 있는 납치피해자 수는 모두 17명이야. 일본 정부는 이들의 신상을 모두 공개하고 있어. 그런데 북한은 13명이라고 하면서 신상이 공개된 17명 중 4명은 북한에 들어온 적이 없다고 주장하고 있어.

두 번째는, 북한 측 주장에 허점이 너무 많다는 거야. 북한 측은 납치 피해자 13명 중에서 8명은 이미 사망했다고 했는데 그 8명의 사망 원인이 석연치가 않아. 8명 모두 이삼십 대의 젊은 나이에 가스중독, 교통사고, 심장마비, 자살 등에 의한 부자연스러운 사인으로 생을 마감했거든. 게다가 북한 측이 제시한 8명의 사망확인서도 너무나 엉성했어. 나중에 북한 측은 이들의 사망확인서가 급조된 서류임을 인정했지. 한번 생각해 봐. 당신이라면 이러한 북한 측 주장이 쉽게 납득이 되겠어?"

나   누구라도 쉽게 받아들이기 어려울 것 같아요.

남편   상식이 있는 사람이라면 납득할 수 없는 설명이지. 더구나 사망자의 유골도 존재하지 않아. 이에 대해 북한 측은 사망자 8명 중에서 6명의 유골은 호우로 유실되어 남아 있지 않다고 설명했어. 남은 2명의 유골은 화장을 해서 보내 주었는데, 그 유골들에서는 타인의 DNA가 검출된 거야.

나   그런데 여보, 화장된 유골에서도 DNA가 검출될 수 있나요?

남편   그 분야 전문가들의 소견에 따르면, 완전히 탄화된 유골에서 DNA가 검출되는 건 불가능하다고 해. 따라서 타인의 DNA가 발견됐다는 것은 유골을 운반하는 과정에서 타인의 땀과 같은 이물질이 묻었다고 보는 것이 타당하겠지. 하지만 완전히 연소되지 않은 뼈에서는 유전자 분석 결과를 얻을 수 있다고 해. 그래서 이 부분은 유전자 재감정을 실시해서 유골의 진위여부를 명확하게 가려내면 될 것 같지만, 이미 유전자 감정을 위해 유골을 다 사용해 버려서 재감정은 불가능하다는 것이 일본 정부의 설명이야.

나　　그렇다면, 유골 진위여부를 둘러싼 공방은 어느 쪽의 말이 진실인지 모르겠네요.

남편　　당신 말이 맞아. 이 부분과 관련해서는 어느 쪽 말이 진짜인지 알 수 없어. 그리고 북일 간 납치문제 협상을 더욱 어렵게 만드는 이유 중 하나가 바로 특정실종자들의 존재야.

나　　특정실종자는 또 뭔가요?

남편　　특정실종자란 일본 정부가 공식적으로 납치피해자로 인정하고 있지는 않으나, 북한에 의한 납치 가능성이 매우 농후한 실종자들을 말해. 현재 일본 정부가 인정하는 납치피해자는 17명에 불과하지만 특정실종자 수는 그 수십 배인 수백 명에 달하고 있어.

당연히 일본은 북한 측에게 특정실종자에 대한 정보제공도 요구하고 있어. 즉 납치문제를 둘러싼 북일협상을 진행하면 할수록 더 많은 의혹이 꼬리에 꼬리를 물고 나오는 형국이지. 당신 말대로 북한 입장에서는 생존해 있는 납치피해자 5명과 ㄱ 가족들을 보내 주는 등 나름대로 성의를 보인 거잖아. 그런데 일본 국내에서는 오히려 북한에 대한 비난은 더 커지고 납치의혹은 눈덩이처럼 더 불어나고 있는 거야. 북한으로서는 완전히 실패한 외교인 셈이지.

나는 북한의 공무원 가정에서 태어나서 30년 동안 북한 사회를 온몸으로 체험했다. 위법과 몰상식이 판치는 사회. 그러나 이에 대한 거부감이나 위화감조차도 느끼지 못하는 사회. 나는 이런 곳에서 학창시절을 보냈고 9년간 공무원으로 일했다. 그래서 난 북한 사회의 부조리함을 누구보다도 잘 파악하고 있다.

그리고 현재 나는 보편적 상식이 통용될 뿐만 아니라 몰상식이 지탄을 받고 위법행위가 처벌되는 민주사회에서 살고 있다. 다시 말해서 난 극단적으로 대립되는 양쪽 사회를 모두 경험해 봤기 때문에 남편의 설명이 쉽게 이해되면서 머릿속에 잘 정리가 되었다.

나　북한은 북일 국교정상화를 통해 일본으로부터 받게 될 경제적인 지원이 무척 절실했을 거예요. 그런데 일본 측이 국교정상화를 위한 전제조건으로 일본인 납치문제 해결을 요구했던 거지요. 그래서 당장 한시가 급했던 북한은 적당히 잘못을 인정한 다음 몇 사람을 보내주는 정도에서 대충 덮어 두고 넘어가려고 했던 겁니다. 그런데 그게 뜻대로 잘 안되고 일만 더욱 복잡하게 돼 버린 거지요.

대충 눈가림으로 넘어갈 수 있을 거란 계산은 정말이지 북한의 외교당국에서나 나올 법한 생각이네요. 이들에게는 위법과 꼼수가 상식이고 일상이기 때문에 이러한 것들이 잘못됐다는 문제의식조차도 갖질 못해요. 그래서 북한 관리들은 언론의 자유와 국민의 알 권리 그리고 투명성이 보장된 민주국가에서는 대충 얼버무린 채 덮고 가는 일은 있을 수 없다는 사실을 인지하지 못했을 겁니다. 오직 위법과 꼼수로 점철된 사고방식에만 머물러 있으니까요. 민주사회에서 교육을 받으며 자란 사람들과는 뇌 구조 자체가 완전히 달라요.

나는 북한 관리들의 사고체계를 너무도 잘 알고 있었기 때문에 북한의 허술한 대응방식이 충분히 이해가 되고도 남았다. 마치 장기 두는 사람들 옆에 서서 장기판을 바라보고 있는 훈수꾼처럼 일본인 납치문제와 관련한 북일협상의 모든 상황이 훤히 들여다보였다.

남편 그럴듯한 분석이야. 한 가지 덧붙여 말하자면, 김정일이 납치 사실을 시인하고 사과한 이후에 '구출모임'의 활동은 더욱 탄력을 받았어. 이들은 피해자 전원의 구출을 호소하는 서명운동을 전국적으로 실시했고, 그 결과 천만 명이 넘는 서명을 모을 수 있었어. 이러한 움직임 속에서 일본 정부는 2009년 10월에 납치문제대책본부를 내각에 설치하고 납치문제 담당 장관을 신설했지. 그 이후로 일본 정부와 각 정당들은 납치문제 해결을 정부의 최우선 과제로 내세우고 있어. 여론이 정부와 정치인들을 움직인 전형적인 케이스로 볼 수 있을 거야.

나 결국 북일 관계가 실타래처럼 얽히고설켜 복잡한 양상을 띠게 된 근본적인 원인은 김정일과 북한 당국의 엉성한 외교전략에 있다고 볼 수 있네요. 그럼에도 불구하고 그들은 고이즈미 총리한테 뒤통수를 맞았다고만 생각했을 거예요.

남편 그럴지도 모르지. 어쨌든 일본 측은 일본인 납치피해자에 대한 새로운 정보를 북한 측에 계속 요구했고, 북한 측은 '납치문제는 이미 해결된 일'이라고 주장하며 팽팽하게 대립했지. 결국 수년 동안 북일 간 대화가 단절되었어.

그런데 재밌는 사실은, 이러한 상황을 타개하고자 먼저 움직인 쪽이 북한이라는 거야. 2011년 3월 11일에 일본에서 전대미문의 대지진이 발생했을 때, 당시 북한은 일본의 경제제재를 받고 있었음에도 불구하고 일본 측에 위로금을 전달해 왔거든. '다시 잘해 보자'는 일종의 시그널을 보낸 것이지. 그리고 2014년에는 북일 양국 간에 북한이 일본인 납치문제를 재조사한다는 내용의 합의가 이루어졌어.[3] 당신은 이게 뭘 뜻한다고 생각해?

나 북한 측이 일본인 납치문제를 재조사하겠다고 약속한 것은 자신들이 지금까지 줄곧 주장해 왔던 '일본인 납치문제는 이미 해결된 일'이라는 기존 입장에서 뒤로 한발 물러선 것이잖아요. 그렇기 때문에 일본과의 관계개선을 바라는 북한의 속내를 분명하게 드러낸 것으로 봐야지요. "목마른 자가 우물을 판다."라는 속담처럼 아무래도 아쉬운 쪽은 북한 측일 테니까요.

남편 맞아. 이런 와중에 북한이 2016년에 핵실험을 재차 강행하고 탄도미

---

3) 2014년 5월에 스웨덴 스톡홀름에서 북일 간에 합의된 사항. 일본이 북한에 대한 경제제재를 일부 풀어 주는 조건으로 북한이 일본인 납치문제를 재조사할 것을 합의함. 흔히 '스톡홀름 합의'라고 불리고 있음.

사일을 발사한 거야. 이에 대한 반발로 일본이 대북 경제제재를 재개하자 북한은 재조사 합의를 파기하는 자세로 나왔지. 결국 일본인 납치피해자 문제는 계속 제자리걸음만 반복하고 있고, 북일 관계는 경색된 상태로 지금까지 이어지고 있는 거야.

나   북일 관계 개선은 참으로 요원해 보이네요. 그런데 여보, 요코타 메구미 씨가 실제로 북한에 생존해 있을까요?

남편   우리가 그녀의 생사에 대해서 뭐라고 단정 지을 순 없어. 다만 분명한 건 일본 국내에서 요코타 메구미는 일본인 납치문제의 상징으로서 버젓하게 살아 있다는 것이지.

정말로 그랬다. 그동안 일본에서 지내면서 난 요코타 메구미 씨가 일본인들 가슴속에 생생하게 살아 있다는 걸 느낄 수 있었다. 일본에는 정치인들과 관료들뿐만 아니라 일반 시민들까지도 가슴에 파란 리본 배지를 달고 있는 사람들이 참 많다.

이는 '우리들은 일본인 납치피해자들을 잊지 않고 있다'는 무언의 의사 표시다. 즉 납치문제 해결 없이 국교정상화는 없다는 일본 정부와 국민들의 의지를 드러내는 것으로서 북한을 압박하기 위한 방편의 일환이었다.

이처럼 일본에서는 비록 소수에 지나지 않을지라도 납치된 자국민의 송환을 위해 관민이 합동으로 일관된 목소리를 내고 있는 걸 보면서 난 참으로 미묘한 감정이 들었다.

그날 저녁 난 왠지 잠을 이룰 수 없었다. 몸을 이리저리 뒤척이다가 결국 자리에서 일어났다. 남편 서재로 가서 스탠드 조명을 켜고 의자에 앉았다. 평양에 있는 쌍둥이 언니를 너무 오래 잊고 지낸 것 같아 미안한 마음이 들었다. 난 하얀 편지지를 꺼내 책상 위에 펼쳤다. 그리고 펜을 들어 덤덤하게 글을 써 내려가기 시작했다.

다은이 언니에게.

언니, 나 다혜야. 너무 오랜만에 소식을 전하는 것 같아서 미안해. 그간의 내 근황에 대해 잠시 설명하면, 난 올 초에 하나님의 중매로 만난 사람과 결혼했어. 지금은 일본에서 근무하는 남편을 따라 함께 일본으로 와서 니가타라는 도시에서 살고 있어.

언니, 난 이곳에서의 생활이 너무 행복해. 아침에 남편을 출근시키고 나면, 난 니가타시가 운영하는 국제교류협회에 가서 일본어를 배워. 학생이 적어서 선생님과 일대일로 공부할 때도 많아. 얼마나 재밌는지 몰라.

언니하고 내가 쪼그만 했을 때, 일본 사람들은 머리에 뿔이 달렸을 거라고 생각했었잖아. 그런데 내가 직접 확인해 보니, 머리에 뿔 달린 사람들은 한 명도 못 봤어. 사람 사는 곳은 어디나 좋은 사람도 있고 불쾌한 사람도 겪기 마련이잖아. 그런데 내가 여기서 만난 사람들은 모두 착하고 친절한 사람들이었어. 난 참 운이 좋은가 봐.

언니, 내가 사는 니가타는 우리 고향과 인연이 매우 깊은 곳이야. 과거에 수많은 재일동포들이 이곳 니가타 항구에서 배를 타고 북한 청진으로 귀국했거든. 내가 일본 땅에 처음으로 발을 디딘 곳이 바로 내 고향과 떼려야 뗄 수 없는 지역인 니가타라니, 마치 운명의 장난처럼 느껴져.

게다가 니가타는 북한과 일본과의 관계에서 뜨거운 감자로 떠오른 일본인 납치문제의 진원지이기도 해. 일본인 납치문제란 1970~1980년대에 북한 당국의 주도 아래 자행된 일본인 납치사건을 말해. 2017년 현재 일본 정부는 17명을 공식적인 납치피해자로 인정하고 있는데, 그중 5명이 니가타 출신이야.

그런데 언니, 정말 놀라운 게 뭔 줄 알아? 전체 인구가 1억 3천만에 달

237

하는 일본에서 어린아이들을 제외하면 일본인 납치문제를 모르는 사람이 거의 없어. 그리고 일본 정부는 일본인 납치문제 해결을 정부의 최우선 과제로 내세우고 있어. 비록 적은 수에 불과할지라도 자국민의 인권을 국가 간의 외교문제보다도 우선시하는 거야.

비록 공식적인 피해자 수가 적을지라도 납치된 자국민의 송환을 위해 정부와 국민이 합동하여 일관된 목소리를 내는 걸 보면서 난 너무 부러웠어. 사람 목숨이 소 한 마리보다도 가치 없게 취급당하는 북한과는 하늘과 땅 차이잖아.

사실 정상적인 국가의 국민이라면, 인권을 소중히 여기는 게 당연해. 마찬가지로 한국 사람들은 인권에 대한 개념이 확실하게 서 있어. 그런데 자국민 보호에 대한 한국 정부의 인식과 대응은 국제사회의 보편적인 수준에 많이 못 미치는 것 같아.

언니, 2017년 현재 북한에 납치된 한국 국민의 수가 얼마인지 알아? 자그마치 지금까지 약 4천 명에 가까운 한국의 민간인들이 북한 당국에 의해 납치되었고, 이 중 516명은 아직도 돌아오지 못한 채 북한에 억류되어 있대.

한국전쟁 기간 동안 자유 대한민국을 수호하기 위해 목숨을 걸고 싸웠던 국군 포로들도 빼놓을 순 없어. 당시 북한 측이 불법 억류한 국군 포로는 7만여 명에 달한다고 해. 70여 년의 세월이 흐르면서 이미 많은 분들이 유명을 달리했지만, 여전히 생존해 있는 수백여 명의 분들이 남아 계시다는 거야. 그럼에도 불구하고 한국 정부는 이들의 귀환을 북한에 요구하지 않아. 아니, 귀환요구는커녕 북한과의 대화의세에 이분들의 귀환문제를 포함시키는 것조차 하지 못해.

정부가 잠잠하면, 언론이나 시민단체들이라도 이 사실을 국민들에게 널리 알리려고 해야 하는데, 이 같은 노력을 하는 언론과 시민단체는 극소수에 불과해.

　참 이상하게도 정부만이 아니라, 많은 진보 성향의 언론과 시민단체들도 위안부 문제에 대해서는 관심을 많이 두면서도 이들의 문제에는 일체 관심을 갖질 않아. 물론 위안부 문제는 여성의 인권과 관련된 문제로서 반드시 해결되어야 해.

　그런데 언니, 위안부 문제는 이미 지나간 과거의 일이자 사람의 명예와 관련된 문제야. 그런데 납치된 민간인들과 국군포로 송환문제는 사람 목숨이 달린 문제이자 여전히 현재진행형이야. 문제의 시급성과 규모로 따져 봤을 때 과연 어느 쪽에 더 우선순위를 두어야 할까?

　게다가 일본 내각에서는 일본인 납치문제를 전문적으로 담당하는 장관까지 있다고 해. 정말 놀랍지 않아? 사실 피해자 규모 등으로 따져 봤을 때, 한국이야말로 이 문제를 담당하는 특임장관이 필요하다고 생각해.

　그러나 유감스럽게도 한국 정부의 대북정책과 대북자세를 보면 이러한 내 바람이 실현될 가능성은 거의 제로에 가까운 것 같아.

　이런, 벌써 밤이 많이 깊었네. 내일을 위해 나도 이제는 잠자리에 들어야 겠어. 언니도 좋은 꿈꿔. 사랑해!

　　　　　　　　　　　　　　　언니의 사랑하는 동생 다혜가~

【2018년 4월 제3차 남북정상회담】

2018년에 들어서자마자 오랫동안 경색국면을 이어 오던 남북 관계가 갑자기 해빙무드로 바뀌었다. 그 계기는 2018년 2월에 개최된 평창 동계올림픽이었다. 북한의 예술공연단이 강릉에서 평창 동계올림픽의 성공을 기원하는 공연을 펼쳤으며, 여자 아이스하키 남북단일팀이 구성되어 올림픽 경기에 출전했다.

곧이어 2018년 4월 27일에는 제3차 남북정상회담이 판문점 내 평화의 집에서 개최되었다. 동 회담에서 문재인 대통령과 김정은 국무위원장은 이른바 판문점선언이라 불리는 공동선언문을 발표했다.

동 선언의 핵심 요지는 크게 두 가지였다. 하나는 완전한 한반도 비핵화를 실현한다는 것이었고, 또 한 가지는 연내에 종전을 선언하고 정전협정을 평화협정으로 전환하기 위한 남북미정상회담 개최를 추진한다는 것이었다. 이 같은 합의를 도출한 점에 대해 정부는 자화자찬했고 많은 사람들은 환호했다.

이 무렵 한국에 있는 많은 지인들로부터 내게 문자가 도착했다.

"다혜 씨, 축하해. 이번 남북정상회담의 결과로 북에 있는 가족들을 만날 수 있게 될지도 모르잖아. 그걸 생각하니까, 내가 다 떨리고 설레네요."

"다혜야, 이번 정권이 남북 관계만은 잘 이끌고 나가는 것 같아. 역대 최고인 거 같아. 평양에 있는 쌍둥이 언니도 볼 수 있게 되겠어……."

등등 저마다 희망과 응원의 메시지를 보내왔다. 그러나 내 마음은 편치 않고 답답하기만 했다. 도대체 이런 선언에 무슨 의미가 있을까. 한반도비핵화 실현은 1991년에 합의된 한반도비핵화공동선언을 시작으로 계속 반복된 레토릭에 불과하다. 그때와 다른 게 있다면, 당시 북한은 핵무기가 없었고 지금은 몰래 완성한 핵무기를 가지고 있다는 점이다. 지금껏 북한이 약속했던 수많은 국제적 합의들을 몽땅 어기고서 말이다. 아울러 판문점선언대로 종전선언이 이루어지면 그 이후로 상황이 어떻게 흘러갈까?

먼저 한반도에서 임무를 마친 유엔군사령부는 해체 수순을 밟아야 할 것이다. 그다음엔 주한미군의 주둔 명분이 사라졌으므로 자연스럽게 미군철수 문제가 도마에 오를 건 뻔하다. 내가 꼬맹이였던 시절부터 뜻도 모르면서 그토록 외쳐 댔던 구호가 '미제는 물러가라'와 '국보법을 폐지하라'였다. 남한의 우방인 미국과 국가보안법이 북한 주도의 적화통일에 방해가 되기 때문이었다. 따라서 종전선언 후 미군이 철수하는 시나리오는 북한 당국의 숙원대로 흘러가는 것이다.

판문점 선언에 환호하는 사람들을 보면서 인간은 정말 망각의 동물임을 다시금 깨달았다. 그렇다면 정부와 언론이라도 중심을 잡아야 하는데 정부는 자화자찬에 빠져 있고 국영방송은 정부 띄워 주기 보도에 여념이 없었다. 이 같은 현실이 두렵고 안타까웠다.

나는 북한에서 제1차와 제2차 남북정상회담을 몸소 경험했다. 2000년 6월 평양에서 첫 남북정상회담이 개최되었을 때, 북한 주민들은 크게 환호했다. 고생 끝에 낙이 온다고, 지옥 같던 고난의 행군 시기를 버텨 내니, 위대한 김정일 장군께서 결국 조국통일을 이뤄 내는구나 싶었다. 이제 모든 고생은 끝이라고 생각했고, 쌀밥에 고깃국도 실컷 먹게 될 수 있을 것으로 기대했다. 그러나 반년이 지나고 1년이 지나도 지옥 같은 현실은 조금도 바뀌지 않았다.

2007년 10월 다시 평양에서 제2차 남북정상회담이 열렸다. 이 시기에 우리들 마음속은 짜증과 원망으로 가득 찼다. 정상회담이 개최된들 나아지는 건 아무것도 없다는 걸 모두가 체험적으로 잘 알고 있었기 때문이다. 늘 그랬듯이 모든 인민들은 낙후된 마을을 새롭게 단장하거나 파손된 도로를 정비하는 사업 등에 동원되어 한 달 넘게 강제노역에 시달려야 했다.

당장 그날의 양식을 구하는 일이 중요한 사람들한테 정상회담이라는 '깜짝 이벤트'는 단지 그들의 고통을 가중시키는 애물단지 그 이상도 이하도 아니었다. 그 누구도 더는 남북정상회담을 애정 어린 눈길로 바라보거나 관심을 두지 않았다.

그런데 내가 한국에 와서 2018년의 남북정상회담을 지켜보니, 한국의 분위기는 북한과 완전히 달랐다. 한국에는 여전히 통일에 대한 희망과 설렘을 안고서 정상회담을 바라보는 사람들이 많았다.

이렇게 남북 각각의 장소에서, 남북 각각의 주민 자격으로, 남북정상회담을 경험한 후에야 비로소 퍼즐의 전체 그림이 떠올랐다. 남북정상회담은 남과 북의 정치경제적 이해관계의 틀 안에서 파생된 보여 주기식 흥행몰이에 지나지 않았다.

대한민국의 주권을 가진 국민 대다수는 자유민주주의식 통일을 원한다. 그러나 북한의 주권을 쥔 극소수의 공산세력은 자신들이 통치하는 통일국가를 원한다. 이는 서로가 절대 양보하시 않는 부분이다. 따라서 둘은 결코 타협될 수가 없다. 이렇듯 양측이 지향하는 바가 다르기 때문에 남과 북이 서로 주장하는 통일방식에는 두드러진 차이가 있었다.

1960년대부터 북한이 공식적으로 주장해 온 통일 방안은 고려연방제 였다. 고려연방제는 남과 북에 각각 자치정부를 두고서 그 위에 두 자치 정부를 통괄하는 중앙정부를 두는 형태다. 군사권과 외교권은 오직 중앙 정부만이 행사할 수 있다. 즉 한 국가의 테두리 안에서 자유민주체제와 공산독재체제가 공존하는 형태다. 그런데 이는 절대로 불가능하다.

흔히 민주주의와 공산주의를 물과 기름의 관계라고 표현하는데 이는 옳지 않다. 물과 기름은 비록 화학적으로 섞이지는 않을지라도 한곳에 공존할 수는 있기 때문이다. 민주주의와 공산주의는 물과 불의 관계이 다. 애초에 공존 자체가 불가능하다. 물이 불을 끄든지 불이 물을 다 말 려 버려야 한다. 빛과 어둠이 타협할 수 없는 것과 마찬가지다. 빛이 어 둠에 묻혀 어두워지든가 어둠이 빛에 의해 밝아지든가 둘 중 하나다. 북 한 수뇌부도 이러한 이치를 잘 꿰뚫고 있다.

그래서 북한의 고려연방제는 절대적인 선결조건을 둔다. 첫째는 종전 선언을 통한 미군철수이고, 둘째는 국가보안법을 폐지하여 남한 내에서 자유로운 공산주의 활동을 보장하는 것이다. 결국, 고려연방제는 북한의 수령을 정점으로 한 공산당 세력이 한반도 전체를 통치하는 통일국가로 나아가기 위한 마지막 단계인 것이다.

한편, 남한은 남북연합제를 주장해 왔다. 이는 각기 독립된 주권을 가 진 남과 북이 서로 합의한 분야에서만 상호 협력하는 형태다. 즉 고려연 방제는 '하나가 된 통일국가'를 상정하지만 남북연합제는 '두 개의 국가' 를 상정한다. 이렇게 통일방식을 두고 평행선을 달렸던 남과 북은 2000 년 제1차 남북정상회담에서 김정일이 낮은 단계 연방제라는 개념을 내 어놓으면서 접점을 찾았다.

낮은 단계 연방제는 한 국가 안에 민주정부와 공산정부가 공존하고,

그 위에 민족통일기구가 존재하는 구조다. 즉 기본적인 형태는 고려연방제와 똑같다. 다만 우선은 두 정부에게 각기 군사권과 외교권을 부여한다는 점만 다르다. 두 정부가 따로 가진 군사권과 외교권을 차츰 민족통일기구(중앙정부)로 이관하면 고려연방제가 되는 것이다.

만물은 낮은 단계에서 높은 단계로 발전해 나가는 법. 따라서 낮은 단계 연방제로 일단 통일국가의 면모를 갖추고 나서 높은 단계인 고려연방제로 발전시켜 나간다는 것이 우리들의 계획이었다. 궁극적인 지향점은 위대한 수령이 통치하는 지상 낙원의 건설이다. 북한 인민들은 분명히 그렇게 이해했다.

그런데 내가 한국에 와 보니, 남북정상회담을 추진했던 정치세력의 이해방식은 우리들과 사뭇 달랐다. 이들은 낮은 단계 연방제가 남과 북의 자치정부에게 각각 외교권과 군사권을 부여하므로 사실상 한국이 주장하는 남북연합제와 거의 같은 개념이라고 설명했다.

그러나 낮은 단계 연방제는 시작부터 하나의 국가를 표방하고, 남북연합제는 어디까지나 두 개의 국가를 상정한다. 기본 틀부터 근본적인 차이가 있다. 한 국가 안에서 민주정부와 공산정부가 공존하는 형태인 낮은 단계 연방제와, 두 개의 국가가 따로따로 존재하는 남북연합제는 결코 같은 개념이 될 수 없다.

그런데도 제1차 남북정상회담에서 두 정상은 "남측의 연합제 안과 북측의 낮은 단계의 연방제 안이 서로 공통성이 있다고 인정하고 앞으로 이 방향에서 통일을 지향한다."라고 합의했다. 즉 남북 양측은 각자의 입맛에 맞게 낮은 단계 연방제를 달리 해석하여 두루뭉술하게 원론적인 합의를 이끌어 낸 것이다.

이 같은 합의는 국민들에게 막연한 희망을 품게 하는 효과가 있다. 그러나 구체적인 실행계획으로 들어가면 절대로 의미 있는 성과를 낼 수가 없는 말장난에 불과하다. 그럼에도 불구하고 남과 북이 보여 주기식 홍행몰이에 연연했던 이유는 서로에게 득이 되는 '윈윈 게임'이었기 때문이다.

제1차 남북정상회담을 통해 북한 측은 당장 고난의 행군으로 지칠 대로 지친 북한 주민들의 불만을 일시적으로나마 달랠 수 있었다. 무엇보다도 남한이 보내 준 막대한 현금은 가까스로 버티고 있는 북한 정권에게 가뭄에 단비와도 같은 선물보따리였을 것이다. 나는 한국에 와서야 제1차 남북정상회담 후에 천문학적인 돈이 북한으로 불법 송금된 것과 이에 대한 책임으로 당시 박지원 전 대통령 비서실장이 구속됐단 사실을 알게 되었다.

한편 김대중 정부도 역사적인 첫 남북정상회담을 실현시킴으로 인해 얻을 것이 많았다. 무엇보다도 자신들이 남북 간의 오랜 반목과 대립을 넘어 항구적인 평화를 정착시킬 수 있는 정치세력임을 대내외적으로 각인시킬 수 있었다. 실제로 김대중 대통령은 한반도의 평화와 화합을 상징하는 인물로 떠오르며 노벨평화상까지 수상했다. 이는 다시 탄탄한 정치적 기반으로 이어졌다.

즉 남북정상회담의 결과로서 북한은 북한대로 막대한 경제적 이익을 챙기면서 비밀리에 계속 핵개발을 하며 마이 웨이를 갈 수 있었고, 남한은 남한대로 자신들의 통치기반을 견고히 다질 수 있었다. 다시 말해서 양측은 상호의존 관계에 있었던 것이다.

사실 북한 주민들은 제1차 남북정상회담을 경험한 이후로 정상회담의 의제는커녕 정상회담 자체에 아무런 관심이 없다. 그런데 남한에서는 여전히 국민적 기대와 관심이 높다.

평창 동계올림픽을 계기로 남북정상회담 성사 가능성이 높아진 가운데 실시된 여론조사에 의하면, 국민 10명 중 8명이 남북정상회담 개최에 찬성했다. 따라서 남북정상회담은 남과 북 양측에게 여전히 활용 가치가 높은 '정치적 이벤트'인 것이다.

다시 한국으로

동틀 무렵, 난 끝없이 곧게 펼쳐진 고속도로 한가운데 서 있었다. 도로와 하늘이 맞닿아 있는 지점에서 아침 햇살의 장엄한 기운이 느껴지며 날은 점점 밝아질 준비를 하고 있었다. 사람도, 자동차도, 길고양이조차도 보이지 않는 적막 속에서 나는 태양이 조금씩 솟아오르는 모습을 바라보며 터벅터벅 길을 걸었다.

갑자기 저 멀리 맞은편에서 떠오르는 태양을 등지고 다가오는 사람의 실루엣이 보이기 시작했다. 그분과 나의 거리는 점차 가까워졌다. 서로 막 엇갈려 지나는 찰나, 나도 모르게 살짝 고개를 돌려 그의 얼굴을 바라보았다. 그 순간 난 그대로 숨이 멎어 버렸다. 예수님이었다. 예수님은 내게 특정인의 이름을 대면서 "그를 찾으라."라고 말씀하셨다.

화들짝 놀라며 눈이 번쩍 떠졌다. 꿈이었다. 방 안의 시계는 오전 7시를 가리키고 있었고, 유리창을 통해 들어온 포근한 아침 햇살이 내 침대 위로 쏟아지고 있었다. 비록 현실로 돌아왔지만, 꿈속에서 보고 들었던 예수님의 형상과 음성 그리고 찾으라고 말씀하신 특정인의 이름까지도 또렷이 기억났다.

이 일이 있은 지 얼마 후인 2018년 9월 우리 가족은 한국으로 돌아왔다. 처음에 일본으로 갈 때는 두 명이었으나 귀국할 때는 가족이 한 명 늘어서 세 명이 되었다. 그 동안 눈에 넣어도 아프지 않을 딸아이가 넘은 사람들의 축복 속에서 태어났다.

귀국해서 얼마 지나지 않아 평양에서 제5차 남북정상회담이 9.18~20 일정으로 개최되었다. 이때 남북 두 정상은 함께 같은 무개차에 올라 평양거리에서 카퍼레이드를 펼쳤다. 평양 시민들은 붉은 꽃을 위 아래로 힘차게 흔들며 두 정상을 환영했고 입으로는 목이 터지게 '조국통일'을 외쳤다. 언제나처럼 여성들은 울긋불긋한 한복을 곱게 차려 입었고 남성들은 넥타이까지 맨 정장 차림이었다.

'저걸 준비하느라 또 얼마나 힘들었을까.'

어쩌면 한국 사람들한테는 한국 대통령을 열렬히 환영하는 듯 보이는 평양 시민들의 모습이 좋게 보일 수도 있을 것이다. 그러나 난 잘 안다. 저들이 이 행사를 준비하기 위해서 수개월 동안 얼마나 괴로웠을지 말이다. 그리고 또 잘 안다. 그들 중에 자발적으로 나온 사람은 단 한 사람도 없을 거란 사실을.

9월 20일에는 두 정상이 백두산 천지에 올라가 손을 맞잡는 광경을 연출했다. 나는 이 장면을 보면서 남북정상회담의 횟수가 거듭될수록 더 나은 퀄리티의 쇼가 펼쳐진다고 생각했다. 그리고 남과 북의 정치적인 상호의존 관계는 오늘날에도 변함이 없다는 걸 느꼈다.

양측 모두 불확실성으로 가득 찬 통일문제에 관심을 둘 형편이 아니다. 단지 지금의 현 상황을 유지하는 게 고작이다. 북측은 당장 김정은의 통치기반이 흔들리지 않게 하는 것이 최우선 과제이며, 남측은 자신들의 정권을 뺏기지 않는 것만이 지상 목표다. 양측 모두 자신들이 현재 가진 기득권을 지킬 수만 있으면 된다. 굳이 다른 걸 생각할 이유가 없고 그럴 여유도 없다.

그리고 남북정상회담이라는 '깜짝 이벤트'는 서로의 욕구 충족에 도움을 줄 수 있는 공통분모다. 이를 어떻게 설정해야 양쪽의 이익을 극대화할 수 있을지, 이에 대한 명시적 혹은 암묵적인 합의와 유기적인 연대만이 필요할 뿐이다.

남북 두 정상이 함께 무개차에 올라 평양시내 한복판에서 카퍼레이드를 펼치던 날 저녁, 나는 평양에 있는 쌍둥이 언니한테 띄우는 마음의 편지를 썼다.

너무나도 그리운 다은이 언니에게.

다은이 언니, 나 다혜야. 잘 지내고 있어? 음, 먼저 놀라운 소식부터 전해 줄게. 올봄에 언니 조카딸이 세상에 태어났어. 제 아빠를 꼭 빼닮아서 얼마나 예쁜지 몰라. 정말이지 하루하루가 너무나도 소중하고 행복해. 나만 이곳에서 행복하게 지내는 거 같아서 너무 미안해.

언니가 살고 있는 평양에선 지금 제5차 남북정상회담이 열리고 있어. 오늘 TV 뉴스를 보니 남북정상이 함께 무개차를 타고 평양시내에서 카퍼레이드를 펼치는 장면이 나오더라고. 두 정상을 열렬히 환영하는 평양 시민들을 보면서, 저 사람들이 두 정상의 카퍼레이드를 맞이하기 위한 예행연습을 하느라 얼마나 힘이 들었을까 하고 생각하니 마음이 짠했어. 두 정상의 만족스러운 표정 너머로 평양 시민들의 고통을 느낄 수 있었거든.

울긋불긋한 한복을 입고서 붉은 꽃을 위아래로 열심히 흔드는 여성들 속에서 혹시나 언니 모습을 발견할 수 있지 않을까 싶어 TV 화면을 뚫어지게 응시했지만 언니 모습은 눈에 띄지 않았어.

언니, 여기 한국 사람들은 남북정상회담에 대해 관심이 참 많아. 당장 하루하루 생계를 유지하는 것이 큰 문제인 북한 사람들과는 달리 이곳 사람들은 삶에 여유가 있어서 그런 것 같아. 올봄부터 우리 대한민국은 남북정상회담으로 온 나라가 들끓고 있어. 올 한 해에만 벌써 세 번의 남북정상회담이 이루어졌으니, 거의 1년 내내 남북정상회담 관련 뉴스로 언론이 도배되고 있는 느낌이야. 사람들은 이번에는 뭔가 이루어지려나 보다 하고 많은 기대와 희망을 품고 정상회담을 바라보고 있어. 그러나 한편으로는 이번 남북정상회담을 회의적으로 보는 시각도 많아. 나도 그런 사람 중에 한 명이야.

사실 과거청산 없는 정상회담에 무슨 의미가 있을까? 정상회담을 갖기 전에 먼저 6.25 전쟁을 일으킨 원죄에 대한 북한 측의 사죄가 선행되어야 하는 게 아닐까? 이런 깊은 상처들을 제대로 어루만지지 않고 대충 덮어 두고 넘어가면, 속에서 더 곪아서 썩어 문드러질 뿐이야.

자유 민주주의, 시장경제, 법치주의 등 인류 보편적 가치를 공유하고 있는 한일 양국이 오늘날까지도 과거사 문제로 삐걱거리는 이유가 뭘까? 바로 과거청산이 깨끗하게 매듭지어지지 않았기 때문이잖아.

혹시나 했으나 역시도 납북자 문제와 국군포로 귀환문제는 정상회담 의제에 오르지도 않았어. 언니, 참 이상해. 북한에서는 국가가 6.25 전쟁에 참전했던 군인들을 전쟁노병이라고 칭하며 출신성분도 높여 주고 영웅 취급을 하잖아. 명절 때마다 그들과 그 가족들에게 특별 선물을 챙겨 주기도 하고, 특별한 해에는 전쟁노병대회를 열어 참전용사들을 모두 평양에 초대해서 격려해 주기도 하지.

그런데 한국에서는 자유 대한민국을 수호하기 위해 희생했던 사람들을 기억하려고 하지 않아. 그분들의 희생 위에 선 자유 대한민국에서 모든 요직을 다 차지하고 최고로 누리며 사는 기득권자들이 그들을 짐짓 외면하고 있는 형국이야.

왜 이런 일이 일어날까? 아마도 남북정상회담을 실현시키려면 북한 측의 비위를 맞춰야 하기 때문일 거야. 남북 관계에 있어서 사람들에게 막연한 기대와 희망을 심어 주는 데에는 '남북 평화 쇼' 이상의 것은 없으니까 말이야.

사실 내 눈에는 너무나도 속이 뻔히 보이는 거짓 평화 쇼일 뿐인데, 왜 이길 못 보는 사람들이 많은지 너무 안타까워. 한국의 보수파들은 친북적 성향의 세력들을 종북좌파라고 부르고 있어. 그런데 한국의 보수파들이 착각하고 있는 거야. 북한 국가안전보위부 간부의 딸로 태어나서 뼛속까지 진짜 좌파였던 내가 가만히 살펴보니, 한국에 진짜 좌파는 거의 드물어. 단지 보수 세력에 대한 안티테제로서 좌파의 이미지를 차용하고 있을 뿐 실제로는 그냥 기회주의자들에 불과하더라고.

이들은 남북 관계를 거짓 평화 쇼로 위장해서라도 당장 현재의 기득권만 굳건히 지키고자 하는 것일 뿐이야. 현재 대한민국의 기득권자들은 5년 후나 10년 뒤의 일은 생각지도 않아. 단지 기득권을 쥐고 있는 현재 상태의 유지만이 절대목표일 뿐 그 외의 다른 건 생각지도 않고 생각할 여유조차도 없는 것 같아. 아마도 당장 기득권을 뺏긴 이후의 불확실성에 대한 두려움 때문일 거야.

어머머, 이를 어째! 언니, 우리 애 울음소리가 들려. 지금 막 잠에서 깨어났나 봐. 나 빨리 애한테 가 봐야 할 것 같아. 또 연락할게!

김정은 서울 방문 환영위

2018년 12월의 어느 날.

나는 이듬해 복학준비 등으로 오랜만에 학교를 방문했다. 반가운 마음으로 교내를 둘러보던 중에 직접 보면서도 내 눈을 의심할 만한 내용의 대자보를 발견했다.

대자보 제목은 "북에 다녀온 사람들의 말.말.말"이었다. 그 내용은 정상회담차 북한에 다녀온 연예인들과 친북 성향 정치인들의 인터뷰 내용들을 발췌해서 인용해 놓은 거였는데 김정은을 칭송하는 표현 일색이었다.

대자보를 작성한 주체는 '김정은 국무위원장 서울방문 ××여대 환영위'였다. 대자보의 한편에는 "훼손하지 말아 주세요. ××인들의 소중한 의견입니다."라는 당부도 적혀 있었다.

김정은을 추앙하는 세력이 우리 교내에까지 침투해서 버젓이 활동하고 있는 걸 보니 끝 모를 절망감이 밀려왔다. 그날 집으로 돌아온 나는 곧장 PC를 켜고서 교내 온라인 커뮤니티에 접속했다. 그리고 한 글자 한 글자 타이핑하기 시작했다.

김정은 환영 준비 포스터 작성자 꼭 봐 줘.

안녕, 난 벗이랑 함께 이 학교에 다니는 학생이야. 오늘은 내 얘기 좀 들어 줄래? 내 아픔에 공감해 달라는 건 아냐. 단지 팩트를 들어 보란 거니까 오해하진 말고 들어 줘.

내 부모님은 평생을 당과 김일성 3부자의 충견으로 살았어. 그럼에도 내 부모는 감옥 생활을 하고 있어. 못난 딸이 한국에 와서 대학을 다닌다는 이유로 말이야. 내 쌍둥이 언니는 기쁨조가 되어 20대 꽃다운 나이를 김정일의 성노리개로 살았지.

내 할아버지는 독립운동가였는데 김일성의 생각과 다른 말을 한 마디 했다고 숙청당했어. 내 할머니는 먹을 것이 없어서 7일 동안 굶어 지내다가 세상과 작별하셨지. 내 친구는 빵 한 덩어리값에 중국 놈한테 팔려 갔단다.

너한텐 이런 말들이 피해의식에 젖어 있는 자의 넋두리로 들릴지도 몰라. 그러나 내 마음속엔 수많은 아픔의 기억들이 벌집처럼 상처로 남아 있어. 염증으로 고름이 가득 찬 상처들을 치유하려고 발버둥 쳤지.

잊기 위해서, 기억하지 않기 위해서 난 누구보다도 열심히 공부하고 아르바이트에 집중했어. 곪은 상처에 항생연고를 발라 겨우 딱지가 앉게 응급처치를 한 거야.

근데 교내에 붙은 너의 포스터를 본 이후에 내 마음속의 상처들이 다시 가시를 곧게 세우며 고개를 쳐들고 나와 무자비하게 나를 찌르고 있어. 너무 아파서 숨 쉬기도 힘들 지경이야.

이건 단지 나 한 사람만의 문제가 아니란 걸 알아줬으면 해. 나와 비슷한 처지의 사람들이 한국에만 3만여 명이 있어. 그리고 북한에는 너처럼 여성이라는 이유만으로 가정 폭력과 성폭력에 노출되고 인신매매단의 타깃이 되고 있는 천만의 여성들이 있다는 걸 생각해 줘.

지금 이 순간에도 수많은 북한 여성들이 중국으로 인신매매를 당하고 있단다. 단지 북한에서 태어났다는 죄로 그 누구의 도움도 받을 수 없는 사람들이야.

얼마 전 〈그것이 알고 싶다〉라는 시사 프로그램을 통해 5.18 광주민주화운동 당시 광주의 여고생들이 군인들에게 유린당한 내용을 보았어. 그런 피해자들과 그 가족들 앞에서 너는 가해자를 사랑하고 존경한다고 말할 수 있겠니? 나는 못할 것 같아. 마찬가지로 북한엔 김정은에게 가족을 빼앗기고 고통받는 사람들이 많다는 걸, 그리고 그들 중 누군가는 너와 한 하늘 아래 한 교실의 한 책상에서 함께 공부하고 숨 쉰다는 사실을 알기 바라.

김정은을 사랑하고 존경하는 건 너의 개인적인 취향일 거야. 그러나 그런 취향을 타인에게 강요하는 행위 때문에 벗의 가까이에 있는 누군가는 불안과 공포와 두려움으로 잠도 못 이루고 악몽에 시달리고 있다는 것도 좀 알아줘.

김정은이 진정으로 우리 민족을 위한 평화통일을 원한다면, 먼저 굶어 죽은 수백만 명의 목숨과 빵 한 덩어리 가격에 중국으로 팔려 가야 했던 수십만 명의 북한 여성들 앞에 무릎 꿇고 회개해야 한다고 생각해.

정은이가 자기 고모부를 고사포로 잔인하게 쏴 죽이고 이복형을 독살한 사실은 그쪽 집안일이니 뭐라 하진 않겠어. 그러나 북한 여성들에게 지은 죄만큼은 반드시 속죄하고 한국 땅에 오길 기도한게.

- 김정은을 너무도 사랑하고 존경하는 너에게 -

이 글은 교내 온라인 커뮤니티에서 많은 반향을 불러일으켰다. 단 하루 만에 636명의 학생들이 추천을 누르고 137명의 학생들이 댓글을 달았다. 모든 댓글들은 함께 분노해 주는 내용들이었고 같이 싸우겠다는 학생들도 있었다. 생각지도 못했던 호의적인 반향에 놀랍기도 하고 또 고마워서 눈물이 쏟아졌다.

세상의 거악을 상대로 홀로 외롭게 싸우는 것처럼 생각되었으나 큰 착각이었다. 난 결코 혼자가 아니었다. 거짓선동 따위에 흔들리지 않고 참과 거짓을 분별할 줄 아는 보석 같은 청년들.

그날 난 빛을 보았다. 여기 깨어 있는 청년들이 자유 대한민국을 어둠의 세력에서 지켜 낼 불꽃들이다.

제 7 장

대한민국 정착기 Ⅲ
(2019년~2021년)

남남갈등의 거센 회오리 바람이 휘몰아치다

2019년 3월 난 학교에 복학했다. 아이 키우는 엄마 입장에서 다시 학교생활에 적응하는 건 쉽지 않았다. 아이 돌보랴 학교 가랴 시험 공부하랴 정신없이 지내다 보니 어느덧 한 학기가 다 지나갔다. 여름방학에 들어가 이제 막 숨을 돌리고 있을 때였다. 작년 내내 한반도를 강타했던 거짓평화의 바람이 좀 잠잠해지나 싶더니, 새롭게 남남갈등의 거센 회오리 바람이 대한민국을 다시 휘몰아치기 시작했다.

【2019년 8월 남남갈등 점화】

이른 바 '조국사태'로 불리는 국론분열이 발생한 것이다. 현 정권에 대한 반대파와 지지파로 나뉜 두 세력은 각각 대규모집회를 연일 개최했다. 시작은 문재인 대통령이 조국 교수를 법무부장관 후보로 지명한 일이었다.

대한민국 중앙행정부처 중에서 법무부는 법과 원칙으로 나라의 기강을 바로 세우는 기관이다. 따라서 법무부 수장으로서 갖춰야 할 첫 번째 자질은 도덕성과 준법정신이다. 그래서 후보자의 도덕성과 관련한 많은 검증이 이루어졌고 그 과정에서 후보자와 그 가족들이 연루된 갖은 편법과 위법행위가 백일하에 드러났다.

258

많은 국민들은 심한 허탈감을 느꼈다. 왜냐하면 후보자는 한국 사회의 각종 현안에 대해서 누구보다 비판적인 목소리를 내왔던 법학자였기 때문이다. 일각에서는 털어서 먼지 안 나는 사람이 어디 있냐고 항변했다. 사실 후보자 자녀의 장학금 특혜 의혹과 같이, 단지 후보자의 낮은 도덕성에 한정된 문제였다면, 비록 눈살을 찌푸릴지언정 국민들이 그토록 분노하진 않았을 것이다.

그런데 자녀 입시 비리와 사모펀드 비리 등 후보자 일가에 의한 각종 범법의혹이 꼬리에 꼬리를 물고 드러났다. 즉 위선과 가식으로 똘똘 뭉친 한 지도층 인사의 도덕적 해이로만 치부해 버릴 수 있는 문제가 아니었던 것이다.

제일 먼저 젊은 청년들이 들고 일어났다. 후보자 자녀가 대학 진학 과정에서 많은 특혜를 받았다는 의혹이 연일 제기되자 학생들이 촛불집회를 열고 진상 규명을 촉구하고 나선 것이다.

각종 의혹에 후보자는 궁색한 변명으로 일관했다. 그런 후보자의 뻔뻔함에 국민들의 허탈감은 이내 분노로 바뀌었다. 그리고 후보자를 끝까지 두둔하며 기어이 법무부 장관으로 임명한 대통령의 불소통 인선은 후보자에 분노하던 국민들을 더욱 속 터지게 만들었다.

게다가 현 정부의 열성 지지자들은 연일 서초동 검찰청 앞에 집결하여 조국 장관 일가에 대한 검찰수사에 반발하는 시위를 거듭했다. 이들은 "조국수호, 검찰개혁!"을 크게 외쳤고, 대통령은 검찰총장한테 검찰개혁 방안을 조속히 마련하라는 지시를 내림으로써 이들에게 힘을 실어 주었다.

마치 중국의 문화대혁명 시기에 활동했던 홍위병들의 집단광기를 보는 것 같았다. 문화대혁명은 1960년대 중반에 중국 공산당 주석 마오쩌둥이 자신의 정적들을 숙청하고 권력 재탈환을 꾀하고자 추진했던 혁명운동이다. 마오쩌둥은 먼저 공산주의 교육을 받고 자란 청년들을 선동하고 동원하여 홍위병을 조직했다. 그러고 나서 혁명으로 사회를 뒤엎고 반동분자들을 모조리 숙청해도 죄가 되지 않는다는 '혁명무죄'를 외쳤다. 즉 혁명은 기존질서를 초월하는 가치라고 선동한 것이다.

이로써 대학생들뿐만 아니라 어린 중고등학생들까지 가담하는 홍위병 단체가 조직되어 전국으로 퍼져 나갔다. 통제되지 않는 이들의 광기는 끝 간 데를 몰랐다. 홍위병들은 마오쩌둥의 정적들을 모두 반동분자로 몰아서 강하게 비판했고 심지어 감금하고 죽이기도 했다. 배후에서 홍위병들을 조종했던 마오쩌둥은 1인 독재체제를 구축하며 권력 재탈환에 성공했다.

50여 년 전 중국 공산당 주석 마오쩌둥이 창시한 홍위병 정치가 2019년의 대한민국에서 재현되고 있는 듯했다. 결국 이를 보다 못한 사람들이 길거리로 쏟아져 나왔다.

2019년 10월 3일, 한 방울 한 방울 떨어지는 빗방울들이 실개천을 이루고, 실개천은 강물로 굽이굽이 흐르며, 강물은 또 흘러서 바다에 모이듯 수많은 인파가 광화문 일대에 집결했다.

사람들이 거리로 나온 것은 단지 조국이란 한 개인에게 분노를 표출하기 위함이 아니었다. 조국 장관 일가가 저지른 범법행위보다 검찰의 과도한 수사가 더 문제라는 현 정권의 몰상식한 인식에 반기를 든 것이었다. 자기네 편이면 무조건 감싸는 현 정권의 내로남불 행패기 더 이상 눈 뜨고 볼 수 없는 지경에 이르렀기 때문이다. 법치에 도전하는 열성지지자들한테 힘을 실어 주면서까지 사법기관조차도 현 정권의 통제 아래 두려는 흑심에 제동을 걸고자 한 것이었다.

그 이후로 현 정권 지지파와 반대파가 각각 서초동과 광화문 일대를 중심으로 집결하여 경쟁하듯 대규모시위를 개최했다. 양 진영은 서로 2백 만 명이 모였네 3백 만 명이 모였네 하며 세를 과시했다. 나라가 완전히 둘로 쪼개진 느낌이었다. 해방 직후, 한반도 신탁통치에 대한 찬반을 둘러싸고 좌우로 갈려 극단적으로 대립했던 갈등과 분열의 시대로 돌아간 것 같았다. 사람들 얼굴 표정에는 상대에 대한 증오와 적개심으로 가득했다. 어쩌다 나라가 이 지경에까지 이르렀는지 안타깝고 두려웠다.

그런데 참 이상했다. 같은 상황을 바라보는 대통령의 시각은 너무도 달랐다. 증오와 적개심이 판치며 차마 입에 담지 못할 상호 비방만이 난무하는 상황에 대해 대통령은 국론분열이 아닌 직접 민주주의 행위로서 긍정적인 측면도 있다고 평가했다. 이 발언을 접한 순간 난 적잖이 놀랐다. 나폴레옹은 "내 사전에 불가능은 없다."는 유명한 말을 남겼다. 그런데 우리 대통령 사전에 국민통합은 없는 것 같았다.

대의 민주주의에서 국회는 사회의 반목과 갈등을 녹이는 멜팅팟이 돼야 한다. 그런데 국회가 본연의 역할을 다하지 않고 오히려 대립과 혼란을 부추기는 상황이라면, 적어도 국가 지도자만큼은 정당을 초월하여 국민통합의 메시지를 내야 하지 않을까. 대통령은 어느 한쪽의 대통령이 아니라 우리 모두의 대통령이기 때문이다. 남한 내의 사회적 갈등을 봉합하려는 의지조차 보이지 않으면서 한반도 통일 운운하는 것 자체가 어불성설처럼 느껴졌다.

10월 9일 오후 3시 무렵, 이 날도 현 정권에 항의하는 대규모시위가 광화문 광장에서 펼쳐지고 있었다. 광화문 집회의 모습은 실시간으로 TV

중계를 통해 전달되었다. 영상 속의 군중들은 "조국 규탄, 문재인 하야."를 외치며 청와대 쪽으로 행진하고 있었다. 마음이 무거워지며 저절로 한숨이 나왔다.

거실 소파 위에 웅크리고 앉아 졸린 듯 눈을 비비던 딸아이가 낮잠에 든 것을 확인한 후 나는 자리에서 일어나 서재로 가서 책상 앞에 앉았다. 평양에 있는 쌍둥이 언니한테 하고 싶은 말이 너무도 많았다.

보고 싶은 다은이 언니에게.

언니, 나 다혜야. 그동안 어떻게 지냈어? 나는 아이 키우랴 학교에 복학해서 새로운 생활에 또 적응하랴 눈코 뜰 새 없이 바쁘게 지냈어.

언니는 조카딸이 잘 크고 있는지 궁금하지 않아? 지금 우리 공주님은 소파 위에 누워서 새근새근 자고 있어. 이토록 사랑스러운 아이가 정말 내 딸로 태어난 것이 맞는지, 눈으로 직접 보고 있으면서도 실감이 잘 안 나.

돌이켜 보면, 한국에 온 이후의 내 삶은 너무도 행복한 시간들의 연속이었어. 더 이상 배를 곯을 일도 없었고, 언제나 내 노력에 대한 합당한 보상이 주어졌거든. 내가 식당에서 열 시간 일하면, 열 시간 일한 만큼의 대가가 주어졌으니까.

그런데 언니, 한국이 이처럼 자유롭고 풍요로우며 합리적인 나라이기 때문에 모든 세대가 다 만족해할 것 같지만 꼭 그렇지만은 않더라고. 이곳의 청년세대들은 나름대로 고민들이 꽤 깊어.

언니, 우리나라는 청년들 사이에서 '헬 조선'이라는 말이 유행하고 있어. 헬 조선이란 지옥을 의미하는 헬(hell)과 우리나라를 의미하는 조선을 합쳐서 만든 말인데, 한국은 아무런 희망을 가질 수 없는 지옥 같은 사회라는 뜻이야. 그만큼 살기 어렵다는 말이지.

내가 한국에 와서 이들이 외치는 '헬 조선'이라는 표현을 처음 접했을 때, 난 코웃음을 쳤어. 속으로 '너희들이 진짜 지옥을 알아?' 하면서 말이지. 왜냐하면 나는 진짜 생지옥에서 살다 온 사람이잖아.

그래서 자유와 인권이 존중되는 민주주의와, 자신이 노력한 만큼 보상을 받는 시장경제체제와, 법 앞에 만민이 평등한 법치주의를 근간으로 하는 대한민국을 '헬 조선'이라고 부르는 걸 도통 이해할 수가 없었어. 그냥 철부지 아이들의 투정이라고만 생각했지.

그런데 내가 만학도로 대학에 다니면서 20대 학생들과 늘 소통을 하며 지내다 보니, 비로소 이들의 심정을 다는 아닐지라도 조금은 이해할 수 있게 된 것 같아.

언니, 대한민국은 노력한 만큼 대가를 얻는 합리적인 사회이지만 무한경쟁사회이기도 해. 그래서 어릴 때부터 무한경쟁에 내몰린 학생들은 많은 스트레스를 받으며 성장할 수밖에 없어. 그런데 이들이 성인이 되어 맞닥뜨린 현실조차도 녹록지가 않은 거야.

열심히 공부해서 대학에 와도 학생들은 대학의 낭만을 즐길 여유도 없이 늘 아르바이트를 해야 해. 그럼에도 비싼 학비를 다 감당할 수 없어서 이들은 사회에 첫발을 내딛기도 전부터 빚쟁이가 되고 말아.

대학을 졸업한들 마땅히 취업할 곳도 없어. 취업이 어려우니 연애와 결혼은 꿈도 못 꾸지. 그래서 이들을 N포세대라고 불러. 취업, 연애, 결혼, 출산, 자택 등등 수많은 것들을 포기해야 살 수 있는 세대라는 뜻이야. 기성세대들이 구축해 놓은 사회 시스템의 최대 희생자들인 셈이지.

언니, 요즘 우리 대한민국에서는 '기회의 평등'이라는 말이 많이 회자되고 있어. 기회의 평등. 참 멋진 말이지만, 기회의 평등이 강조되고 있다는 현실은 역설적으로 대한민국은 기회가 평등하지 못한 사회라는 방증이기도 해.

이곳에는 금 수저, 흙 수저라는 신조어가 있어. 금 수저는 부잣집이거나 부모의 사회적 지위가 높은 가정에서 태어난 사람들을 말해. 이들은 태생적으로 많은 걸 누리며 살지. 반대로 흙 수저는 집안 형편이 넉넉지 않아 부모로부터 어떤 도움도 받을 수 없는 처지의 사람들을 가리키는 말이야. 이렇게 저마다 태어난 환경과 조건이 다르기 때문에 기회의 평등이란 단지 공허한 메아리에 불과할지도 몰라.

그러나 비록 경쟁의 출발선은 다를지라도 경쟁의 과정만큼은 반드시 공정해야 해. 적어도 사회 시스템은 자신이 노력한 만큼 합당한 결과를 얻어 갈 수 있도록 투명한 경쟁을 보장해야만 해.

오늘날 대한민국의 청년세대들을 무엇보다 아프게 하고 분노케 하는 건 눈만 뜨면 기회의 평등을 외치고 공정과 정의를 부르짖던 자들의 구역질 나는 위선과 범법행위야. 입으로는 누구보다 정의롭고 깨끗한 척 떠들면서 뒷구멍으로는 자신들이 가진 사회적 지위와 인맥을 총동원하여 갖은 편법과 반칙을 일삼고 있었거든.

가령 자기 자녀를 의사로 만들겠다고 입시서류를 위조해서 의대에 부정 입학시키면, 다른 누군가는 낙방해야만 해. 이건 단지 기회의 박탈로만 볼 수 없는 문제야. 엄밀히 따지면 누군가가 열정적으로 쏟아부은 정당한 땀과 노력에 대한 대가까지도 자신들이 가로챈 행위인거야.

이 같은 행위 앞에서 청년세대들이 느꼈을 절대적 박탈감과 무력감에서 오는 분노를 난 이해할 수 있어. 나도 북한에서 가진 걸 몽땅 뺏겨 봤으니까. 뺏겨 본 사람만이 그 심정을 이해할 수 있는 법이거든.

오늘날 대한민국의 일그러진 자화상을 보면서, 왜 수많은 청년들이 자학적으로 자신의 처지를 흙 수저에 빗대어 말할 수밖에 없었는지, 왜 이들이 우리나라를 '헬 조선'이라고 부르는지 이해할 수 있겠더라고.

청년들이 분노하는 것은 자유민주주의와 시장경제와 법치주의를 근간으로 하는 대한민국의 국가시스템이 아니었어. 이들은 국가의 요직에 있는 기득권지들의 추한 이기심에서 파생된 반칙들이 계속 반복되는 부조리한 사회적 구조에 분노하고 있었던 거야.

기회의 불평등에 분노하고, 공정하지 못한 과정에 분노하고, 정의롭지 못한 결과에 분노하는 것이야. 가증스러운 모습으로 범법행위를 일삼은 의혹이 드러난 자일지라도 정치적으로 자신들 편이면 무조건 감싸고 두둔하고 보는 기득권자들의 민낯에 분노하는 것이야.

언니, 내가 더 놀라운 사실 한 가지 알려 줄까? 대한민국에는 이렇게 위선의 탈을 쓴 채 범법행위를 저지른 자들을 죽을힘을 다해 옹호하는 군중들이 있다는 거야. 마치 김일성 수령을 찬양하고 숭배하는 북한 사회처럼 말이야. 이런 사람들을 보면서 난 북한의 세뇌되어 있는 주민들이 오버랩되곤 해. 아니, 어떨 때는 이 사람들이 북한 사람들보다 더 세뇌된 사람들 같아.

도대체 왜 이런 현상이 나타나는 걸까? 아마도 그 인과 관계를 밝혀내는 일은 매우 흥미로운 연구주제일 거야. 이 부분과 관련해서는 유능한 연구자가 사회심리학적인 관점에서 분석해 주었으면 좋겠어.

언니, 우리 대한민국에 희망이 있을까? 난 있다고 봐. 국가의 장래를 알려면, 앞으로 그 나라를 짊어질 청년세대를 보면 알 수 있는 법이거든. 작금의 현실에 분노하는 청년들이 바로 대한민국의 희망의 불꽃들이야. 이들은 합리와 창의와 혁신으로 무장된 디지털세대들이거든.

이들이 세상을 바꿀 거야. 빼앗겨 봤기 때문에 뺏긴 자의 심정을 너무도 잘 아는 이들이 우리 대한민국을 기회는 공평하고 과정은 공정하며 결과는 정의로운 사회로 반드시 바꿔 나갈 거야. 난 그렇게 믿어!

【2020년 3월 코로나 19 팬데믹 선언】

아마도 2020년은 인류역사에 한 획을 그은 해가 될 듯싶다. 2019년 12월 중국 우한에서 발생한 바이러스성 호흡기질환인 코로나 19는 삽시간에 전 세계로 퍼져 나갔다. 결국 WHO는 2020년 3월에 팬데믹을 선언했다.

전대미문의 전염력으로 사회적 거리두기와 마스크 착용 등 개인방역의 중요성이 강조되자 일부 몰지각한 사람들은 폭리를 취할 목적으로 마스크 등 위생용품을 사재기했다. 마스크 가격은 천정부지로 치솟았고 그마저도 구하기가 어려웠다.

이에 정부는 마스크 수급 안정화 대책의 일환으로 마스크 5부제를 실시했다. 마스크 5부제란, 정부가 마스크 생산량의 대부분을 구입한 뒤 약국을 통해 공적으로 판매하는 제도다. 사람들은 약국에서 신분증을 제시한 후 1인당 최대 2매씩 공적 마스크를 살 수 있었는데, 각자 출생년도의 끝자리 수에 따라 구매할 수 있는 날이 정해져 있었다.

제도가 시작된 초창기에는 자신이 구입할 수 있는 날일지라도 그나마 일찍 줄을 서야만 살 수 있었다. 마스크를 사려고 사람들이 길게 줄 서 있는 모습을 보자 북한에서 살던 시절이 떠올랐다. 북한에서는 너무도 익숙한 풍경이었기 때문이다.

학교 수업은 모두 온라인 비대면 수업으로 대체되었다. 처음에는 수업에 집중도 되지 않고 매우 어색했다. 그런데 익숙해지고 나니 비대면 수업이 훨씬 편하게 느껴졌다. 무엇보다 통학 시간을 아낄 수 있는 점이 좋았다. 교육 방식뿐만 아니라 일상의 패러다임이 바뀌었다. 근무 방식도, 회의 방식도, 공연 방식도, 모임 방식도 화상을 통한 비대면으로 실시되었다. 심지어 배달 음식조차도 비대면으로 주고받았다. 비대면이 새로운 일상 '뉴노멀'이 된 것이다.

코로나 19는 실물경제에도 큰 타격을 주었다. 급속한 확산으로 누적 확진자와 사망자 수가 급증함에 따라 국내외 사람들의 움직임이 제한되었기 때문이다. 코로나 19 상황의 장기화로 인해 경기 침체가 계속되면서 미국과 일본 등 주요국을 중심으로 경기 활성화를 위한 재난지원금에 대한 논의가 시작되었다.

달콤한 포퓰리즘

이 같은 추세에 우리 정부도 발 빠르게 움직였다. 정부는 5월부터 모든 국민에게 제1차 재난지원금을 지급했고, 9월부터는 선별적으로 제2차 재난지원금을 지급했다. 각 지방자치단체들도 경쟁하듯 지역민들에게 현금을 살포했다.

돈을 받으면서도 마음이 개운치 않았다. 현 정부가 국채까지 발행해서 전 국민에게 지급한 돈은 고스란히 부채로 남는다. 결국 대한민국을 짊어질 미래세대, 즉 'N포세대'로 일컬어지는 2030 청년들이 또 떠안고 가야 할 빚이다.

그런데도 모 정치인은 미국, 일본 등 선진국들이 1인당 지출하는 지원금에 비해 우리나라는 너무 적다면서 국채를 발행해서라도 몇 차례 더 지원해야 한다고 주장했다. 아울러 재난 지원금 30만 원 정도를 50번, 100번 지급해도 서구 선진국의 국가 부채 비율에 도달하지 않는다고 했다.

이런 주장을 처음 접했을 때 막연한 거부감부터 들었다. 각국의 현실과 각국 통화가 세계시장에서 갖는 위상과 영향력 등을 고려치 않고, 단지 선진국과 우리나라의 국가부채 수치만을 단순 비교하는 방식에 위화감을 느꼈기 때문이다.

미국, 일본, 영국, 유럽연합의 화폐는 국가 간의 교역이나 금융거래의 결제수단으로 통용되는 기축통화다. 즉 이들 국가의 화폐는 전 세계가 공통으로 사용한다.

기축통화를 가진 나라는 자국의 경제사정에 따라 자국화폐로 국채를 많이 발행해도 별 문제가 되지 않는다. 이들이 발행한 국채는 모든 나라가 안전자산으로 간주하므로 늘 수요가 뒷받침되기 때문이다. 혹여 대규모의 국채를 시급하게 상환해야 하는 상황이 오더라도 자국화폐를 대량으로 발행해서 갚으면 그만이다.

일반적으로 투자자들은 한국 국채보다 안전자산으로 평가되는 선진국 국채를 선호한다. 그래서 우리나라는 선진국보다 국채금리를 더 높게 책정해야만 투자자들을 모을 수 있다. 당연히 이자 부담은 증가한다.

게다가 미국이나 일본과는 달리, 우리나라 원화는 오로지 한국 안에서만 통용된다. 그래서 정부가 무분별하게 국채를 발행하여 시중에 돈을 풀면 그만큼 돈의 가치가 하락하고 물가상승이 일어난다.

아울러 우리나라 증시는 외국인 투자자가 차지하는 비중도 크다. 원화 가치가 폭락하는 낌새가 보이면, 외국인 투자자들은 재빨리 원화를 달러 등으로 바꿔서 빠져나갈 것이다. 이는 주가하락과 환율상승(원화가치 하락)을 더욱 부채질할 것이고, 그 결과 국가신인도 추락과 또다시 환율 상승이라는 악순환으로 이어질 수 있다. 이렇듯 우리나라는 잠재적인 외화위기 발생 가능성을 안고 있다.

물론 우리 당국자들이 글로벌 자금의 흐름과 외화 유출입 상황, 금리와 환율의 움직임 등을 철저히 감시하면서 쉽게 외환위기가 오도록 놔두진 않을 것이다. 그렇다 하더라도 우리나라와 같은 비기축통화국은 늘 재정건전성을 철저하게 유지해서 국가신인도가 떨어지지 않도록 잘 관리하는 것이 중요하다.

우리나라는 이미 뼈아픈 경험을 한 적이 있다. 1996년 12월 '선진국 클럽'으로 불리는 OECD에 가입해서 선진국 반열에 올랐다고 뿌듯해하다가 1년 뒤에 발생한 외환위기로 IMF에 구제금융을 신청하는 신세가 되었다. 이때 얼마나 많은 국민들의 눈에서 피눈물이 흘러야 했던가.

더욱이 우리나라 경제는 대외교역 의존도가 매우 높기 때문에 환율변동성에 더욱 취약할 수밖에 없는 구조다. 우리 당국자들이 한시도 긴장감을 늦추지 않고 보수적인 재정운영을 꾀하는 이유다.

코로나 19 사태로 인한 경기침체로 큰 피해를 입은 사람들에 대한 사회적 지원은 반드시 필요하다. 다만 미국, 일본 등 선진국들과 단순 수치로만 비교한 뒤 우리나라는 아직 여유가 많다는 식으로 여론을 호도하며 정국을 주도하려는 정치인은 경계해야 한다. 책임 있는 정치인이라면 외환위기나 재정위기가 발생할 가능성이 거의 없는 기축통화국과 우리나라를 같은 선상에 놓고 비교하진 않을 것이기 때문이다.

그런데 현실은 생각과 달랐다. 이처럼 파격적인 주장을 펼치는 정치인의 인기는 나날이 높아져만 갔다. 이러한 현상을 보면서 대의 민주주의도 결코 완전한 제도는 될 수 없음을 깨달았다.

선심성 정책이 난무하는 현실 속에서 내가 취할 수 있는 가장 합리적인 선택은 무엇일지 생각해 봤다. 답은 곧 떠올랐다. 현금을 주면 그냥 당당히 받는 것이다. 어차피 그 돈은 우리 모두가 낸 세금이며 또한 세대에 걸쳐 갚아야 할 빚이다. 그렇지만 다음 선거에서 퍼 주기 정책을 남발한 정치인에게는 절대로 표를 주지 않겠다고 다짐했다.

【2020년 6월 남북공동연락사무소 폭파】

2020년 6월 16일.

코로나 19 확산으로 어수선한 사회적 분위기를 더욱 침울하게 만드는 사건이 또 발생했다. 북한이 한국 민간단체의 대북전단 살포를 구실로 남북공동연락사무소를 폭파한 것이다. 동 사무소는 2018년 제3차 남북정상회담의 결과로써 개성에 설치된 기관으로 남북 간 교섭과 연락 등을 담당하는 외교공관이었다.

200억 원에 가까운 막대한 혈세가 투입된 공관을 북한이 일방적으로 폭파해 버린 것이다. 북한의 도발적인 소행에 많은 사람들이 충격을 받은 것 같았다. 그런데 따지고 보면 그다지 놀라울 일도 아니었다. 북한 지도부는 늘 그래 왔기 때문이다.

2000년 6월 제1차 남북정상회담이 개최되었다. 그 2년 후인 2002년 6월 북한은 제2차 연평해전을 일으켰다. 이때 우리 장병 6명의 전사자와 18명의 부상자가 발생했다.

2007년 10월 제2차 남북정상회담이 열렸다. 그 2년 5개월 후인 2010년 3월 북한의 어뢰공격에 의한 천안함 침몰 사건이 발생했다. 이 사건으로 인해 우리 장병 40명이 사망했고 6명은 실종됐다. 이어서 동년 11월에는 대한민국 영토를 직접 타격하기도 했다. 바로 연평도 포격 사건이다. 이때 우리 장병들뿐만 아니라 민간인 중에도 사상자가 발생했다.

2018년 4월 제3차 남북정상회담이 개최되었다. 그리고 2년 2개월 후 북한은 또다시 남북공동연락사무소를 폭파하는 대남도발을 감행했다.

이렇게 북한은 늘 평화적인 제스처와 도발적인 태도를 되풀이해 왔다. 자신들이 어디로 튈지 모르는 예측 불가능한 존재임을 어필함으로써 남북 관계를 주도해 나가고자 하는 것이 북한 지도부의 속내일 것이다. 그러나 이처럼 반복되는 패턴 자체가 그들이 예측 가능한 집단임을 알려준다. 다만 많은 사람들의 기억 속에서 북한의 과거 만행들이 잊혀 가고 있을 뿐이다.

어느덧 인류역사에 특별한 해로 기록될 2020년에 아듀를 고할 순간이 찾아왔다. 나는 2020년의 마지막 시간 열차에 내 마음속 온갖 부정적인 감정들도 함께 실어서 떠나보냈다. 그렇게 텅 빈 공간은 희망으로 가득 채워서 2021년을 맞이했다. 그리고 평양에 있는 쌍둥이 언니한테 마음으로 띄우는 편지를 쓰며 첫 하루를 시작했다.

그리운 다은이 언니에게.

다사다난했던 2020년이 모두 지나고 희망찬 새해가 밝아 왔어. 올해는 내가 북한을 떠난 지 어언 11년, 한국에 입국한 지 9년째 되는 해야. 처음 인천공항을 밟은 게 엊그제 같은데 세월 참 빨라. 이제는 내 말투에서 묻어나던 투박한 북한식 억양도 사라지고 외형상으론 완전히 서울 사람이 다 된 것 같아.

그렇지만 난 여전히 한국 사회를 배우고 있는 중이야. 한국에 온 뒤로 이곳 사회에 적응하기 위해서 진짜 열심히 배우며 치열하게 살았어. 그래서 처음 몇 년간은 한국 사회를 무척 잘 안다고 생각했지. 그런데 한국 사회는 깊이 알아 갈수록 더욱 어려워지고 잘 모르겠어. 내 기본 상식으로는 도무지 이해가 안 되고 고개를 갸우뚱하게 만드는 일들이 너무 많아.

언니, 한국에는 ✕✕✕정의✕✕✕✕, 정의✕✕✕✕, 정의✕ 등등 '정의' 라는 표현을 단체명이 넣어서 사용하는 이익집단들이 많아. 그런데 이들이 말하는 정의(正義)의 정의(定義)가 뭔지는 잘 모르겠어.

가령 겉으로 드러난 모습은 분명 종교집단인 것 같은데 국가보안법 폐지를 주장하고, 북한의 연평도 포격 사건을 옹호하는 듯한 발언을 하며, 북한의 의한 KAL기 폭파 사건은 날조되었다고 외치고, 천안함 음모론까지 제기하고 있어. 이 모든 주장은 북한 지도부의 입장과 맥을 같이하는 거야. 게다가 겉으로는 늘 인간의 존엄성을 강조하지만 북한의 만행으로 사망한 우리 국군 장병들과 민간인들에 대해서는 일언반구도 없어. 언니라면 이들의 이런 태도를 이해할 수 있겠어?

위안부 피해자를 돕겠다며 막대한 기부금을 거둬들였던 단체의 전 대표는 또 어떤 줄 알아? 사적으로 기부금을 유용한 혐의로 현재 검찰 조사를 받고 있어. 쉽게 말해서, 가련한 할머니들을 앵벌이시켜서 거둬들인 돈으로 자신의 배만 불렸다는 혐의야.

인간적인 양심이 손톱만큼이라도 남아 있는 자라면 도저히 할 수 없는 일이지. 게다가 목숨을 걸고 자유를 찾아 온 탈북자들에게 "탈북은 죄"라면서 북한으로 돌아가라고 회유했다는 증언도 나오고 있어. 더욱이 기가 막힌 게 뭔 줄 알아? 북한의 대외 선전 매체들이 연일 이 인간을 두둔하고 나선다는 거야. 언니는 이런 상황들이 납득이 돼?

급진적 페미니즘 성향의 어느 단체는 외국인 여성들의 인권, 심지어 동성애자들의 성적 권리까지 강조하면서도 지금 이 순간도 중국 등 제3국에 인신매매를 당하는 수많은 북한 여성들의 현실에 대해서는 아무런 언급이 없어.

이들 이익집단들의 공통점은 모두 인권을 강조한다는 거야. 근데 참 회한하게도 북한 주민들의 인권에 대해서는 다들 약속이나 한 듯 똑같이 입을 꼭 다물고 있어. 북한 주민들이야말로 세계에서 가장 심각한 인권 침해를 당하고 있는데도 말이야. 정말 웃기지 않아?

언니, 그래도 우리 대한민국은 정말 위대한 나라야. 북한에서는 한국 드라마를 몰래 시청하다 걸리기만 해도 정치범 수용소에 끌려가잖아. 그런데 우리나라에서는 북한이 주장하는 '낮은 단계 연방제' 통일을 실현시키겠다고 외쳐도 지도자가 될 수 있어.

주체사상파로 알려진 전국대학생대표자협의회(전대협) 출신들도 국가 요직을 차지하고 앉을 수 있지. 언니, 난 그들이 여전히 주체사상을 신봉하고 있는지는 잘 모르겠어. 혹여라도 신봉하고 있다면, 제대로 이해하고나 있을지도 참 궁금해.

우리는 엄마 배 속에서부터 주체사상교육을 받으며 자랐잖아. 더욱이 나는 중고등학교 6년 동안 줄곧 학생들의 사상을 검열하고 지도하는 사상부위원장이었어. 그래서 주체사상 엑스퍼트인 내가 훗날 그들을 우연히라도 마주치게 된다면, 주체사상의 본질에 대해서 쉽고, 짧고, 명쾌하게 지도해 줄 필요는 있을 것 같아.

언니도 잘 알다시피, 주체사상을 딱 한 문장으로 요약하자면, "자기 운명의 주인은 자기 자신이며 혁명과 건설의 주인은 인민 대중에게 있다."라는 거잖아. 즉 인민 대중이 세상의 중심이라는 것이지. 그런데 인민 대중의 모든 권한은 형식적인 선거를 통해서 김일성에게 전부 이양됐기 때문에 김일성의 뜻이 곧 인민 대중의 뜻이 돼 버려. 김일성이 인민 대중 그 자체인 셈이지.

여기서 분명히 짚고 넘어가야 할 부분은 모든 권한을 양도한 인민 개개인은 아무런 권리를 주장하지 못한다는 점이야. 결과적으로 주체사상의 본질은 인간의 범주를 벗어난 신과 같은 김일성이 아무런 제약 없이 제 뜻대로 행할 수 있도록 모든 인민들은 기꺼이 그의 도구나 희생물이 되어야 한다는 뜻이야. 왜? 그의 뜻이 곧 인민 전체의 뜻이며, 전체를 위한 개개인의 희생은 당연한 거니까. 이것이 바로 북한의 전체주의 사상이지.

이렇게 설명해 준 뒤에 나는 그들에게 꼭 한번 되물어 보고 싶어. 이런 사상 안에 그대들이 그토록 부르짖는 인권이 있는지, 평등이 있는지, 공정이 있는지, 정의가 있는지 하고 말이야.

언니, 사탄은 결코 '나는 사탄이다. 무섭지?' 하는 방식으로 오지 않아. 사탄은 바보가 아니거든. 사탄은 늘 세련된 방식으로 다가오는 법이지.

정의와 공정을 강조하는 세상의 모든 외침이 다 그런 것은 아니야. 하지만 사탄은 늘 정의와 공정으로 포장해서 와. 동서고금을 통틀어 좌파의 명목상 가치인 정의와 공정을 내세우며 민중을 선동해 왔던 자들의 민낯을 보면 잘 알 수 있잖아.

소수자의 인권을 호소하는 세상의 모든 외침이 다 그런 것은 아니야. 그러나 사탄은 늘 소수자의 인권 존중이라는 말로 포장해서 와.

우리의 사랑의 손길을 필요로 하는 세상의 모든 약자들이 다 그런 것은 아니야. 하지만 사탄은 때론 세상에서 가장 초라하고 연약한 모습으로 다가와서 우리의 동정심을 자아내곤 해.

다양한 형태로 핍박받고 있는 세상의 모든 자들이 다 그런 것은 아냐. 그러나 사탄은 때론 핍박받는 예수님의 흉내를 내기도 하고 거룩한 성직자의 모습으로 다가오기도 하지.

사탄의 목적은 오직 한 가지야. 우리의 분별력을 흐리게 해서 하나님께 죄를 짓게 하는 것이지. 오늘날 대한민국은 과거의 어느 시기보다도 사람들의 분별력이 요구되는 때일지도 몰라.

그렇지만 내겐 결코 흔들리지 않는 소망이 있어. 우리나라는 하나님이 지키신다는 거야. 140여 년 전 처음으로 이 땅을 밟았던 언더우드와 아펜젤러를 시작으로 수많은 선교사들을 보내서 우리 민족을 보듬으셨던 하나님께서 결코 이 나라가 무너지는 걸 보고만 계시진 않을 테니까……

나는 크리스천이다.

나는 전능하시며 천지를 만드신 하나님 아버지를 믿으며 그 외아들 우리 주 예수 그리스도를 믿는다. 아울러 나 개인의 삶뿐만 아니라 민족과 국가의 운명도 하나님의 절대 주권 아래에 있음을 확신한다.

현세대에게 주어진 역사적 사명은 통일이다. 그러나 통일은 인간의 힘으론 이뤄지지 않는다. 역사를 주관하시는 이도 하나님이시니, 역사의 큰 줄기를 형성할 통일은 분명 하나님의 절대 주권 아래 있다.

분명한 건 통일은 반드시 이루어진다는 거다. 세계 곳곳에서 한반도 통일을 위해 기도하는 수많은 사람들의 존재가 그 증거다. 최초에 일을 계획하신 이도 하나님이시요, 이를 위해 쓰실 종들을 예비해 놓으신 이도 하나님이시요, 그들로 하여금 기도하게 하시고 마침내 그 뜻을 이루시는 이도 하나님이시다.

하늘의 아버지께서는 나를 향한 놀라운 계획도 갖고 계신다. 나만이 할 수 있는 특별한 세 가지 일을 맡기기 위해서다. 첫째는 중국에 인신매매된 북한 여성들이 낳은 아이들을 위한 학교를 세우고 그들은 예수님 사랑 안에 서게 하는 일, 둘째는 글로벌 기업을 일으켜 탈북청년들한테 일자리를 제공하며 불현듯 다가올 통일을 준비하는 일, 셋째는 통일

이후에 제2의 스크랜튼이 되어 북한에서 억압받는 여성들을 깨우치기 위한 여대를 설립하고 그들에게 기독교적 가치관을 전하는 일이다.

참 좋으신 하나님 아버지.

중국에서 유령처럼 떠돌고 있는 어린 영혼들을 주님께로 인도하고, 한국에 있는 탈북청년들의 자립을 도우며, 통일 후엔 북한 여성들을 위한 미션스쿨을 세우겠다는 생각을 하면 늘 가슴이 뜨거워집니다. 그러나 한낱 탈북자 출신에 불과한 자신의 현실을 되돌아보면, 이런 생각들은 나 스스로도 황당무계하게 느껴지곤 합니다.

그런데 참 이상합니다. 내가 속으로 '나 따위가 감히 무슨, 그냥 내 앞가림만 잘하며 편하게 살면 되지.' 하고 다짐을 하면 할수록, 마음속에서 주님의 말씀이 불일 듯 일어나 마치 날선 검처럼 내 관절과 골수를 찔러 쪼개기까지 하니 도무지 견딜 수가 없습니다.

마치 선지자 예레미야가 "내가 다시는 여호와를 선포하지 아니하며 그의 이름으로 말하지 아니하리라 하면 나의 마음이 불붙는 것 같아서 골수에 사무치니 답답하여 견딜 수 없나이다."라고 고백했던 것처럼 말입니다.

참 좋으신 내 아버지.

저는 그 이유를 달리 설명할 방도를 알지 못합니다. 단지 내 안의 성령 하나님께서 역사하고 계신 것 같다는 말밖에는요. 그런데 아버지, 저는 이렇게 큰 비전을 담아낼 그릇이 못 됩니다. 어디서부터 일을 시작해야 할지도 모르겠구요.

아버지께서 이 땅에 남겨 놓으신, 불철주야로 민족과 통일을 위해 간구하는 기도의 용사 7천 명을 찾게 해 주세요. 내 비전이 아버지의 계획

안에 있는 일이라면, 모든 것은 아버지의 때에 아버지의 방식으로 틀림없이 이루어지겠지요. 그리고 그 열매들은 다시 아버지가 살아 계심을 크게 증거하는 일이 될 것입니다.

나를 준비시키시는 하나님.
주의 의로운 손으로 나를 붙드시며,
내 가는 길 예비하고 인도하시는 나의 하나님.

내게 감춰진 소명
그 놀라운 주님의 뜻을 이루기 위해
한 걸음 한 걸음 내 발길을 비추시는 하나님, 하나님, 나의 하나님.

내가 어디로 향해 나아갈지라도,
내가 어떤 일을 하게 될지라도,

내 가는 길 끝에는,
내 하는 일 끝에는,

오직 주님의 영광만이 차고 넘치리라.

아브라함의 하나님, 이삭의 하나님, 야곱의 하나님 그리고 나의 하나님.
우리 민족을 불쌍히 여겨 주세요.
내 마음을 다해서 아버지를 사랑합니다.

살아 계신 우리 주 예수 그리스도의 이름으로 간절히 기도드립니다.
아멘.

내 이름은 김다혜

ⓒ 김다혜, 2021

초판 1쇄 발행 2021년 10월 10일

지은이   김다혜
펴낸이   이기봉
편집   좋은땅 편집팀
펴낸곳   도서출판 좋은땅
주소   서울 마포구 성지길 25 보광빌딩 2층
전화   02)374-8616~7
팩스   02)374-8614
이메일   gworldbook@naver.com
홈페이지   www.g-world.co.kr

ISBN   979-11-388-0257-4 (03810)